13

蓝色是种激情

Blue As A Passian

远人　主编

南方出版传媒

花城出版社

中国·广州

图书在版编目（ＣＩＰ）数据

蓝色是种激情 / 远人主编. -- 广州 ： 花城出版社，
2019.4
（当代中国生态文学读本）
ISBN 978-7-5360-8892-4

Ⅰ. ①蓝… Ⅱ. ①远… Ⅲ. ①中国文学－当代文学－
作品综合集 Ⅳ. ①I217.1

中国版本图书馆CIP数据核字(2019)第058188号

出　版　人：詹秀敏
责任编辑：王　凯　王铮锴
技术编辑：薛伟民　凌春梅
封面设计：远人工作室

书　　　名	蓝色是种激情
	LAN SE SHI ZHONG JI QING
出版发行	花城出版社
	（广州市环市东路水荫路 11 号）
经　　销	全国新华书店
印　　刷	佛山市浩文彩色印刷有限公司
	（广东省佛山市南海区狮山科技工业园 A 区）
开　　本	787 毫米 × 1092 毫米　16 开
印　　张	16.5　2 插页
字　　数	213,000 字
版　　次	2019 年 4 月第 1 版　2019 年 4 月第 1 次印刷
定　　价	48.00 元

如发现印装质量问题，请直接与印刷厂联系调换。
购书热线：020－37604658　37602954
花城出版社网站：http://www.fcph.com.cn

人文　自然　品质

主办　深圳市光明区公共文化艺术发展中心

顾问　王晓华

主编　远　人

编委　陈　瑛　陈昌云　余巍巍

蓝色是种激情

远 人

在颜色的坐标轴上，蓝色无疑占据最为醒目的位置。

似乎没有哪个艺术家回避过这一色彩，相反，蓝色总是在他们的画笔和文字中出现，甚至，小约翰·施特劳斯名震全球的管弦乐也被取名为《蓝色的多瑙河》。

因为蓝色，多瑙河才在音符中唤起听众内心最温柔也最朝气蓬勃的感受。

法国当代著名画家克莱因索性将自己的毕生之作全部涂上蓝色。在他看来，只有蓝色，才代表真正的艺术。甚至，他将整块画布全部刷上蓝色颜料，便将其称为艺术的完成。

艺术是不是蓝色另当别论，只是面对蓝色，容易让人体会一种来自内心深处的激情。

因为蓝色是生命的基因——天空是蓝色，海洋是蓝色，甚至人所生存的地球，也是宇宙中唯一的蓝色星球。没有蓝色的世界是不可想象的。记得看过一个资料，喜欢蓝色和与蓝色相近的紫色之人比喜欢其他颜色之人要多。之所以如此，就在于蓝色太容易令人碰触到生命本身，即使我们很少在较深的层面上主动意识到这点，但无意识的触动往往是最真实的触动，也是最本质的触动。

蓝色理所当然地最易唤起人们内心最平和的感受。当天空蔚蓝之际，人的心情也会豁然开朗，不晓得这是不是蓝色在唤起生命最隐秘的苏醒证明。可以肯定地说，人们面对天空之蓝和海洋之蓝，其实就是在面对生命之蓝。因为海洋是生命诞生的源头，天空覆盖了所有的生命。对人来说，海洋与天空是展开无穷视野的处所，换言之，蓝色在展开人最辽阔的感受。

在蓝色深处，涌动着人生命中最无穷的愿望。

没有谁不喜欢海洋，也没有谁不喜欢天空——换句话说，没有谁会对蓝色无动于衷，甚至可以说，热爱蓝色的人，往往比热爱其他颜色的人要更加热爱生命。

从这里再看克莱因，与其说他在全力以赴地追求蓝色，不如说他在全力以赴地呈现生命本身。

他能在二十世纪流派纷呈的画坛异军突起，究其因，便是很少有哪个画家在二十世纪的工业烟尘下，孤注一掷地追寻生命和如此独特地表达生命。从这个意义上来说，克莱因远远不仅是个画家，还是个不断以行为从生命中滚压过去的哲学家。尽管他发表的作品只是新颖独特的美术样式，却比很多哲学著作更能唤起我们对生命的理解和沉思。

尤其工业时代导致的种种弊端，让我们在很多时候都远离蓝色。生命感到沉重的人，我们可以说他缺失生命的色彩，把这句话说完，未尝不是他内心和视野都缺乏蓝色的抚慰。

记得2015年，"阅兵蓝"成为当年度的一个新词，至今都令人津津乐道。原因无他，就在于那些纯粹和纯净的蓝色唤起了我们的激情感受。

唯有蓝色延续，才有我们生命中的激情延续。

2019年1月16日于深圳

目录 *Contents*

1

小说

三 姐 妹

◎陈 武

让我掉下眼泪的，不止昨夜的酒

让我依依不舍的，不止你的温柔

——赵雷《成都》

二姑娘

拉着木爬犁的，是一匹白马。

我坐在爬犁的边栏上，老史在前边牵着马。路上都是压得结实的雪。

木爬犁上，除了我的一个黑色人造革皮包，还有一个蛇皮口袋，那是老史的东西。街上没有什么车辆，也没有什么行人。我对即将到达的目的地，充满了陌生和好奇，也有隐约的担忧——毕竟，我和老史认识还不到半个小时。没错，半个小时前，我在佳木斯火车站对面的小酒馆里吃饭，我有点风尘仆仆，也有点无所适从，处在既亢奋又失望的境地中——原本，受一本书的诱惑，我是来北大荒看神秘的"鬼沼"和"满

盖荒原"的，这本书把北大荒描写得太美了。没想到北方的隆冬除了雪，还是雪。在满眼都是雪的街巷里，我先遛进这家小酒馆，点了一盘水饺。在吃水饺的过程中，我看到我的邻桌——一个独自喝酒的中年人，不停地打量我，然后主动跟我搭讪，问我从哪里来，到哪里去。我告诉他，我是江苏人，来旅游的。他露出了惊讶的神色，可能是觉得还有十来天就过春节了，谁还在这时候旅游呢？他疑惑地眨着眼睛，问我是不是和家里闹了矛盾跑出来的。我当然没有和家里闹矛盾了。我奇怪他为什么会有这样的想法。他又问我是不是和人打了架逃出来的。他见我摇头，继续问。问我家里有什么亲戚闯过关东。真是笑话，好像只有和家里闹矛盾、和村里人打架或投奔亲戚才来东北似的。我告诉他，我是来欣赏北大荒自然风光的。他倒是乐了，说他家就在北大荒，周围全是北大荒。其实在火车上，已经有热心的黑龙江人告诉过我了，北大荒是一个泛概念，松花江以北的大部分地方统称北大荒。对于他对我的怀疑，我没有过多地解释。但他继续对我产生了浓厚的兴趣，比我对北大荒的兴趣还要浓。他告诉我他所在的村庄叫自力村，他姓史，村里人都叫他老史。他还介绍了自力村前前后后的地形地貌。他声音不高，却有些急促，很急于把家乡的美景告诉我。他颠来倒、倒来颠地说了几次之后，盯着我看了半晌，略有些尴尬地笑一笑，诚恳地邀请我到他家住下来，住到他家，就相当于住在北大荒了，就能尽情欣赏北大荒的美丽风光了。我动心了。一来，觉得他的话有道理；二来，是因为我无处可去（我没带介绍信。在20世纪80年代初，没带介绍信是寸步难行的，刚才在一家民政招待所里就碰了壁），我便同意住到他家了。老实说，我心里是忐忑的，战战兢兢的。

木爬犁拐了几个弯，穿过几条巷子，在一个大门口停住了。我看到这是一所中学的大门，门边挂着"佳木斯第二中学"的大木牌。木爬犁刚一停下，从门边的一间屋里，走出来一个穿着臃肿的女孩，她除了书包外，还有一个旅行包。我猜，这应该是老史家的女儿吧，也可能是邻居家的孩子。我看到她快步走到木爬犁边，本想说什么的，看到木爬犁上坐着一个陌生人时，愣了下，不说了。她把旅行包放到木爬犁上，自己也坐到我对面的边栏上。老史也没说话，继续在前边牵着白马。

木爬犁不急不躁的，很快就走出了城市，走进一片原野了。

原野上是一望无际的白。我这两天在火车上早就看惯了这种白，已经不怎么好奇了，但我还是四处张望着。那些白突然会有些光泽，也会有高低起伏，可能是岗岭山峦什么的，零星的树木对白并没有造成影响，那么霸气，那么为所欲为。我心里也跟着浩瀚起来，想说说心中的感慨。但，我对面的女孩很安静。我已经多次假装不经意地打量过她了，她穿蓝布的棉裤，棉袄上套着红黑相间的格子外套，脚上是一双手工做的灯芯绒棉鞋，戴一顶黄色的绒线帽子，红色的大围巾包住了脸，只露出鼻子以上的部位；她眉毛粗粗的，在左眉尖上，有一个白色的细细的疤痕。我的不经意，其实并没有瞒过她，她不自然地接连眨动着眼睛。在我望向别处时，我眼角的余光，发现她也在偷看我。

木爬犁爬上了一道高高的山梁，又落入一片谷地。

老史把缰绳挂在了马背上，等了两步，屁股一歪，坐在了木爬犁的边栏上，再转三百六十度，把腿脚挪进了木爬犁上。他这一连串动作很熟练，很自然，一看就是老把式了。他刚坐好，就对身边的女孩说："抱着书包不累啊？"

他在说那个女孩。女孩一直把书包抱在怀里。

"不累。"女孩把书包重新抱了抱。

"我家二姑娘。"老史跟我一笑，脸上有点得意，"在佳木斯二中念书，明年就上大学了。"

"爸，谁说我考上啦？"

"考不上再复读一年，反正要考上的。"老史比他女儿还有自信。

"……见谁都吹——这谁啊？"

"小陈啊，从关里来……就住咱们家。"老史像是对我很熟悉似的又在他二女儿面前显摆了，"关里的年轻人就是优秀，敢出来闯天下。当年我们冒冒失失就跑来北大荒了——那时候叫闯关东。"

"你们那时候是逃荒好不好？"她可不给老史留面子，"人家现在叫旅游。"

"道理差不多，逃过来了，不就安了家？不就没有饿死？不就有了咱们这一大家子人啦？你这书都念到哪里去啦？"这个老史，看是木讷的样子，话里却透出智慧——他还在怀疑我是从家里逃出来的，是另一种形式的闯关东，将来也能像他一样，有一大家子人。

老史见我和他女儿都没答他的话，又说："小陈，我家二姑娘叫史丽娟，一家人就数她聪明。老史家就指望她撑门面啦！"

"稀罕你夸，你不是说闺女都没用吗？"史丽娟的话音有些得意，眼睛灵活了起来，笑了笑，勾下了头，继续笑。她的笑有多层意思，其中之一，肯定对我在这时候来旅游感到可笑吧。不管怎么说，她的出现，让我打消了对老史的怀疑和不放心了。

老史笑两声，说："你要是个男娃当然更好啦！"

"终于说了实话，重男轻女！"史丽娟不屑地瞥了老史一眼。

老史自觉说多了，不再吭声。离我们不远的地方，有一圈人。还看到他们中有的人光着上身。在这冰天雪地里，赤身裸体的，不怕冻坏啦？

"他们在干啥？"我禁不住心中的好奇。

"冬泳啊，这是江，松花江，他们正在冬泳呢。"

原来是这样，我们的木爬犁正行驶在江面上，怪不得地面是如此的平整，怪不得远处有凝固的巨浪，原来是冰封的松花江，刚才的"山梁"，不过是江堤而已。

老史家

从松花江北岸爬上来，一路向北，有几个村庄被我们闪在身边，夕阳下，人家的屋顶上冒出一缕一缕的炊烟。白雪映衬下的村子，单调而缺乏生机。在穿过一个叫吉祥乡的集市街道时，天已经有了黑影，街道上几无人迹。老史在一家杂货店的门口停下来，一会儿便端了两箱酒出来，后边跟着一位中年妇女，也端着两箱酒。四箱酒码到木爬犁上时，中年妇女看看我，说："怪不得买这么多酒，来亲戚啦！"

老史响亮地笑两声，赶着牲口走了。

天完全黑了。四周静静的。当我感到要冻僵的时候，木爬犁终于进了一个村庄。

"到啦。"在一户低矮的房舍前，老史对我说，又冲窗户大叫一声："大翠！"

屋里并没有回应声。大翠是谁呢？

史丽娟已经站在木爬犁边上了，她没有急于进屋。我知道她是在等我。我有点紧张。虽然一路上，我多次想到会紧张，想到如何缓解紧张，但免不了还是无所适从。第一次到一个陌生的人家，我对这家人了解多少呢？她家有几口人？幸亏我认识了男主人和他的二女儿。

老史很热情，比先前更热情了，他让我赶快进屋去暖和暖和，别冻坏了。又抱怨 句什么，还是涉及大翠，便急不可待地对史丽娟说："娟，把你哥带回家。回头把大翠找回来。"

老史的话吓我一跳，我已经成了他二女儿的哥啦？

可能是史丽娟还没有适应这个哥吧，也可能是她明明就在客人身边，找什么大翠呢？史丽娟像是赌气一样，不急于进屋，也不叫我进屋。这样，我们在寒夜里站了片刻。我看到又明又圆的月亮，把雪地都照亮了。今天应该是腊月十六，或十七，月亮这么好，天这么透，周围

这么冷，我是这么拘谨，真让人恍惚啊。没容我多想，老史又说话了，要把牲口和爬犁还给人家（原来是借的），然后就赶着木爬犁走了。那四箱酒被他搬下来，就堆放在雪地里。我想去搬酒，把酒搬进屋里。

史丽娟一声不吭就走了，把我丢在了门口。

我觉得哪儿不对。哪里不对呢？史丽娟在路上还跟我有话说，怎么到家了，反而不理我啦？我可不想冻坏了，不管怎么说，我先进屋再说。我小跑几步，跟上了史丽娟。

老史家的屋不大，只有两间，分外间和里间。外间的后墙堆着几个口袋和许多杂物，还有两口大缸。

我随着史丽娟进了里屋。

仿佛一瞬间经历了两个世界，从严冬，走进了晚春——里屋真暖和啊，浑浊的热流萦绕在不大的空间里。我举目四顾，昏黄的灯光下，是两张面对面的土炕，中间的过道只有七八十厘米宽。北炕上，盘腿坐着一个花花绿绿的少女，她穿红色的毛衣，绿色的裤子，紫色的袜子，长头发披散着，正在织毛线。她刚要和史丽娟说话，看到了史丽娟身后的我，愣了下神之后，笑了。

"二姐，同学啊？"她声音很大地说，还做了个鬼脸，"嘻，我说这么晚嘛，爸呢？"

"咋呼！"

她伸了下舌头，诡异地挤一下眼睛："这么晚，同学不走了吧？"

"欠嘴，看我不把你嘴给缝起来！"史丽娟说完，又冷冷地对我说，"我妹，史丽萍。"

"叫我萍萍好啦。"

萍萍说话很快，声音又脆又亮（史丽娟的声音有点闷），确实很机灵，穿着也花哨。她和她二姐，就像风格迥异的文学作品，有着完全不同的气息，长相也大相径庭，萍萍是白净脸，尖下巴，皮肤又细又嫩，单眼皮，尖鼻梁，俊俏俏的，乌漆发亮的眼眸和丰满的唇，更突出了少女的神韵和精致。年纪虽小，却一点也不胆怯，又是扮鬼脸，又是使眼色。然后，放下手里的毛线针，取下挂在床头的外套，说："二姐，我去喊妈啦，还有大姐——我要把这两个赌钱鬼请回来，做饭给你同学吃。同学哥哥，等着啊。"

萍萍风一样出门了。

"疯子！"史丽娟一边脱外套一边嘀咕着。

我没有脱外套的习惯，也不适应屋里这么暖和。东北人烧炕我是知道的，但也只是些书本知识，没有切身体会过。老史家这间不大的房间里，除了两张土炕，屋里的空间很小，进门一块空地上，有一个巨大的木墩子，从形状上看，应该是切菜用的"菜案子"。紧挨着菜案子的，是一口烧煤的地灶锅。屋里的烘人的热量，一定是这口地灶锅烧出来的。两张炕的炕头，都有一个笨拙的木头架子，架子的隔层里，一条一条地叠着被子和衣物，架子和墙上也挂着长长短短的衣服。有一个方形的炕桌，放在临窗的大炕上。土墙上，糊着的报纸已经陈旧了。屋梁很矮，如果我站在炕上，头会不会碰到屋顶也未可知。我犹豫了一下，还是学着史丽娟，把大衣脱了。

史丽娟接过大衣，挂到墙上，说："上炕吧。"

史丽娟已经盘腿坐到炕上了，动作特别利索，我都没有看到她是怎么做出来的，就稳稳地坐着了。我却犹豫了，也很为难——我的袜子已经几天没换了，还是出门时穿的那双，如今是第三天了，不知有多臭了，怎么能好意思脱鞋上炕呢？而且来到陌生人家，脱鞋上床（炕），多么不礼貌啊。

屋里就我们两个人了，她知道这样冷着脸不礼貌吧，便说："像我这样把腿盘起来，会不会呀？不习惯吧？我们这儿都这样的。"

"能不脱鞋吗？"

"不行不行……哦，我知道啦，打水给你洗脚啊。"史丽娟马上跳下炕，到了外间。旋即听到打水声，又旋即进来了。她端着一个盆，盆里是半盆冷水。她麻利地从地灶上拎起热水壶，冲进半盆热水，还用手试了试说："来，烫脚。"

我赶快洗了脚，换好袜子，刚坐到炕上，老史回来了。老史搬进两箱酒，进来就问："还有两箱酒呢，娟？"

"我咋知道？"

从老史的表情看，门口雪地上的酒少了两箱。

会不会被谁趁着黑夜偷走啦？我说："刚才还是四箱的。"

"算了算了，谁喝还不是喝，就当我请客了，今天高兴！"老史嘴上不在乎，听口气还是很心疼的，"算是有良心，还给我留两箱了……你妈还没回？"

"看不见啊？"史丽娟的口气有点生硬，"萍萍喊去了。"

我很过意不去，觉得老史家丢了两箱酒，全是我的责任，又觉得，史丽娟的不高兴，也和我有关。

"大翠呢？"老史又问。

"不知道！"

"叫大翠回家做饭啊。娟，你跑一趟，大翠可能在老吴家……你去把她叫回来，说过多少回了，不许她去老吴家看牌，就是不听！"

"才不去了……"史丽娟从书包里拿出了书。

"你念书吧……这个大翠……"老史有点无可奈何，"我来做饭。"

老史手持煤铲，捅开了炉子，不消几下，炉火就熊熊燃烧了起来。

老史在做饭。史丽娟在看书——史丽娟已经移到了大炕上，在炕桌上摆开了书，是一本地理书。我只能看老史做饭。老史出出进进，和我有一搭没一搭地说话，我听到有几个词，"下屋地""外屋地""酸菜""牛肺""猪肝"。有的词我懂，比如酸菜、牛肺和猪肝，有的词我连估带猜，也能懂，比如外屋地，就是指我们这个房间的外间。他拿来的一团酸菜，就是从外屋地的酸菜缸里捞出来的。由此推断，下屋地，应该是搭在这间屋的西山头的那间小房子了，我们那儿叫"一沿坡"。那么，我们这两间堂屋，应该是上屋了。我不习惯，放开腿，又觉得腿也没处放，就移到炕沿，把腿耷拉在炕沿下。我想把包里的书掏出来看，那是一本《美国当代短篇小说选》，这是我喜欢的一本书，我那点文学营养，就是从这本书里汲取的，我一直把这本书带在身边，是准备随时学习的。就在我准备掏书时，外屋地响起杂沓的脚步声，门被拉开了，先进来的是萍萍，后边跟着一个比萍萍矮半个头的女孩——这应该就是老史说了几次的大翠了，一看就是老史家的大姑娘。

大翠确实有大姐的风范，她一到家就开始主厨，老史打下手。作为主厨的大翠，在一口铁锅里炒菜，火大油大，密不透风的屋子里，立即就飘散着浓烈的油烟味和菜香味了。

·

夜宴

菜都端上炕桌了，女主人还没有回来。但是，大家都对她忽略不计——三姐妹没有人提她们的母亲，都围坐上来了。

我突然发现，老史似乎有点不高兴——感觉不是因为女主人的缺席，似乎是嫌三个姑娘不懂礼貌（也许是因为丢了两箱酒），因为作为老史的客人，我还没有上桌，她们就都坐到饭桌边了。直到这时候，我还是以二姑娘史丽娟的同学身份出现的。老史没有说破，我也不想多说，史丽娟呢，更没有澄清——我也不知道为什么。这些瞬间的闪念我不应该去多考虑。只要我能在他家住下来，从明天开始，去感受一下北大荒就好了。但我真的不习惯盘着腿坐在床（炕）上，更何况还要在床上吃饭呢，这成什么体统？老史手里夹着烟，微笑着劝我"上炕"。老

史的三个女儿都看我。老史的劝，她们的看，我就更加难为情了。但也不能不吃饭啊，入乡随俗吧。

我观察一下我们的座次，我坐的是炕头的位置，老史是背窗而坐的，三个姑娘分别坐在炕梢和炕沿。老史郑重地给我们每人的酒杯里倒上酒。可能是老史威严的神色让三个姑娘感到畏惧吧，屋里突然安静极了，我再次不自然起来，再次有一种深深的陌生感。我甚至发现我一直在强装着镇静，而我真实的状态是害羞——老史家三个美丽的女孩才是我不自然和不自在的根源。本来，老二史丽娟跟我还有交流，当到家后，突然就变脸了，一家子聚齐后（只差女主人），她便不愿意多说什么了。小女儿萍萍还是浑身透着机灵劲儿，一举手，一撇嘴，一投眸，都是天真和烂漫。至于大女儿，自从被萍萍从牌场上叫回家后，倒是没听她主动和谁说过话。她先是主厨烧菜，完了后，又淘了苞米粉糁，放在炉火上熬着。苞米糁就是玉米的碎粒，不是粉状的，是颗粒状的。她坐在炕沿，可能就是方便照顾灶上的一锅苞米糁吧。大翠和她两个妹妹完全不一样，她面色是沉静的，做事是专心的。她不像老三那样有一种惊艳美，却也鼻子是鼻子、眉是眉的，虽然耐不住细看，却比老二要亮堂些，特别是作为家里老大，有一种乡村姑娘特有的成熟。但是，她爱赌博，还抽烟——我看到她在淘苞米糁前点了支香烟，一边做事一边抽，老成得很。我和三个年龄跟我相仿的陌生女孩突然相聚在同一个屋檐下，盘腿打坐在一个狭小的空间里，同吃一桌子饭菜，还要喝酒，我怎么能平静和自然呢？

"就这点儿？"萍萍看着自己的酒，"比二姐还少。二姐凭什么喝酒？她还要念书。她喝晕了头就念不成书啦！"

萍萍边说边去抢老史的酒瓶。

史丽娟赶快端起酒杯，把杯里的酒倒进了萍萍的杯子里——她这是一口也不喝了。

萍萍看看杯子，还是嫌少，她不高兴地鼓起了嘴。

"你才多大？十六岁，小孩子哦，本来不给你喝的。"老史笑着说，朝我看一眼，意思是，不是家里来了"大哥"，你别想喝酒。但，他还是给萍萍又添上了。

萍萍高兴了，端起酒杯，喧宾夺主地说："欢迎大哥来我家做客。"

老史也乐了："好，欢迎欢迎，小陈一路辛苦，来，喝酒！"

酒是烈酒，我喝了一小口，一股火线直往胃里钻。我吃了口菜。菜是酸菜，真是酸菜啊，酸里还透出腥味，难以下咽。我看了看桌子上的三大碗菜，都是一个颜色，也差不多是一个味吧？我有点为难，瞟了一眼灶上的苞米糙，那个东西应该好吃。我希望它快点熬熟，快点吃一碗苞米饭。

"小陈，吃肉，来，吃肉……别客气，到了这儿，就跟到家一样，来……"老史真是热情，他用筷头点着菜碗，望着我，眼里充满期待，"来，来，来……"

如果我不夹一块肉，他的筷头一直点着，嘴里的"来"也会一直不停。我只好夹了一块猪肝吃。和酸菜一样，猪肝同样是腥的，那种腥味，是刚入口就想吐的感觉。我当然不能吐了，我不敢品尝也不敢细嚼，只在嘴里打两个滚，就吞咽下去了。我看到老史期待地看着我（说不定大翠也是），只好装着很好吃很享受地笑了笑。

"好吃多吃点。"老史继续热情，继续用筷头点着菜碗，"……牛肺，来，来，来，牛肺，吃块牛肺！来，来，来……"

我感觉快装不下去，嘴里的腥味正泛滥着。我赶快端起酒，喝了一口。酒虽然辣，可以改变嘴里的腥味，压得住胃里的泛滥。烈酒继续像一股火线，或者是刀划过一样，比第一口还要烈。

"嚓嚓嚓"，有人拍了几下窗户。

"老曹！"老史认出了窗外的人，冲着窗户喊，"进来，老曹，进

来喝酒！"

叫老曹的人进来了。

"哈，来客人啦？我说闻到酒味了嘛！"老曹的直嗓门比老史大多了，就像手扶拖拉机一样，轰轰的。他诡异地笑着，把身上一件羊皮短大衣脱下来，往对面的炕上一扔，说，"酒够不够？不够我给你整两箱来。"

"有酒，够你喝的，"老史说，"你还别不信，老曹，我到自力村落户二十多年了，头一次遇到这个情况——四箱酒，少了两箱，你说怪不怪？"

"不可能，咱自力就没有这种人。哈哈——你到树下看看？我老曹掐指一算，你家老榆树下雪窟窿里就藏有两箱好酒，你老史是不想让亲戚喝足吧？还藏了两箱，幸亏叫我逮着了。"

老史乐了，他跳下炕，穿上鞋子，出门了。

老曹拿过史丽娟面前的空杯子，倒满了一杯，对老史的三个女儿说："我藏的……逗你爸玩的。哈哈哈，你爸真识逗。"

老曹已经坐到炕上了。小小的炕桌，显得更拥挤了。老曹像变戏法一样，突然变出一碗盐豆来，还不是小碗，是一个黑窑碗，我从未见过那么黑的碗。他进门时藏在哪里的呢？大衣袖子里？还是屁股后面？老曹显然是有备而来的，他不仅藏了老史的酒，还回家做了一道菜，看来他们两家关系不一般。

老史像大赚了一样，乐呵呵地把两箱酒端回来了。

有了老曹的加入，这酒才热闹起来。老曹自然先敬我这个客人了，他端起酒杯说："小兄弟，喝两个，来，我先喝为敬！"

老曹"咕咚"一声，杯子里的酒没了，成了个空杯子。老曹喝酒和他做事说话一样，动静也大，"咕咚"声不像是喝酒，像砸了一个东西。他端着杯子，看着我。我肯定不能这么喝。这个杯子有三两，如果干了一杯，我就醉了，这酒宴就结束了。

"……干不了啊。"我的声音一点底气都没有。

老曹摇了摇杯子，问老史："这位亲戚，能喝不？"

老史含糊其词道："我也……小陈，能喝多少酒？要不就喝这一杯吧。老曹，你是长辈，担待点，你干两个，孩子干一个！"

老曹听老史称我为孩子，还称他是长辈，眼睛一闪，看一眼大翠，又诡异地笑了，恍然道："噢，原来是新亲戚……好好好，真好，我一定要干两杯，这杯酒要大翠给我斟上。大翠，给叔斟酒！"

我看到大翠莫名其妙地看了她爸一眼，又看看史丽娟——她一定是听萍萍说了，我是史丽娟的同学，这么成了亲戚？而且是新亲戚，而且还要她斟酒。新亲戚是什么意思？让她斟酒是什么意思？

大翠的莫名其妙很隐蔽，情绪很快又平稳了。大翠应该是个喜怒不溢于言表的姑娘，她略低一下头，顺从地拿过酒瓶，给老曹斟满了酒。

老曹开心了，端起酒杯："第二杯，来，新亲戚，来，来，来，我先干！"

老曹干了后，我只好也干了杯中的酒。这一口太猛，差点把我呛着。

老史要给我倒酒，我捂住了杯子不让倒。

老曹又问老史："孩子真不能喝？"

"随孩子自己吧。"

我听他们孩子孩子的，感觉特别别扭。

老史和老曹又互干了两杯。加上大翠和萍萍都分别敬了她们的曹叔叔，喝酒这才有了点气氛。

老曹带来的盐水豆很好吃。我真要感谢老曹，盐水豆又咸又香，表面是软的、咸的，内里是硬的、脆的，特别经嚼，比其他几个菜好吃多了。自从上来了这道菜，老史再叫我吃菜时，我只吃盐水豆了。老史一边和老曹喝酒，一边不忘招呼我吃菜，经常用筷头点着菜，点着牛肺、

猪肝、粉丝、酸菜，热情不减地叫我吃。但我只吃盐水豆了。他点着任何一道菜，我最后吃的都是盐水豆。我的反常没有逃过老曹的眼睛，老曹说："新亲戚吃菜啊，大翠做菜的手艺，在我们自力村拿第一，我最爱吃大翠做的猪肉炖粉条了，那个香啊——新亲戚哪里人？"

"江苏的。"

"江苏哪里？"

"新浦……"

"新——浦？"老曹脸仰起来，做若有所思状，"我们村有江苏的吗？没有吧，老史？"

"朱二家，不是江苏的？"老史说。

"不是，他家是安徽的。"老曹肯定地说，"新亲戚，没有老乡也不怕，咱们自力啊，全是外地人，五户河北的，九户山东的，八户河南的，四户安徽的，两户湖北的，还有一户上海的。都是闯关东来的，开始都不适应，这不，都适应了，大家都像一家人，哈哈哈，自力村养人啊，以后你就知道自力村的好了。我二十多年前来落户时，也就十来户人家吧。河南的小王家，来了才几年？三年多点吧？这个小王，在原来的村子上，得罪了人，待不下去，心一横，来投奔亲戚，来了就找了个媳妇，去年刚生了双胞胎呢，两个儿子，真是赚大了。"

话说到这里，我明白了，老曹和老史一样，都以为我是从家里逃出来的，以为我和小王一样，在村子里出了事，待不下去了，闯关东来的。老曹甚至还有更深的误解，称我为"新亲戚"，把我当成老史家的上门女婿了（老史可能真有这个用心）。不仅我听出了他们的话音，就连三姐妹也都听出来了。

最疑惑的还是萍萍，她看看二姐，看看大姐，愣了阵神，又看我一眼，脸又突然红了一下，抿了抿唇，把那碗盐水豆往我面前推了推——其实只是做了个推的动作，碗还在原处未动。萍萍说："哥，吃菜……"

火炕

我听从老史的安排，睡在南窗下的大炕上。我是横着睡的，睡在炕头，身底下只铺着一个薄薄的褥子，褥子已经被火炕炕得滚烫了，我感到整个后背像火烤一样，身上很快就要被烤干了。老史睡在炕梢，离我也不过有二三尺远的距离。他因为和老曹喝了不少酒（我们总共喝了三瓶），很快就睡着了，正鼾声如雷。另一张炕上睡着三姐妹，三人共铺一床被子，分别盖了两床被子，史丽娟和萍萍盖一床，大翠一个人盖一床。这些被子，虽然颜色艳丽，却总有浮着一层尘土的感觉。睡在这样的炕上真不习惯，再加上和三姐妹同处一室，躺下好久了，仍然不能入睡。

又过了很久，感到有人进来——我知道是女主人了。女主人惊醒了三姐妹中的一个，我听到一个很小的声音在抱怨："妈你怎么才回来？输了赢啦？"

我听出来是大翠的声音。

"输了。"

"输多少？"

"十多块。"

"这么多啊？妈，你在我们炕上睡，跟我一个被窝。别开灯啊，家里来……来人了。"

屋里不是很黑，因为外面的月色、雪光映在窗户上，屋的物体能够隐约可见。我偷偷看了看屋子里，能看到站立在窄道里正在脱外套的女主人，她声音很小地问："谁来啦？"

"没见过，爸带来的。"大翠把声音压在喉咙里，"妈，明天再说吧，睡觉。"

后来，我就把眼睛闭上了，还悄悄把被子拉拉，盖到了脸上。可我眼睛都闭疼了，还是睡不着。

半夜回来的女主人在说话，她和大翠"嚓嚓嚓"地说个不停。她们操着纯粹的方言土语，声音又在喉咙里，我一个字也听不清，我猜想，肯定和我有关。但她们的对话引来了别人的反感，一个声音突然响起："话痨！"

哈，这是二姑娘史丽娟。

声音没有了。我听到有吧嗒嘴的声音，这一定是熟睡了的萍萍了。现在我知道了，在同一个屋檐下，睡觉的六个人，只有老史和他的小女儿在酣睡，另四人都没有睡着。女主人肯定是对我这个不速之客产生了浓厚的兴趣，想从老大那里得知一星半点的信息。而她们的嘀嘀咕咕影响了明年就要参加高考的老二的睡觉，遭到了老二的呵斥。他们一家的基本情况我都知道了，老史是一家之主，女主人看来不当家，喜欢看牌（一种小赌）。他们育有三个女儿：老大叫史丽翠，老二叫史丽娟，老三叫史丽萍。老大的小名叫大翠，老三叫萍萍，他们叫老二喜欢称一个字，娟。我听老史这么叫过，听大翠也这么叫过。老史家的三姐妹年龄相差不大，她们性格各异，风格突出，大翠懂事明理，手脚麻利，会抽烟，也爱打小牌，长相也不差；老二史丽娟长相稍平常，身材一般，受教育程度最高，有自己的主见，开始还跟我说话，到她家之后，情绪突变，看不惯她父亲的做派，有抵触情绪；萍萍天真烂漫，口无遮拦，身材长相最漂亮，是个人精。我平时就喜欢读书，也写过几篇小说，乐于分析人物。我在心里对他们一家这么分析着，觉得挺有趣的。我知道，因为我的到来，在他们家已经掀起了波澜，接下来，在全村引起反响也未可知。造成这样的局面，是我事先没有想到的。我想，这次北大荒之行，即使没有领略到神奇、曼妙的北大荒风光，能近距离接触、了解这一家人，也是此行的大收获，会对我的写作和对人事的认知大有帮助。

　　早上我是最后一个醒来的。我看到对面炕上都收拾干净了，被褥都归整到橱架上了，史丽娟在炕桌上写作业，她换了件毛衣，是一件紫色的高领羊毛衫，臃肿的棉裤换成了单裤子，头发扎成一个高高的马尾巴，比昨天要鲜亮多了。萍萍还是那样艳丽，红毛衣绿裤子，长头发不像昨天那样披散着了，而是扎成两根大辫子，规规矩矩的大辫子。她继续织毛线，还是昨天那件白毛衣。

　　"哥你醒啦？"萍萍的声音很脆，她看我正在穿衣服，又说，"哥你不用穿那么多，在家里暖和的。"

　　史丽娟直了直腰，重重地放下手里的笔，瞪了萍萍一眼。

　　萍萍知道自己声音高了，又放低嗓子说："我给你打水洗脸啊，再热饭给你吃。"

　　我发现，萍萍成了最爱和我说话的人，对我也最关心，她丢下毛线，去收拾了。我看史丽娟正在写作业，便没话找话地说："做功课啦？"

　　史丽娟头也不抬地哼一声。

　　"哥，水来啦！"

　　"好好说话，喊？"史丽娟低声斥责道。

　　"谁喊啦？写你作业去。"萍萍一点也不相让。

　　我洗了脸，刷了牙，吃了一碗苞米糁。这几件事很快就做完了。我看看手表，已经十一点了。十一点，一个上午就要结束了。

　　"哥，下大雪了。"

　　"啊？下雪啦？"我惊讶了，昨晚还有月亮啊。

　　"是啊。"萍萍又坐到炕上织毛衣了，她朝我一笑，"哥，你们那儿下雪吗？"

　　"下啊，都是小雪，落地就化成水了。"

　　"那多没劲。"萍萍把手里的毛衣往身上比画一下，看我在看她，

不好意思地征求意见道，"好看吗，哥？"

"好看。"

"哈，还是哥的眼光好，她们都说我……"萍萍看一眼史丽娟，调皮地伸了下舌头，"空了我给哥也织一件。"

我看到史丽娟合上了书——这是不满的意思。我便不再说话了。

可萍萍不管二姐的小动作，她继续说："哥，等会儿带你出去看雪啊。"

萍萍望一眼窗户。

我也看到有几个人影走过。

萍萍赶紧说："他们回来了。"

我听到外屋地的门开了，然后是跺脚、抖围巾和弹衣服的声音，再然后，老史夫妇和大翠陆续进来了。老史说这场雪要下两三天，是多年不遇的一场特大雪。我听了有点莫名的兴奋，遇上多年一遇的特大雪，一定很好玩的。老史接着告诉我，他给我找了一间屋子。

"就是井房，"他说，"在村西头，刚生了火，现在就可以搬。对不起小陈啦，条件不太好，先委屈一下啊。"

听说有一间独立的小屋，让我兴奋了。能目睹一场他们都不常见的特大雪，也是不虚此行啊。搬出去，独立居住，就能避免和他们一家住在一起的不便和尴尬了。这两个消息都是好消息啊。

我也没有什么好搬的，只有一个包，老史给我背上了。于是我穿上军大衣，戴上帽子和手套，围好围巾，随着老史出门了。

外面的雪确实很大，悄无声息的，像一团一团棉絮，从天上飘落下来，眼睛都睁不开了，能见度只有三四米远。地上的积雪已经很厚了，一脚下去，能漫了鞋帮。我欣喜地四处张望着，跟在老史的身后，跟得很紧，我怕一不小心跟丢了，迷路了，找不到井房也回不了老史家了。老史不仅背着我的包，肩上还搭着那条我夜里盖过的被子。

　　我们不过是路过四五户人家，又走过一段不足两百米的空地，就是那间井房了。老史掀开吊搭子（一种用野草编得很密的帘子），推开了一扇门。

　　屋里只有一张三面靠墙的土炕，比老史家的炕窄多了，就像一张单人床。

　　这间屋子太小了，我目测一下，大约三米长不到，两米五宽左右吧，正对门的炕头上，是一个只能放一个烧水壶的地灶炉子，炉子上已经焐上水了。在炉子的一边，是一个破铁皮桶，桶里是大半桶和成泥状的煤。炉火很旺。小屋里暖烘烘的。床上铺一张炕席，新的。老史抖了抖被子上的雪花，朝炕上一放，加上我的包和几样衣服，小屋顿时有了生气。

　　"太小了，太小了……"老史一迭连声地嫌弃着。

　　"很好很好……"我是真心觉得好，毕竟是一个独立的空间了。

　　老史坐到炕上，掏出烟，递给我一支，见我摆手，自己点上了。老史抽着烟。脸上露出似笑非笑的神情。他对于我的到来，应该是很满意的，从昨晚那场酒宴上就能看出来。他抽了几口烟，开口跟我说话了，他讲了这间房子的来历，原来是看井用的。村子里只有这一口井，就在房子前边。看井人就是昨天喝酒的老曹。

　　井为什么要看呢？我虽有疑虑也没有问。

　　"这雪扑下来了。"老史说。

　　我应一声，琢磨着他的话。他用了一个"扑"字，倒是挺形象的文学语言，等会儿我要记下来。

　　老史吐着烟圈，伸伸脖子，继续道："你就安心住着，等大雪不下了，就可以跑出去玩了。不过要当心掉到雪窟窿里。可以叫大翠、萍萍带你出去玩。后山上有一片林子，可以去看看。山下那一大片都是水塘子，大大小小、好多好多的水塘子连在一起，不过现在都冻死了，看不

到冒水泡了，鸟也早就飞走了，大雁啊，天鹅啊，绿头鸭啊，还有黑尾鹬，不知道躲到哪里了，没有好玩的东西了。可以到市里玩玩的，吃吃饭馆，喝喝酒，逛逛百货公司。离这儿五六里地远的，还有一个湖，以前叫老龙湖，现在叫老龙岗水库，有人在湖上冬捕，能逮到大鱼。一早老曹去买鱼了，这脚前脚后就要回来……中午可以吃到鱼了。你们南方人爱吃鱼的。"

井房

来叫我去吃午饭的，是大翠。

大翠来敲门之前，我正在看书。老史一离开，我就看书了。我也盘盘腿坐在炕上。可我坐不到两分钟，就累了。只好又伸开腿坐着，也没有两分钟，仍感到不舒服，便把被子铺在炕上，躺着。我看了几页书，是那篇没有看完的《献给爱米丽的一朵玫瑰花》，当时我正看到爱米丽小姐躺到密室里的床上，她身边就是男友的尸体，心里正害怕着，门被突然敲响了。我内心的惧怕正达到顶点，突然的敲门声，和紧随敲门声被推开的门，都让我感到惊悚。大翠显然看到我紧张的样子了，她不知道发生了什么事——以为是她吓着了我，在门框里愣了一下，比我还紧张。

"啊……来啦？"我说。

大翠抖抖身上的雪，眼睛不再看我，微微地低敛着眉眼。

我看到大翠穿了件大红色的棉袄，大围巾并没有把脸包住。脸上泛着红晕。她围巾上的雪有一大堆。肩膀上也堆着雪。她没有抖落身上的雪，轻声道："吃饭了……"

大翠只说这一句话，就走了，推开吊搭子就走了，连门都忘了关。一股冷风从草帘子的缝隙里钻进来。我赶快关上了门。我感觉大翠虽然走了，那绯红的面颊和紧张的眼神都留在了屋里。

我穿好衣服，特意把大衣穿上。我这样武装自己，是想吃完饭后，去雪地里走走。到现在，我还没有仔细看看村庄的面貌呢。如果能在大雪中走走，一定很刺激，一定会有不一样的体验。我有点兴奋起来。

门突然被推开了，进来的是萍萍。

萍萍是大喘着进来的。她进来就拍打着身上的雪。我看到她穿得那么单薄，红毛衣，绿裤子（感觉连秋裤都没穿），外面套一件男式的短大衣。我认出来，那是老史的大衣，穿在她身上显得空空荡荡的。外面正下着大雪啊，如果不是那件大衣，会把她冻坏的吧？果然，她进屋就往炉火边凑，大声（完全没必要）说："哥，我来带你回家去吃饭……我老姐真是没用，这么大的雪，哪敢让你一人回啊，迷路了咋办？气死我了，叫我多跑一趟。哥，你不知道雪有多大，我都走不动了，这样下到明天，会把你的小屋门给堵死的——放心，哥，堵死也不怕，我来把你扒出来。嘻嘻嘻……呀，哥，炉子要瞎啦，瞎了就真冻死了，来，我教你弄炉子！"

萍萍一边弄炉子，一边告诉我，煤块不能太小，要不大不小，还要立起来，立起来才好烧。萍萍给炉膛添煤的动作很利索，几铲就好了，煤在炉膛里，像排列整齐的饺子。她扔了煤铲，看我已经穿戴好了，赶紧说："走吧走吧，一会儿爸又要来了，他最急。哥，中午吃鱼哦，老龙湖的大鱼，爸说你是南方人，爱吃鱼虾……嘻嘻，昨天没吃好吧？我看你吃饭比吃药还苦，真替你难受。都怪老姐，她平时挺会做菜的，不知怎么昨天晚上失手了，连辣椒都没放，油放那么少，那么难吃，她自己都吃不动了，活该！……走吧，走吧，你这要赶多远的路啊，穿这么整齐？就是吃个饭喝个酒呢。"

萍萍的话真多，就这么一会儿，比她两个姐姐的话加在一起还多。

"还要喝酒啊？昨天不是喝过了吗？"

"昨天没喝好。今天重喝，今天还有鱼呢。"萍萍眼睛一眨，咧嘴

笑着，露出洁白整齐的牙齿，"告诉你一个秘密啊，今天的鱼，是请曹婶来烧的。曹婶，就是曹叔的老婆，她是南方人，她妈妈是从安徽那边逃荒过来的，曹婶会烧鱼，全村都有名，硬是把大姐都教会了。以后在咱家，不愁没鱼吃了。"

听她的话，好像我要在她家待多久似的。

中午的鱼确实好吃，几个大鱼段，又嫩又鲜。我看到了那个"曹婶"，一个精干的女人。她和女主人（老史叫我喊她婶，我叫不出口，叫她史婶，又太难听了），都没有上炕吃饭，而是坐在对面的炕上，一边抽烟一边说话，时不时地看我们喝酒。我们，就是老史、老曹和三姐妹，酒和昨天喝的一样多，三瓶。史丽娟还是没喝，也最沉默。我似乎也不像是一个主要的客人了，因为坐在炕头的，是老曹，老史还是背窗而坐，接着是我，我的边上是大翠，接下来是史丽娟和萍萍。老曹先讲了去老龙岗买鱼的经历，由于雪大，根本看不到路，连马都走迷了。又讲买鱼的人真多，他再迟一步，就买不到了。最后还是讲他们自力村有多么好，外来的人都能适应，是个美丽富饶的地方，一口人分了二三十垧地，哪家都有百十来垧良田。老曹的话中，又穿插几个笑话，其中有一个，是关于他自家的大豆，由于第一场雪来得早，没来得及收，全被大雪覆盖了。我听了，觉得可惜，可他们却都大笑起来。老曹和老史都喝了不少酒。庆幸的是，没有人像昨天那样劝我喝酒了。倒是萍萍，没比昨天少喝，脸都喝红了。

吃完饭，我要回井房去。老史不放心，要送我。被老曹劝住了，老曹说："这么大孩子了，就这点路，闭着眼都摸回去了——让孩子自己适应适应。"

对面炕上的曹婶倒是比任何人都关心我，她一迭连声地说："这么大的雪，把孩子摔了碰了怎么办？大姑娘送送。"

"大姑娘"就是大翠。她果然听话，赶忙下炕穿衣服了。我估计，她刚才去井房喊我吃饭，又自己一个人跑回来，肯定受到了曹婶等人的批评。所以这次才这么积极。我本想说我自己能回，觉得这样说不仅是拂了曹婶的好意，也让大翠为难，我便悉听尊便了。

临出门时，老曹又关照大翠："把炉子烧旺些。"

曹婶跟着又来一句："有大翠就放心吧！"

但路上却发生了意外——我摔了个大屁蹲，毫不留情地，就是一个大掼。因为四周除了大翠（离我有两步远的距离），没有任何东西让我拉拽或扶抱，只能结结实实地摔倒在雪地里了。大翠"啊"地叫一声，试图过来拉我，脚下没站稳，也趴到了雪地里，趴了个"狗吃屎"。我们谁都没有拉谁，各自爬了起来。我并没有摔坏，也没感到疼痛，虽然狼狈了些，瞬间又觉得这是一次好玩的经历，必须有这样的经历，才对得起这漫天的大雪，便哈哈大笑了。大翠见我笑，也笑了。

回到井房，大翠没有脱外套，她一进来就捅炉子。她拿起炉钩，在炉子里捅捅搅搅，炉火便呼呼烧起来了。

"你看书啊？"她看到炕头的那本《当代美国短篇小说选》了。

"你也爱看？"

她立即红了脸，说："娟爱看。萍不看，萍念到初一，怎么也不去念了。我也不是念书的料。"

"噢……"我应一声，没话了。我把书拿在手里。我知道当着客人的面看书不好。

大翠手里拿着炉铲子，踟蹰一会儿，说："你和人打架啦？"

"啊？没有啊？"

"我瞎猜的。"她说，声音很轻，"去年，有一个逃婚的，跑到前面的自民村，不走了。她是个女的，肚子里带着个孩子。"

"噢……"我不知道怎么接话了。

"你在家是做啥的？"

"写作。"

"啥?"

"写作。"

我看她还不大懂,便把手里的书举举,说:"就是写书的。"

她眼神略有错愕,低头想了想,突然说:"我回啦……"

大翠走了。留下的眼神是错愕。我也便错愕了一会儿,情绪像屋外的雪花,飘飘的。

我要继续把《献给爱米丽的一朵玫瑰花》读完,便收收心,回到小说中,小说中的爱米丽挺奇怪的,她几乎与世隔绝了一辈子。她唯一的爱,就是那个来自外地的铺路的工头伯隆。伯隆对于小镇来说,是个异类,他活泼开朗、健康年轻,引起了小镇上所有人的喜爱和尊重,他与爱米丽完全是两个世界的人。伯隆代表着四处游走、见多识广、及时行乐和缺乏责任的北方新兴文化,是工业时代的产物。爱米丽则完全相反,她固守家园,秉持高贵,我行我素,特立独行,鄙视新生事物,虽然挣扎在南方旧时代的没落里,却心安理得。伯隆对爱米丽并不是真爱,甚至带点玩弄,最后想抛弃爱米丽。爱米丽在小镇浸淫多年,不声不响地施以计谋,在自己布置一新的婚房内杀死了伯隆,并藏尸于此,直到她自己等来了人生的末路,也躺到了伯隆的身边。老史家的人会不会把我当成伯隆?可爱米丽是谁呢?大翠?显然她还没有爱米丽的心机。我呢,不过是个过客。如果不是这场雪,我可以现在就离开这个偏僻的小村庄,踏上回家的旅途。可这场雪……会不会把我与世界隔绝啦?

井上

我要给家里写封信。

这个念头一旦产生,就不可遏制,就要立即把家书写好,告诉家里人，我到佳木斯旅行了，让他们知道我的准确位置。家里人知道我在哪里，他们放心，我也安心了。可我没带稿纸和钢笔。我立即想到了史丽娟，可以跟她借笔要纸啊。同时又想到了代销店，村里能没有代销店吗？纸笔肯定有卖的吧？如果有代销店，我还要买点别的东西，比如我现在刷牙、喝水只用一个杯子，可以再买个专门喝水的杯子；比如我只有一条毛巾，可以专门买一条擦脚毛巾；比如我可以买点零食——我最喜欢吃小麻饼和冰糖果子了，我晚上读书或写作累了的时候，可以吃点。还要买稿纸，我要写作，我要写小说，没有稿纸怎么能写小说呢？在大雪封门的日子里，在异乡的一间小井房里，正是写小说的好时辰啊。我可以把我早就构思好的小说写出来。那是一篇关于落后农村换亲的故事，是一篇悲剧。如果能在北方的封闭的农村，写出南方味的小说来，把人物、环境互相错位，互相嫁接，读者根本不知道是写南方还是写北方，他们会感到非常新奇和有趣，会钦佩作者驾驭故事的能力。

我思想异常活跃，也十分亢奋，就像外面的大雪一样飘舞。

我从炕上拿过大衣，穿好，决定去老史家，请老史家的人带我去代销店买东西。

让我感到奇怪的是，雪停了。不，是基本停了。我居然一点也不知道。不是说要下两三天吗？怎么一天不到就停啦？更让我感到奇怪的是，我的门口，也就是井房的门口，厚厚的积雪，已经被谁铲走了，堆在离井房一丈多远的地方，那里堆成了一个小型的雪山。铲雪的铁锨，就靠在井房的门边。这是谁干的呢？我第一个想到了老史，没错，只有他，才会这么照顾我。我有点感动，同时又觉得歉疚。我再看看铲雪后的地面和积雪的落差，这雪的厚度在半尺左右。我扬头望望天。天空阴沉沉的，仿佛藏着更多更厚的雪。我望一眼远处，除了雪地上冒出的那些树和树枝，全是一片洁白，没有飞鸟，没有鸡飞狗跳，也没有飘动的落叶，大地静静的，一切都静静的，连雪都静了。雪成了主角。

　　什么地方响起了"咔咔"声。我转头一看，在西南方，离我大约七八十米的地方，有两个人。我一眼就认出了其中的一个，她便是史家三姑娘萍萍，因为那条绿裤子，在白雪的映照下，太艳丽了，就像雪野上的一片绿叶。她在干什么？哦，我看到两个水桶了——她在挑水，她正在水井上打水。我对雪地里的井感到好奇，便向那边走去了。

　　通往水井的路上有几行深深的脚印。

　　"哥！"萍萍先看到我了。

　　她今天没有穿她爸的短大衣，但似乎也不是她自己的大衣。她所穿的大衣，我认出来是她二姐史丽娟的。她用围巾包住头和脖子，只露出半个脸来。上衣虽然不是太合身，但修身的绿裤子，仍然勾勒出她娇美的身材，她扑闪着眼睛叫我一声，对身边的一个女人说："就是他，二姐的同学。"

　　"军大衣"朝我笑笑，使劲盯着我看几眼，说了句"二姑娘的同学真好"，又邀请萍萍空了到她家玩玩，便挑着水桶走了，扁担和脚下，都响起了"咯吱咯吱"声。

　　"我说你是二姐的同学，嘻嘻。"萍萍跟我伸了下舌头，意思是她撒谎了。

　　"说什么都行。"

　　"嘻嘻……"

　　"这就是水井？"

　　"是啊。"

　　"深吗？"

　　"你看看，小心啊，井口滑的……别看啊。"

　　我在离井口还有一步远的地方，伸长脖子，向水井望望，黑乎乎的，什么也望不见。我看着远去的挑水的女人，小声问她："为什么说我是你二姐的同学？"

"爸让我这么说的。"她依然扑闪着大眼睛，看着我，"只有曹叔曹婶知道你不是二姐的同学……"

我知道她话里藏有另外的意思。我不想多想，又把话转了回来："怎么你来挑水？"

"爸去老曹家唠嗑去了——就是说事去了，他们大人的事真多，我和二姐都烦他们的。妈和大姐看牌去了——午饭一吃完，就有人来请大姐了，嗻，就是刚才挑水的那家，她家有牌局，也不算赌钱，就是玩的。妈那才叫赌呢，连天带夜的。二姐在做功课，咱家就她爱读书，她要考大学的，她不想做我们自力村的人。我不挑水谁挑水？"

"我来帮你……"

"你呀……不不不，你是客人。再说，路滑，你不行。"萍萍挑起了水桶，走了。

"想去小商店，买本本，还要买笔。"我跟在她身后说。

"到我家拿呀，跟二姐要。"

路过井房门口时，我突然想起来了扫雪的人，便说："是你扫了门口的雪？"

"是啊，惊动你了吧？我知道你在看书呀。这雪还要下的，我怕夜里下更大的雪，把你埋在井房呢。"

到了她家，看到史丽娟在写作业。史丽娟抬头看到我了，神情有些呆滞，那是专注的表现吧。她看到我就像没看到一样，没理我，表情也没有变化，仿佛我不存在似的，又继续埋头写作业了。

"二姐，哥要纸和笔……二姐，听到没有啊？哥跟你要信纸……"

"听到听到……"娟显然反应慢了些。她红了脸，从书包里找出一支钢笔，又找了一个本子给我，"没有信纸……本子行吧？"

萍萍替我接过来了，又转头问我："行吧？"

当然行啦。我拿了本子和笔，从老史家出来，天空的雪又往下落了。

代销店

到了傍晚，我的信写好了。

雪更大了。比上午还大，才四点多钟，夜色已经提前来临了。我几次到门口看雪，看雾雾蒙蒙的世界，心里也苍茫起来。我在给父亲的信中，把雪景描写得很美，把北大荒的人也描述得很有趣，还说酸菜很好吃，酸菜烧牛肺也很好吃，还写了几乎被冰冻封口的水井。我没有提到老史家的三个姑娘。

萍萍又来了，这回她给我送来了炒米。我刚才写信的时候，还真想吃点东西。在这样的天气里，不找点事做，没有零食可吃，真会很无聊的。金黄色的炒米装在一个玻璃的罐头瓶子里，隔着瓶都闻到炒米喷喷的香味。我感谢萍萍送来的炒米。她却说不能感谢她，是她大姐从老吴家拿来的，放在家里好几天了，没人吃。又多了个老吴？这又是个什么人物呢？是不是老史不想让大翠在他家看牌的那个老吴？萍萍不说，我也不好多问。但，我还是发现了一个小秘密，就是萍萍在说到她大姐的时候，总会看我的脸色，似乎她大姐是一支温度计，能够试出我的温度似的。萍萍这次说她大姐的时候，照例还是观察我的脸色，又接着告诉我一个更为重要的消息，今天晚上，老曹在家里请客，专门请我到他家喝酒。

"不去不行吗？"我商量着，我一怕生人，二怕喝酒，关键是，害怕这顿酒有更多的内涵。

"不行的，爸都回家搬酒了。"

"可是，我要写信，我的信还没写好……"我撒了个谎。

"明天写呀，反正你也走不了……瞧这场雪。"萍萍看着我，"你不走了是吗？"

"谁说的？"

"没有人说……"她突然严肃了，声音低了很多，"我瞎猜的……"

"村子上有小商店吗？我要买本稿纸。"我赶快转移了话题。有些事情还真不是挑明的时候，萍萍要说希望我不走，或说有人希望我不走，我又怎么回答？我说要买稿纸，是个很好的转移。

"买什么？"萍萍的眼睛又惊诧了。

"稿纸……就是信纸。还要买几个信封。"

"老吴家的小商店可能有信封……哥，我带你去买，正好我要到老吴家去喊大姐——大姐也要到老曹家喝酒，老曹也请了大姐。"

"谁？"

"大姐呀，你不高兴？"

我还真不能说不高兴，我只好说："我以为老曹请了你们一家……你和娟也去吧？"

"我们都不去的。"萍萍声音突然提高了。

我跟着萍萍出门了。

老吴家住在村东头，要经过萍萍家的门口。从萍萍家窗前路过时，我听到屋里有争吵声，是史丽娟的声音，她在责问和呵斥谁。可能是感觉窗外有人吧，史丽娟的声音立即住了。但我还是感觉气氛的紧张。

萍萍看到我犹豫的眼神和迟疑的脚步了。她催促道："别管他们，咱们走！"

我们到了老吴家时，我发现这个老吴家和萍萍家完全不一样。老吴家在村子的东头，有一个大大的院子，三间砖瓦结构的堂屋又高大又敞亮。

我们一进门，就看到在井卜遇到挑水的那个女人了。她一见萍萍，热情地说："三姑娘来啦？快快快……里屋炕上坐……"

"不坐了，哥要买信封，吴婶，你家里有吧？"

"有！"

　　我已经看到她家房屋的内部结构了，比老史家要阔气多了，老史家是两间，分里屋和外屋。她家是三间堂屋两头房，当中这间，虽然也可称"外屋地"，但不像老史家的外屋地那么冷，应该也有火道通过。外屋地靠后墙有两个货架，上面零乱地码着一些日用商品。两头房的房门都是玻璃门，能看到紧闭的屋里人头攒动、烟雾缭绕的。大翠可能就在其中的一间屋里看牌。

　　我买了两个信封。

　　萍萍已经进了里屋了。

　　我只从门窗的玻璃向里看了看。我看到一张大炕上，有五个人围着炕桌而坐，三个女的，两个男的，有老有少，他们每人手里举着一把牌，是紫红色面子的、窄窄的小牌。不是扑克牌。这种牌我没见过，不知道怎么玩。除了五个看牌的人，还有两三个人在相眼。我看到大翠的位置正面对着门，她面前有一叠毛票，毛票边上还有一盒香烟。此时她正在跟萍萍说着什么，一抬头，看到了我，便把牌放下来，从炕尾抱了一堆衣服，下炕，拿了香烟，出来了。

大翠

　　我们重新走在村路上时，天就要黑透了。

　　雪似乎更大了些。还有风，也刮了起来。一天没有风，雪的威力少了点劲。经风吹动的雪末子，甩到脸上，像是有无数根针扎过来。我们缩着脖子，从一户户人家的门口走过。村路并不笔直，人家的屋里透出的灯光有明有暗。

　　萍萍走在前边，我跟着萍萍，大翠落在最后。走过大约七八户人家，萍萍停住了，转过身，隔着我说："大姐，我回啦。"

　　大翠没有说话。

　　萍萍又对我说："哥，好好喝……少喝几杯，别醉了找不到井屋啊。"

萍萍从我身边经过后，突然跑了起来，胳膊还带了下大翠——感觉是故意的。毫无准备的大翠被带了个趔趄。而萍萍也差点滑了一跤。

我知道，这家就是老曹家了——在雪花飞扬的空气里，我已经闻到飘荡的菜香味了。

我转头看大翠。大翠也看我。她用围巾包着的脸上，只露出一双眼睛。她看我看她，小声道："曹叔……请你去喝酒……"

大翠说话很慢，有较长的停顿，感觉不到她对老曹的宴请是喜欢还是并不喜欢。我真心不想去喝酒，但还没有想好拒绝的理由。我听大翠的声音那么微弱，助长了我拒绝的勇气："我要给家里写封信……你去喝吧。"

"嗯……写信是大事。"她如释重负地说，"那……我也不去了。"

大翠的话，让我知道我错了——如果我不去老曹家喝酒，老曹就没必要请大翠了。大翠是知道这个道理的，她停了几秒，或十几秒，从我身边走过去了。

老曹家的门突然开了，灯光一下子放了出来，照射在雪地上，光影里的雪花一团一团地在风中飘舞。跟着灯光一起出来的，正是老曹。

"进来呀，进来呀，我估摸着要来了嘛……哈，这不是就来了吗？这俩孩子，真好……"老曹紧走了几步，"大翠，你这孩子，害什么羞啊，快领小陈进来，快，进屋！"

大翠逃不掉了。我也逃不掉了。

坐在老曹家的炕上，我极不自在。大翠也不自在。我还后悔，与其这样，还不如直接去吃了。嘴上说不去（心里也不想去），却双双对对走到了老曹家的门口（老曹并未看到我们是被萍萍押解着来的），还嘀嘀咕咕说不想去，最后被老曹拉了才去。

大翠是怎么想的呢？我看出来，她的情绪也不佳，心情也好不起

来，平时就不爱说话，这会儿更是缄口不语，自始至终没有主动说一句话，连一个字都没说。我只是埋头吃菜，叫我喝酒就喝一口，最后象征性地敬了老曹一杯。其实这只是我在自力村的第二天，感觉就像经历了很久似的。我不再像昨天晚上或今天中午那么矜持了，而是稍许放开了些。再说，老曹家的鱼烧得还不错，酸菜炖羊肉，也比老史家的酸菜炖各种动物的下水好吃些。我总结了一下，老曹家的菜之所以好吃，是肯在菜里放油。老曹家舍得吃，还舍得放油，真诚待客，看来他们两家还真是好朋友，老曹也是真心在帮老史。

老曹家的人口不多，有个儿子，结婚后，到城里去居住了，有个女儿出嫁了，家里就夫妇二人。老曹和曹婶倒是一如既往的热心肠，一边吃饭一边说了许多我和大翠一听就明白的话。比如，曹婶说，要儿子有什么用？我家老大带着媳妇住在佳木斯了，什么事也指望不上他的。老曹就不同意了，说谁指望他啦？咱孙子姓曹就行，老史家不就是缺这一支？但我们二人像约好似的，就是不朝上扯，就是装糊涂。曹婶急啊，看我们一副不解风情的样子，只好自作主张地安排了，她安排我安心在自力村过年，年后去佳木斯玩几天，再去哈尔滨玩几天，甚至连四月开犁、五月种大豆的事都说了。老曹在曹婶安排的时候，适时地帮着腔，还多次叫大翠表态。大翠不表态。不表态也不能生气。不但不能生气，还必须笑。大翠的笑言不由衷，她那哪是笑啊，简直就是无可奈何啊。

由于话题对不到点子上，又不好直接让我做老史家的上门女婿，老曹只好岔开话题，问我住井房里适应不适应，都忙些什么。我说我在井房给家里写了一封信。老曹敏感而警觉地问我信上说了什么。我说就是跟家里说一声我在这里挺好的。老曹点点头，然后有了点思想，和曹婶眼神交流了一下。大翠就是在这时候，说吃好了。其实大翠早就不动筷子了。她说吃好了，就是要回去的意思了。老曹哪能愿意呢，一瓶酒，喝了还不到一半。老曹给我和大翠又倒满了杯子。老曹家的杯子，比老史家的杯子要小一些，是二两一杯的。老曹夫妇俩怂恿我和大翠喝一杯。我不知道这是什么路数，有没有什么特别的讲究，反正我不能喝猛酒的。我就推托不喝，再喝就醉了。老曹夫妇当然是再三劝了，还让大翠先举杯。大翠眉眼低敛着，杯子举起来了，我就不好再推。但大翠是真干了个满杯的，是一口就干了的。我只是喝了一小口，看大翠干了，又补喝了一大口，也只是喝了三分之一。老曹不允，我也不能再喝，推让间，大翠做了个惊人的举动，她说了声"我来帮你喝"，酒杯就到她手里了，我还没反应过来，她就一干尽了。大翠放下杯子，说："喝好了，回家！"

大翠这回是果断决绝，说走就走。

我迅速穿了大衣，跟着大翠往门外走。

老曹夫妇跟在后边送我们到门口，一直遗憾地说没招待好我们。

风比刚才大多了。雪花开始横飞，由一根根钢针，变成了一条条鞭子。地上的积雪也很厚了，脚下响起"噗、噗、噗"的声音。

我以为大翠不会再跟我说话了。可路过她家门口，就要分手的时候，她礼貌地邀请我去她家坐会儿。在我说"不去了"之后，又关照我看好炉子。

雪后

大雪又下了一夜，第二天断断续续下了一天，直到第三天清晨，才是大晴天。

雪后的太阳像是被雪洗过一样，干干净净的，天空也干干净净的，空气非常洁净透明，无边无际的雪野，在阳光下闪耀着更白的光，猛一抬头，会有种刺目的感觉，要把眼睛眯一会儿才能适应。

我和老史家的三个姑娘来到村后的公路上玩雪了。

本来没准备玩雪。我把写好的信装进了信封，还封了口，到老史家吃早饭时，请他给我寄了。因为昨天晚上喝酒时（这几天，除了早上不喝，午饭和晚饭都喝酒），老史说过，明天雪停天晴，他就要进城，办点好酒好菜，回来过年。还带有抱歉的口气说这几天没让我吃好。言下之意，买点好吃好喝的，也是为了我。老史从老吴家借了木爬犁和那匹白马，套好走了。我想跟他一起去，想去城里看看。但老史说新雪过后，雪很绒，很暄（很软的意思），路上容易发生翻车啊什么的，去年还摔死过马，过几天，等路上的雪压紧了，再带我进城。老史的话有道理，因为萍萍也说过类似的话。

老史家的三姐妹，除了吃饭时间，很难看到她们扎堆在一起。能在雪后的阳光下，一起到村后的公路上玩，一定是因为我。我发现，她们都经过精心的打扮，最亮眼的，还是三姑娘萍萍，她今天穿一条裤脚更加肥大的红色喇叭裤，屁股到腿弯都收得很紧，白色的太空棉夹克式棉袄，里面是绿色的高领毛衣，大围巾是嫩黄色的，加上她白皙的皮肤，鲜枝活叶，就像春天的一枝花。相比较萍萍而言，二姑娘史丽娟的穿着就太一般了，但也比平时讲究，最显眼的是那件羊毛衫，兔灰色的，胸前带一朵小红花。萍萍人像一朵花，艳丽，喜感。史丽娟是戴一朵小红花，却没有小红花那样鲜艳，这可能是性格决定的。大姑娘大翠也换了新装，栗色的裤子，虽然不像萍萍那么"喇叭"，也把屁股包裹得紧紧的。和往日不太一样的是，她没穿那件平时常穿的臃肿的大衣，而是穿了一件带方格的外套棉袄，这样，她的身材比平时窈窕多了，却也失去了一些矜持和庄重。大翠能够跟我们出来玩，还遭到萍萍的奚落："难得大姐今天不去玩牌啊。"大翠并不去理她，而是跟史丽娟耳语了什么，惹得史丽娟也笑了。萍萍知道两个姐姐一定是拿她的穿着寻开心了，便不依不饶追打大翠，还抓一把雪掷向史丽娟。

村后的公路离村子有二三百米，是绕着山岭蜿蜒到村后的。公路上，已经有马拉爬犁的痕迹了，还有胶轮车的车辙印。我们先是踩着车辙印走。大翠和史丽娟都是慢慢地，小心谨慎的。我也是。只有萍萍，蹦蹦跳跳的样子。我跟着她们走了一会儿，便向雪厚的地方走。我试了试最深处的雪，一脚踩下去，一直漫到我的膝盖。

萍萍扭回身，也跟我来了，她嘻嘻地说："好玩吧。"

萍萍说罢就弯下腰，两手摊开，一拢，就拢了一堆雪，又摊开，又一拢，那堆雪就大了一倍，她两手一合，再一合，那堆雪很快就成了一个大雪球。她抓起大雪球，挥着臂，投试了几次，才把手里的大雪球掷向远方。

萍萍在弯腰和挥臂扔雪球时，都露出了一截白闪闪的腰肢和肚皮，和满眼的白雪交相辉映。我也被她的白肚皮闪了一下，像做了坏事一样不敢看，便抓了个雪球，向路的一侧扔过去。

史丽娟和大翠被我们感染了，也纷纷扔起了雪球。

在我们掷向雪球的方向，是平缓的下坡，一直到坡底，便是一片阔大而平坦的雪原了，雪原的上边，又是上坡，坡上便是一大片林子了，密集的林子一直延伸到望不见的远方。

"那是后山？"我问。

"是啊，那就是后山。"萍萍拍着手套上的雪，"看，山坡上是我家的一块田，就挨着那片林子，我还在林子里捡过蘑菇——可惜你来得不是时候——北人荒最美的是在夏天，山下边有一大片沼泽地和浅水湖，节节草啊，芦苇荡啊，一簇一簇的，有许多大雁和天鹅，有一年大姐带我去捡天鹅蛋，跌进沼泽里，差点丢了小命。"

听着萍萍的话，望着远方的树林和林子下的雪原，在那片看似平坦的雪原下，就是萍萍说的水塘和沼泽了。我心里充满感慨，啊，这不就是我想来的地方吗？除了季节不对，辽阔、无边、沼泽、节节草、芦苇荡、白桦林，还有天鹅和大雁……太让人神往啦。我真想听萍萍继续讲

下去，也想和她们一起去那里走走。

这时候，有一辆摩托车驶过来了。骑手显然也看到我们了，他鸣响了喇叭，而且很霸道地拉了个长音，示威一样加速向我们冲了过来，在要靠近三姐妹时，一个急刹车，摩托车歪斜着滑翔了一段距离，溅起的雪高高飞扬，落在了三姐妹的身上。应该承认，骑手的动作虽然危险，也十分潇洒。

但是，骑手的恶作剧引起了萍萍的不满，她"啊啊"尖叫几声，抓起雪掷向骑手，还不依不饶地大声骂道："吴小胖子你要死啦！要死啦！"

叫"吴小胖子"的并不恼，还哈哈大笑起来。他单腿支着摩托车，熄了火，眯着小眼睛对大翠说："大翠，我带你兜风玩啊！"

大翠没有理他。大翠弹着身上的雪。大翠"受灾"并不是最重的。最重的是落在后边的萍萍。萍萍满头满脸都是雪，但萍萍不急于弹去身上的雪，而是冲在前边，不断地抓起雪掷向吴小胖子。

吴小胖子对于萍萍掷过来的雪，也不去躲闪，只是傻傻地笑，继续看着大翠。

史丽娟拉走了萍萍，还瞪了萍萍一眼，对大翠说："回家！"

大翠不再弹雪——她身上其实没有雪。

三姐妹几乎是并排着，走了。

吴小胖子的摩托车又轰轰响了起来，从我们身边骑过时，回头冲我们吹了声口哨。

"小流氓……丑得跟鬼一样！"萍萍依旧不服气，但不像是生气的样子，她对我说，"家里开个破小店就显摆了，要不是他爸在镇里的农科所当所长，他也当不了联防队员，有啥了不起的，还到处抓赌博，他自家的小牌局怎么不抓？大姐，不许你再去他家看牌了，也不许你再搭理他了……"

萍萍

走进村庄后，我要向西，去井房，而三姐妹要回家。就要分手了。我想邀请三姐妹去井房玩，主要是想听听她们讲后山的故事，讲白桦林里的小花鼠，讲山下边的沼泽地，讲大雁和天鹅，再咨询她们，虽然是大雪天，还能不能去那儿玩一次，感受一下冰雪下的沼泽和水塘。但史丽娟说雪太大，路不好走，危险。她顺带也拦住了大翠和萍萍，她指挥大翠去前庄（就是自民村）把她们的母亲喊回来。史丽娟说："就知道赌，迟早死牌局上了！"

史丽娟的话很负气，也是说给大翠听的。大翠也爱小赌。

大翠自然不爽，她又指挥萍萍说："你去！"

"谁爱去去！"萍萍才不理这一茬，头一梗，回家了。

不欢而散啊。史丽娟偷看我一眼。史丽娟的本意不是这样的。但史丽娟也不想和我解释什么。我去后山的白桦林中和冰封的沼泽的想法也只能是想想了。但我又多了一些思考，觉得这三姐妹都像各怀心机似的，都在斗智斗勇似的。我还想，这可能都是因为我的到来。我的突然闯入，给这个北方小村子带来一股暗流和波动，也给这个家带来了不安定因素。

回到井房，我心里还惦记着远处的白桦林和冰雪覆盖的水沼，如果不能在临走时去那里感受一下，总是不甘心的。

萍萍又回来了，仿佛她最能懂我。

"哥，你要去后山玩白桦林和沼泽地，我带你去！"萍萍一进屋，就亢奋地说，"别听二姐的，她什么都怕。她就是个胆小鬼！"

真是求之不得啊。我立即跟着萍萍走了。

这时候我才发现，萍萍换衣服了，上衣还是白色太空棉夹克小棉袄，腿上换了一条蓝灰色的棉裤。棉裤又旧又硬，还有些短，走路发出

“嚓嚓”声。萍萍忍不住告诉我，这是她妈去年的老棉裤，虽然不好看，可暖和了。

通往后山的路，真要走起来，我还是怕的。从村后的公路下来，就是大缓坡。刚才掷雪球时，觉得后山并不远，坡底的开阔地（沼泽和水塘）也近在咫尺。这阵子，却发现有些距离了，缓坡上的那些树，还有一排电线杆，看上去都很渺小。我跟在萍萍的身后，看到她一脚下去，雪就漫到了腿弯里，要拔出来，才能走第二步。

“我们走的是路吗？”我跟在她后边说。

“放心吧，我闭着眼睛都能找到路。”萍萍停下来等我，“看到那棵大树没有？”

我顺着萍萍手指的方向看去，说：“看到了。”

“大树前边，还有一棵树，看看？”

“看到了。”我想，这哪里是什么大树啊。

萍萍像能听到我的心语似的，解释道：“远看不大的，近了，你就知道，是大树了，我们两人都搂不过来的——第二棵大树前边，有个大山包，看到没有？”

那算什么大山包啊，就是缓坡上又隆起的一道岭，在萍萍眼里就成大山包了。不过，白雪在那里的起伏，倒是有几分壮观和浪漫。

“到了那里就好了，可以顺着陡坡滑下去，连滚带爬就到水沼了。”

“我们会漏到水沼里吗？”

“会呀，水沼很深很深的，深到没有底。水沼里还藏着怪物，有一年，一只山羊走进去就没有出来，听大人说，水沼还吃过一头驴。你又瘦又高，都是瘦肉，水沼最喜欢吃了，正对胃口呢。”

“啊？”

“吓唬你的，哈哈哈，啊？啊？”萍萍学着我的口气，“笨不笨啊？这样冷的天，水沼早就冻透了，收割机开进去都漏不下去的。”

哈，我上当了。不过萍萍那认真的口气，还真吓着我了。

"走吧。"萍萍拉住了我的手。

我心里紧张了一下，虽然都戴着厚厚的手套，我还是感觉到萍萍的手的温暖。其实我应该拉住她才对。但萍萍的手很有力。在萍萍的助力下，我们一歪一扭地行进在雪地里。本来我就不后悔来后山，有了萍萍的陪伴和牵手，更是平添了一种动力。

一路下坡，不知不觉就走上了那道坡岭——"大山包"上了。我已经很累了。我是第一次走这样的雪路，累得上气不接下气，真想趴到雪地上睡一觉。萍萍也很累，她的围巾上，哈出来的热气已经结上了冰霜。我回头看看来路，从低处往高处看，觉得路途很遥远了。再往下看，坡度确实陡了很多。

"那就是水沼？"我问。

"是啊，还去不？爬不上来我可救不了你啊。其实都是雪，什么也看不到的。最好玩的是在夏天里……"萍萍突然不说了，眼睛扑闪扑闪地看着我。可能预感到，我不会等到明年夏天吧。

我不说话，拽一下她，意思是继续前进啊。

她回拽一下，说："急啥呀，我们要滑下去。看我的……一起滑，别松手啊。"

萍萍往前走两步，选择最陡的地方，坐到了雪地上，两腿并拢地伸在前方。

我也照她的样子坐好。

萍萍说："我喊一二三，身体要向前纵一下，明白啦？"

"明白。"

"一，二，三，开始！"

我没等她说"开始"，在"三"落音时，就向前一纵了。由于步调不一致，手又紧紧地扣在一起，我们两人几乎都滚到了雪地上，手也

松开了，各自在雪坡上连滚带爬的。雪并没有那么滑，没滑多远就停住了。萍萍哈哈大笑着，还骂了几声。她爬到我身边，拂去我脸上的雪，说："你呀你呀你呀……真笨！"

她的脸离我太近，我能清晰地看到她像婴儿一样鲜嫩的口舌，还有喷到我脸上的清甜的热气。她看我的眼神不对劲吧，突然定住了，愣愣地看着我，脸上的笑容渐渐收敛，然后，夸张地向后一仰，躺到我身边了。

我们一顺头地躺在雪地上，望着湛蓝的天空。

半晌，萍萍像是对着天空，喃喃道："哥，这儿不是你待的地方……"

信

没错，我决定要离开史家了。这是雪后的第二天。本来我还可以再待几天的。最好能收到家里的回信。可是，突发的一次争吵，让我觉得，是时候要离开了。

争吵发生在昨天晚上。昨天上午，我和萍萍去了后山——确切地说，那还不是真正的后山。也没去水沼，在去后山和水沼的途中，我们就返回了。是萍萍突然要回来的。她对于带我去后山和水沼的决定，突然后悔了，她不顾我的反对，坚决不去了。在回来的路上，她也不再拉我的手了。午饭后，我在井房的炕上写了一个下午的小说，其间，老史来跟我坐了会儿，本来他还是有话要说的（几次欲言又止），看我在本子上写着什么，抽了两支烟，弄了弄炉子，离开了。我接着继续那篇小说的写作，一直写到头晕眼花，一直写到天黑，看看时间，五点半了，才把炉子封好，走出井房。还没到老史家，就听到争吵声了。我一听就是史丽娟的声音。史丽娟是在呵斥谁，而且提高了声音。

"……无耻……你以为人家都像你那么笨啊？什么年代啦？都八十年代了，还搞这一套……无耻！无耻……"

我已经走到窗前了，想不听也不可能了，而戛然而止的争吵声，让我觉得，这一次的争吵，和上一次一样，还和我有关。

我从下屋地进到里屋，本可以略作停顿，让争吵双方平静一下。但我还是急了点，刚进屋里时，看到史丽娟把炕上的一本书迅速拿起来，压在一个信封上，又以书为掩护，把那封信和书一起装进了书包。不用说，那是我请老史寄的家书，昨天请他带进城里去的——虽然一闪而过，我已经确认了，老史没有寄走我的信，而是带回来了。从史丽娟的口气中，老史不应该是忘记了，而是故意不寄的。当一瞬间我意识到这个事实后，便假装没有看到史丽娟慌张的掩饰（我相信她会帮我寄的），挺自然地说："今天来早了……"

"不早，正正好。"萍萍把怀里正在织的毛衣往炕尾一扔，"吃饭！"

我心里有点五味杂陈，暗暗下了决心，不能再待下去了，美丽的北大荒之行，是时候结束了。

所以，在晚饭前，我礼貌地跟老史提出，请他明天送我进城，直接去佳木斯火车站。我在开口说这句话时，是艰难的，也是忐忑的。当我说出来了，气才顺畅。接着我赶紧感谢了老史和他全家这几天的热情招待，我还真诚地要交这几天的伙食费和住宿费。我的这些话，让老史不断地吃惊（从他抽烟的动作和神情上能看出来）。萍萍也是惊讶的，虽然她早已经料到这样的结局。萍萍还是不停地看看我，又看老史，当她看到史丽娟低着头不断地整理书包的平静的样子，便不再如往日那样伶牙俐齿地说话了，只顾往炕桌上收拾饭菜和酒了。

"不喝酒了。"我说。

"喝呀，不喝酒成什么席？萍萍，你去老吴家买盒午餐肉来，再烧两个菜。也跟老吴说一声，明天我要借他家木爬犁用。"老史说借木爬犁，是决定要送我了。

我不敢看老史的表情，他一定很难过。

"要买你去买……我不去！"萍萍说。

"娟，你去。"老史的口气有点乞求。

"家里不是有冻豆腐嘛，我来炒个酸菜豆腐。"史丽娟说。

老史只好不作声了。过了一会儿，他还是没憋住心里的事，小心翼翼地说："我出去一下，就回……"

"不行，谁也不请了——你要敢叫老曹，我就不做菜了。"史丽娟的口气很决绝，"我们家的事，不需要别人掺和！"

老史只好在炕上抽烟。

这是我到老史家，第一次吃史丽娟烧的菜。史丽娟在准备烧菜时，看我坐着无聊，找了一本《红楼梦》给我，是从她的书包里拿出来的。我把这册《红楼梦》拿在手里，慢慢翻几页。这套《红楼梦》我也有，浅蓝色封面，分四卷装订。史丽娟给我的这本是第二卷。我看到扉页上有她的签名，很秀气的字，还有购书时间：1982年12月18日购于佳木斯新华书店。那就是一个多月前喽。在这么紧张的学习之余，还能看得进《红楼梦》，说明史丽娟是个文艺青年啊。我翻翻书，书里突然掉出来一枚树叶，红色的，红得耀眼透明，已经风干了，很精致，叶子上的脉络清晰可见，我猜，这应该是白桦树的叶子吧。我身边就是织毛衣的萍萍。萍萍也看到这枚树叶了。是白桦树上的吗？我如果问她，她会告诉我的。但我不想问了。是不是白桦树的叶子，或是别的什么叶子，已经意义不大了。

最后一顿晚饭了，大家都沉默不语。老史也不是世故的人，心里有一点事都呈现在脸上，他一直闷着头，喝了好几杯酒。平时不喝酒的史丽娟，也敬了我一杯。萍萍还认真地说："哥，回家你要给我们写信哦。"

"到家就写信。"我也很干脆。

这似乎又给老史一点希望，所以当最后我要留下一百块钱时，他怎么也不收，直到我把钱丢到炕上，他才露出不好意思的笑容。

故事到这里已经结束了。我是在第二天一早离开自力村的，送我的不是老史，而是老曹。老曹一是受老史的委托，二是他也要到市里去采购年货，算是把我捎上了。离开时，只有萍萍和老史送我到村头，其他人只在门口和我道别。当木爬犁走到村头时，萍萍还叮咛我别忘了写信，还跟我不断地挥手。

我坐在木爬犁上，望着渐渐退后的自力村，心里突然产生了一丝依依不舍之情。

一路上，老曹还说了许多可惜的话，他夸他们的家乡如何好，人均有多少的地，多少的林子，重点是夸老史家的人多么好，是个老实、厚道的人家，又夸三个姑娘三朵花，都是能过日子的好姑娘，还劝我回家过了年，春暖花开时再来玩玩。对于老曹的好意，我也只是含糊其词地应了几声。

我没有食言。我回家后就给老史家去了一封信。很快也收到了老史家的回信，从信的内容上看，虽然是老史的口气，笔迹却能判断出，写信的是史丽娟。

在此后的大半年的时间里，我和老史家一共通了五六次信，从第二封信开始，信后有了落款——史丽萍，即萍萍。综合萍萍几封信的内容，我大致知道老史家的许多事，大姐史丽翠在春节后出嫁了，就嫁在本村，新郎正是骑摩托车耍酷的、"丑得跟鬼一样"的"吴小胖子"。二姐史丽娟在1983年8月考上了佳木斯师范学院。史婶的主业还是看牌，不再出村看了，就在本村，而且就在亲家老吴家。老史没有什么变化，夏秋时和老曹合伙做了几趟生意，主要是贩卖大豆和玉米，没说挣了多少钱。至于萍萍自己，倒是没有太多的信息，只是在最后那封信里，给我寄了一张彩色照片，是在照相馆拍的。照片上的她依然是花

枝招展鲜艳欲滴。然后，我和老史家（或者说是和萍萍）的通信便中断了，不再有任何联系了。

还是信

时间的车轮迅速驶到1990年春夏之间的一个周末，我意外地收到母亲从老家带来的一封信（我在几年前就因为写作上的成绩，被市里的一家报社聘为副刊编辑了），这是一封厚达七页的长信，是从佳木斯寄来的，我先看看信的落款，果然是史丽娟。信的开头是客套话，前半部分是说她现在的情况，她师范毕业后分配在市区一所小学做老师了，工作、生活各方面都很好。信的后半段是一大段精彩的文字，是对她们村后山下边的沼泽和季节湖的描述，主要是描写夏天的风光，在她的生花妙笔下，我领略到了那片神奇的土地，那里丛生的杂草、丰富的植被和天鹅、大雁等大型候鸟的美丽风姿。她还热情地邀请我去她家乡旅游，说后山已经开发成旅游景点了，是北大荒著名的湿地公园，面积可大了。信的最后，附带告诉我她们家的一些情况，比如她大姐史丽翠离婚了（原因没说），又远嫁到漠河了；老史在佳木斯市一家粮油加工厂当保管员了；史婶不再看牌了。信上没有提萍萍。是因为在她们家时，我和萍萍最亲近吗？她在信上还给我留了她们学校的电话号码。

这封信让我特别激动，反复读了几遍。不知为什么，我心里隐隐涌起一阵歉疚之情，特别是大翠的离婚，感觉那是一段不幸的婚姻。我要不要回信呢？回信又说些什么？有几次，我拿起电话，想给史丽娟打过去，一时又没想好要说什么，心底的那份歉疚，就在回忆中，越来越深了。

在此后的几天里，我的脑海中，多次出现三姐妹的身影。她们青春、善良、真诚、美丽，虽然各怀小小的心机，而那心机又是如此表浅和直接，让我越来越感怀不已，她们是多么清澈、透明和简单啊。在纠结了几天之后，我还是给史丽娟回了信。也许不回信才是最大的伤害呢。于是，在这封长信里，我告诉史丽娟我的现状，并回顾了1982年农历岁尾那次难忘的北大荒之行，回顾了在她家度过的五六天难忘的时光，并真诚地感谢了她们一家的盛情款待。

没想到的是，这封信寄出不久，我收到一个包裹，打开一看，是一件红色的毛衣。手工针织的毛衣非常精致。在随毛衣寄来的信中，我得知了一个非常伤感的故事，让我唏嘘不已几度落泪，史家的三姑娘萍萍，在她十七岁那年的夏秋之交，因为去后山的沼泽地里救助一只受伤的天鹅，不幸被沼泽吞没了。史丽娟在信上说，萍萍并没有给我织一件毛衣。但萍萍确实说过要给我织一件毛衣的，所以，这件毛衣，是她代萍萍送我的。读完史丽娟的信，我的心反而沉静了，我的幻想中，出现了萍萍许多的影像，也明白了为什么在1983年8月后突然中断了通信。

现在已经是春末夏初了，五月的阳光里，我无法穿上这件红色的毛衣，我把毛衣仔细地珍藏了起来，我知道，这件毛衣，不仅是萍萍的心愿，也饱含着史丽娟的深切情谊。我简单收拾一下行装，当天就踏上了开往佳木斯的火车。我要去看萍萍——她的墓地就在后山上的白桦林里，她安葬之地，能看到山下一望无际的水沼、湿地，还有成群的天鹅，那也是我心驰神往的地方。

我临行前想给史丽娟打个电话，但我没打。我要给她一个惊喜。

2018年9月15日初稿于北京草房荷边小筑
2018年10月19日二稿于上海交大闵行校区
2018年11月2日再改于北京草房荷边小筑

陈武

1963年生,江苏东海人,曾在多家杂志发表长、中、短篇小说五百余万字,出版个人著作三十余种,大量小说被《小说选刊》《小说月报》《中篇小说选刊》《中华文学选刊》等选载。系中国作协会员,一级作家。

青花瓷上的四合院

◎荆卓然

一

天保的胸膛起起伏伏，嘴唇呈现着可怕的黑色，口里的速效救心丸还没有完全融化进消化系统，院子里就响起了如同踩着惊雷的脚步声。

这种音响效果的脚步声对于天保来讲不算陌生，当年日本鬼子进入四合院的时候，脚步踏出的就是这种声音。这种声音是一种药品，可止小儿夜哭。这种声音是一种凶事到来之前的背景音乐伴奏，让胆小者的皮肤开始发凉，让英雄好汉的内心开始燃起万丈火焰。

伴随着脚步声，三儿子卫东的嗓音也像手榴弹一样，扔到了窑洞里："凭什么只给我四十来平方米，难道我不是你们的亲生儿子吗？难道我没有为家里出过力，没有为家里挣过钱吗？今天这事情不闹个清清楚楚、明明白白、利利落落，休怪我孙悟空大闹天宫，天王老子也不认。"

老伴秀婵闻声而动，三步并作两步跑到门口，伸出双手拦住了卫东："俺的活祖宗呀！你大哥刚才来闹事刚走出去，气得你大大差点背

过气去。现在人躺在床上，还没有缓过劲来，你又棒枪刀叉地来了。有什么事情，等一会儿说行不行？声音轻一点说行不行？我就不相信，迟说一会儿、少说一句能憋死人？"

秀婵觉得儿子们现在变成了一群麻雀，正在围着打谷场抢食谷粒，赶走一群，又来了一群。当年，每到秋天村集体的谷子丰收之后，为了防止谷子进入库房后发生霉烂现象，都要先将半干半湿的谷子摊在打谷场上进行晾晒。这个时候是麻雀们最高兴的时候。它们成群结队而来，落在谷堆上抢食新鲜的谷子。往往是赶走这群又来了那群，或者是这群还没有赶走就又落下了那一群，把看护谷子的村民累得腰酸腿困、嗓子冒烟、双眼发蓝，也无济于事。

"现在我管不了这么多，该着河中亡，井里淹不死。俺大大就是今天有个三长两短了，也不是我气死的。谁让他一碗水端不平，偏三向四来着？"说着卫东进了窑洞，目光像电焊的弧光般刺向天保："大大，你少用装死来吓唬我。说哇，这分房屋平方的事情到底要咋办？"

大石头村地处城郊接合部，属于国家改造的城中村。自从上个月启动拆迁工作以来，天保两口子的生活就像没有出现过风调雨顺、风和日丽、花香鸟语的气候。家里的四合院属于老祖宗留下来的财产，上院三孔窑洞，青砖前墙上镶嵌着"福禄寿山"四个苍劲的砖雕大字。下院左右各有两孔窑洞，前墙上分别镶嵌着砖雕"松竹梅兰"。高大的门楼上镶嵌着的青石条上边写着"紫气东来"。从这建筑风格的气派上，可以看出天保家祖上的繁华。据闻，天保家祖祖辈辈开饭店，专门经营平定地面的传统美食"三八席"，打下来厚实的家业。1949年前天保的父亲染上了吸毒的恶习，万贯家财才被挥霍一空，1949年后被定了个贫下中农，全家才保住了对这座四合院的拥有权和居住权。

天保结婚后，生下了四个儿子一个女儿，随后四个儿子都在这个院子里娶了媳妇，然后像卸老倭瓜一样呼噜呼噜生了一堆孩子。四合院里二十多口人，虽然是各自起锅灶，偶尔也有鸡毛蒜皮的矛盾，但基本上是和和美美的。后来光景逐渐过得瓷实了，大儿子卫红重新批了宅基地修了自家的房子，搬出去住了。二儿子卫强带着村里的一批青皮后生，在县城里揽些装卸货物的活儿，在镇上买了楼房，也带着老婆孩子们搬出去居住了。三儿子卫东到南方打工，不仅挣了些钱，还带回来一个如花似玉的媳妇，在村口修了个气气派派的小二楼，开了个销售烟酒副食和杂货的小卖部。四儿子卫彪先是跟着老两口住在四合院里，后来媳妇老是骂他没有出息，是个只会捶打衣服的不透气、不开窍的棒槌，三个哥哥都搬出去了，凭什么咱住在这里伺候两位老人。卫彪一生气出去打工，结果处处受骗，把原来美好的心情碰得鼻青脸肿的。后来卫彪学会了住房装修的手艺，也适逢县城房地产业进入了高潮时期，家里的经济状况才开始多云转晴、春暖花开。卫彪学习老三在村口也修了个小二楼，也开了个小卖部，弟兄两个因为生意上的竞争，在感情上出现了裂痕。四个儿子的孩子们基本都在外边打工，逢年过节或者家里临时有什么大事、要事才会临时回来几天。反正现在电话、微信挺方便的，隔着几十里、几百里、几千里的路程，彼此之间也和在身边差不多。所以这种空间上的距离，彼此并没有感觉到太明显的不适应。

四个儿子都在不同的时间、不同的场合，以不同的方式表示四合院的房产他们不要了，几百年的老院子了，住进去也不安全，重新打理吧，投入的资金比重新修新房子还贵。天保甚至有过这样的想法：这座四合院，他和老伴活着的时候是家，死亡之后是墓。老两口也不用埋到祖坟里，直接留到家里就可以了。当然，这也就是个开玩笑式样的想法。四合院地处大石头村的中心地段，把家变成墓地，还不把村子里的孩子们吓坏啊！但是，自从拆迁工程启动后，这几孔窑洞立刻就从满脸皱纹的老奶奶，摇身一变成为前凸后翘、面容姣好、沉鱼落雁、闭月羞花的大姑娘。四个儿子都来他们面前表功，要求多分面积。

这不，三儿子卫东携带着暴风骤雨、雷霆闪电进来，一张口就是开国功臣的架势："大大呀！做人得讲良心呀！你记不记得那一年，为了给大哥凑结婚的彩礼钱，我半夜到山里抓野鸡，结果呢？白天看好的野鸡窝，那天晚上我像踩上迷魂草一样，说啥也找不见了，转来转去，我却误打误撞靠近了狼窝。一窝三只狼嗥叫着齐齐扑出来。蓝幽幽的眼睛就像六只燃着了引信的炸弹，十二只獠牙就像十二把匕首，将我围在了中间。幸亏我的手里拿着粪叉，连喊带叫，左挥舞一下粪叉，右挥舞一下粪叉，才跑回来。后来，我找熟人到矿务局当临时工，在采煤一线掘进队干了一年半，才筹够大哥的彩礼钱。采煤一线多危险啊！有一次，我刚下班离开掌子面，哗啦一声，我刚才待的地方就落下来七八十吨矸石。我吓得一屁股坐在地上，还尿了一裤子，从此后才辞职回家。到现在，我还有一受到惊吓就尿裤子的毛病。一句话，如果没有我的帮助，大哥能娶到媳妇吗？不说多劳多得那些大话，就冲我这种为了全家的利益九死一生的奉献精神，给我多分几十平方米应该不应该？"

卫东的文化水平不高，因为平时最爱看的电视节目就是地方台播放的新闻联播，久而久之就具有了出口成章的表达能力。

天保闭着眼睛躺在床上，几滴浑浊的泪水先是慢慢地盈满眼眶，然后晃晃悠悠爬出来，再顺着沟壑纵横的脸，翻山越岭地流了下来。

是的，卫东说的都是实话，那个时候谁家不是这个样子的呢？老话说得好：男人是"娶下媳妇备起鞍，生下孩子拴起鞭"的"马"。作为一个父亲，他只能是像其他人家一样，全家总动员，九牛拉车，个个出力，筹够一份彩礼钱，娶一房媳妇，完成一项任务，去掉一块心病。在父母的心里，生下孩子，养大孩子，再帮助孩子们成家立业，才算是完成了任务。不然，到死都会觉得自己没有本事，对不住孩子。

大儿子卫红娶媳妇沾了二儿子、三儿子的光，卫红为了帮助父亲抚养弟弟们，当年也是付出心血的呀！为了早点挣到村集体的工分，卫红只念了个小学毕业就参加劳动。一个十二三岁的娃子，经常像成人一样挑着粪桶和粮食，承担着百十来斤重的负荷的重压，硬是把个嫩芽芽的人，压成了驼背。人类经过漫长的岁月，好不容易才挺起了腰杆，学会了直立行走，却又让生活的重担压得弯下了腰身，活人难啊！刚才卫红来向父母多要拆迁分户的平方米的时候，声情并茂地脱下了衣裳，说自己是家里的"老红军""老革命"，家里应该制定优抚政策，让他享受特殊待遇，弟弟们应该吃水不能忘了挖井人，吃桃不忘种树人，吃肉不忘喂猪和养羊的人，应该主动照顾哥哥。天保很奇怪，当年穷得衣服盖不住屁股、可以当镜子使用的稀米汤灌不饱肚子的岁月，弟兄四个都能够团结得像一个人一样，互助互爱，现在日子比蜂蜜还甜了，为啥就会像散沙一样抟不到一块儿了呢。

天保向卫东摆了摆手，胸腔里的语言像一块块圆溜溜的鹅卵石，艰难地推出了喉咙："昨天，我问过村干部和拆迁办的工作人员了，根据图纸设计，咱家这里不拆也可以。咱家不拆迁了。"

其实，四合院的拆迁是铁定的，村干部为了帮助天保应付儿子们的围攻，才故意替天保想出了这个围魏救赵的办法，让他们不要再争再抢了，赶紧谈好分配方案，尽快实现拆迁才是正事。

"什么？不拆迁了？"卫东的双腿变成了点燃了引信的二踢脚，砰一声就蹿上去二尺来高："大大呀！你的脑袋是让驴踢坏了，还是灌进凉开水去了？这么好的机会，这么一堆烂砖头，能换来新崭崭的楼房，为什么不拆？必须得拆。我去找村干部。"说着卫东就要抬腿到村委会去，却迎面碰到了妹妹卫卫。

二

卫卫是家里最小的孩子，从小就处在父母与四个哥哥的庇护下，有着一言九鼎的权威。"还没有进门，老远就听见你的嗓门放炮似的咣咣

咣的。三哥，咱可是说好了，谁要是把大大和妈妈气出毛病来了，谁负责花钱看病，端饭端水、清理大小便，床前伺候，不要一有好处都是嗯们男孩子的福利，一有负担就拉扯上闺女们分担。"

"卫卫，我这不是和大大与妈妈正在说道理吗？大大嫌分面积麻烦，不想拆迁了。你想想，怎么能不拆迁呢？分面积是人民内部矛盾，拆不拆是'敌我'矛盾，咱怎么能不拆迁呢？"卫东平时最疼妹妹，也最听妹妹的话。此刻他的话音强度，已经从九霄云层垂直跌到了十八层地狱。

卫卫说："拆肯定是要拆的，但是要和大大、妈妈好好商量。吹胡子瞪眼睛解决不了问题，还惹邻里上下笑话。三哥，你说是不是啊？"卫东点头如小鸡啄米。

天保和秀婵看见女儿卫卫来解围，卡在喉头的大石头"扑通"一声落了地。都说女儿是妈妈的贴心小棉袄，是大大的寒冬暖手宝，在这个最关键的时刻，女儿还真成了维护家庭和谐的灭火器了。眼看着一堆干柴已经冒出了青烟，在儿子们提着汽油来助燃的关键时刻，女儿卫卫提着灭火器对着火苗一喷，这火就打不起精神来了，这火就呜呼哀哉了。

以前，天保的四个儿子，经常因为一些猫猫狗狗的事情打架，只要"和平形象大使"卫卫一出场，弟兄们之间的战争不出五分钟就可各自偃旗息鼓、收兵回营、握手言和。记得有一年，老二卫强和老四卫彪参加学校举行的运动会，为了争夺一双弟兄四个合伙为村里的饲养院割青草挣来的钱购买的运动鞋，弟兄两个打起了架。那架势和两只为了争夺交配权而打架的小公鸡很相似，眼看着两个人打得羽毛零乱马上就要有"见红"的危险了，卫卫唱着"我们的家乡，在希望的田野上……"回来了。她往两个哥哥中间一站，说："你们两个人要是再打，就噼噼啪啪打死我算了，反正闺女将来都是别人家的媳妇，有没有都无所谓，留下你们将来好传宗接代。"就制止了一场局部战争的蔓延。最后的结果是卫强和卫彪谁也没有穿运动鞋参加运动会开幕式，卫卫穿着这双非常不合脚的像船一样的运动鞋，从家里"划"到学校的运动场，坐在观众席上为哥哥们参加的项目鼓劲加油、摇旗呐喊，为哥哥们取得好成绩，挣回来三个红旗本、五支铅笔、三块橡皮的丰厚奖品，给了精神鼓励，立下了汗马功劳。

"卫卫，你家马上也要拆迁了，你不在家里拾掇东西，来咱家有啥事？"卫东问。

"唉，三哥你快不要说了。说起来真是气杀我了。"卫卫一屁股坐在床沿上，好看的柳叶眉在额头上倒立了起来，满脸苦大仇深的表情，"大大、妈妈、三哥呀！嗯们给咱评评这个理。俺婆婆家弟兄两个、俺公公和婆婆也下世了，正好四孔窑洞、两间配房，按理说，这样的格局是很好分配的，但是，就在我们要和开发商签订拆迁合同的紧要时刻，幺蛾子出现了，他家的女儿来了。她说法律面前人人平等，家庭里边男女平等，现在是新社会，是新时代，不能重男轻女。这家应该分为三份。你们说说这道理，嫁出去的闺女泼出去的水，自古以来祖祖辈辈都是这样的，哪里来的闺女分家产的道理？"

"是啊，是啊，你家这小姑子也太不懂事理了。"卫东挽了挽袖子，看样子，如果卫卫的小姑子现在要是出现在他面前的话，他立刻就会路见不平一声吼，拔刀相助，打抱不平，将对方修理成一只会直立行走的雌性大熊猫。

天保也不知道啥时候开始胸部也不憋了，脸上的气色也晴空万里了。他从床上坐起来，开始为卫卫说话："这个事情说塌天也不能答应，闺女就是闺女，儿了就是儿了，老祖宗传下来的就是这样的规矩。闺女们要是都像她这样回来分家产，这天下岂不要乱成马蜂窝了吗？"

"不行的话，就让村干部先给说和说和、调解调解，"妈妈也开了口，"闺女嫁出去就是妈家的一门亲戚了，怎么好意思回来分家产呢？"

　　"身边的那片田野啊，手边的枣花儿香，高粱熟了红满天，九儿我送你到远方……"卫东的手机里传出了谭晶唱《九儿》的声音。卫东躲出去接了电话，回来对妹妹说了一句："卫卫，我有事先走了。"就匆匆忙忙走了。

　　妈妈给卫卫倒了一杯白水，刚刚打开的眉头重新又上了一把生锈的铁锁。

　　"唉，卫卫呀！你的那四个哥哥都逼着我和你大大想多分面积，人人都说得有道理，就是我跟嗯大大没有道理，这手心手背都是肉的，掐到哪里都是个疼，你说这可咋办呀？你快给咱想个主意。"

　　"妈妈呀！大大呀！其实这几天我也头疼得很哩。"秀婵心想，肚子疼是屎憋的，脑袋疼是鬼捏的，这卫卫的肚子里还不知道装的是粮食还是粪便呢。

　　果然，接下来，卫卫说道："大大呀，妈妈呀，不要怪怨闺女直头卯窍，不会说好听的话。我认为这家产呀，应该平均分成六份才合理。"卫卫伸出右手的大拇指和小拇指，做出了个好看的表示是"六"造型。

　　"为啥要分六份呀！四五份还分得打架上吊、扎刀攀命的呢。"天保说。

　　"我也是刚从小姑子来我家分家产这件事情中，得到了启发。人家的小姑子能从我家那里分家产，我为什么就不能从咱家分点面积呢？我的意思是我们兄妹五个算五家，你们二老算一家，把房屋面积一分为六、六六大顺……"

　　卫卫还没有说完，天保扑通一声重新倒在了床上。

　　"天保！天保！天保呀！"秀婵扑上去，一边呼唤老头子，一边掐人中。卫卫也赶紧帮忙活动着父亲的双腿，看父亲慢慢醒过来了，又赶紧倒了一杯红糖水，拿了小勺子往父亲的口中喂。

天保看着卫卫，忽然吼出一声："滚！都给老子滚出去！这家不拆迁了。这家我和你妈妈活着是人住的家，死了是鬼住的屋。"

卫卫满眼委屈的泪水决堤而出，哽咽道："咱先小人后君子，这四合院里的房子没有我的份额也行，但咱可是丑话说在前边，今天咱就把话说明白了，到时候二老万一生病了、住医院了、卧床了，告诉哥哥嫂嫂们不要安排我伺候，谁分财产谁伺候。我不能只有责任没有利益。哥哥嫂嫂们不能有肉吃的时候想不到我，有难处的时候事事想着我。"

秀婵拿出手绢要为卫卫擦泪，没想到自己的泪水已经倾巢出动。她只能先擦自己的泪水了。当夜，秀婵梦见一群麻雀落在了四合院里，起起落落之间，院子里的青砖碧瓦、房梁房柱全部被麻雀们啄食了个干干净净，然后麻雀们又瞪着血红的眼睛，挥舞着锋利的爪子，发出尖厉的叫声，抓向了她和老伴的五脏。

三

卫东屁股着火般回到家里，妻子欢欢正和在远方打工的女儿贝贝视频聊天。

自从开通了微信聊天功能以后，卫东和妻子每天都可以见到心爱的女儿了。尤其是欢欢，一天不用视频和贝贝见见面、说几句暖心的话，整个人就像丢了魂魄一样。最讨厌的事情是欢欢每次做好贝贝爱吃的老平定招牌菜——白菜过油肉或者是粉条豆腐丝，总是打开视频让贝贝看。有一次贝贝居然在千里之外的视频里都拿起筷子了，才发现筷子太短了，吃不上这些美食，急得眼泪和哈喇子一起飞流直下三千尺。

贝贝虽然是个农村长大的女娃子，骨子里却一点也不喜欢农村，从小就好像与土地结下了不共戴天的梁子，一直想离开农村到都市里，去享受港澳台拍摄的电视剧里那些俊男靓女、纸醉金迷的生活。吃美餐、

品美酒、住豪宅、开宝马……这些梦想在她的心里真是"野火烧不尽，春风吹又生"。考上一所大专院校后，贝贝就经常将一些网络语言挂在嘴边，诸如"学得好不如长得好，长得好不如嫁得好，嫁得好不如傍得好""宁在宝马车里哭，不在自行车上笑"。真是气杀人了，急得哑巴也要会说话了。

作为爷爷和奶奶，天保与秀婵也不方便直接教育贝贝，几次告诉卫东和媳妇，说这天上掉不下馅饼来，要好好教育女儿。卫东与欢欢却不仅不教育女儿，让她知道财富要靠自己的双手创造，反而夸奖女儿有志气、有眼光。

欢欢说："贝贝说了，要赶紧催促二老和开发商签订拆迁合同。咱不要房子，让他们按照一平方米五千块钱给咱现金。贝贝要用这笔钱投资，挣下大钱后在大城市里买楼房，在城市成家。咱两人跟着贝贝搬到城里，早晨跳跳健身舞，白天打打小麻将，晚上公园散散步，山珍海味随便尝……"欢欢刚嫁过来的时候和本市桃河诗社的文学爱好者们学习写过古体诗，每次一展望家庭的未来，汉字就经常是三言四言五言七绝式样地往外吐。卫东沿着她的这些诗句搭乘的梯子，可以直上九霄之高，望到未来的七彩霓虹、荣华富贵、金山银山。

"贝贝的想法是不赖，关键是咱们现在居住的家，暂时不在拆迁范围，无法兑换现金。四合院的拆迁呢，现在亲哥弟兄们各有想法，各人打着各人的小算盘，怎么也尿不到一把夜壶里去。谁也觉得自己劳苦功高，应该多得到一勺肉汤，多吃半块馒头，谁也不让步，你说我咋就能给贝贝拿到投资的现金呢？"卫东点燃了一支香烟，吸一口吐一个圆圈圈。那些圆圈圈落在了欢欢的头上，就像一个个菩萨套在孙悟空头上那个紧箍咒，随着唐僧口里的咒语越来越紧，越来越痛，疼到让人想像悟空一样，边在地上打滚，边向师父求饶。

"贝贝说，这次投资回报率非常高，年利率高达百分之十五。机不可失，时不再来。早投资，早受益；迟投资，晚受益；不投资，不受益。"欢欢边说边在空中挥舞着双手，好像空气里满是黄金元宝、珍珠玛瑙、金山银山，一伸手就可以全部抓在手里，使自己家成为可以呼风唤雨、威风八面的全国首富。

"要不，你看这样行不行？反正父母居住的四合院的拆迁问题，只是时间上的问题，属于咱的那份拆迁款肯定是要到位的。咱先把银行存着的十几万拿出来，给贝贝去投资，等四合院的拆迁款到位了，咱再存到银行去。大不了损失几千块钱利息。再者讲，和投资的高额回报比起来，这点利息连个屁都算不上。"卫东掐灭了手中的香烟，表达了自己的想法和决心。

"哎哟哟，我的祖宗哟，到底是女人们头发长见识短，男人们胡子长办法多。我这死脑筋，咋就没有想到先把银行存款提出来，给贝贝拿去投资呢？"

"这事情还不能太急，万一这是个传销或者诈骗圈套呢？"卫东心中打了个问号。

"哎呀，刚表扬你，你就又骄傲自大犯糊涂了。这个收钱的老板是女儿闺密的父亲，要不是这层关系罩着，人家还不收咱贝贝的投资呢，别人想投资还提着猪脑袋找不见庙门呢。人家那么大的老板，不稀罕咱这几十万元。再者讲，人家骗谁还能骗咱的闺女——她女儿朋友的钱？这世界上没有无缘无故的爱，也没有无缘无故的恨，自古以来就是人有多大胆，地有多大产。撑死大胆的，饿死小胆的。咱就狠上一回心，冒上一次险，发上一回大财吧。"欢欢双眼释放着的金条特有的光芒，捋直了卫东心中的问号。

四

曲曲弯弯的山路上，一辆汽车正在急速行驶。两边的树木、土地、

山峦、河流唰唰后撤，卫强童年、少年、青年的记忆渐次逼近。大石头村近在眼前了。

卫强长着一张女娃子脸，有一次因为有人说他的眼睫毛长，太像女娃子了。回去后，他立即拿出剪刀对着家里祖传的那面梨花木镶边的镜子，剪短了眼睫毛。没有想到这眼睫毛真不是随便可以处理的，剪短后的眼睫毛时不时就扎到了眼球上，闹得卫强的眼泪就像村里那口泉水井一样，咕嘟咕嘟地向外边流水。没有办法，卫强只能尽量闭着眼睛，实在需要睁开眼睛了，再慢慢撑开一条缝隙，看清需要看清的物件或者方位后，就又赶紧闭住。院子里的黄瓜开过两次花后，卫强的眼睫毛才长到原来的长度。

卫强已经许久没有回村看看了。他现在是一家装潢公司的老总，听说村里拆迁，想回来把属于自己的那一份财产兑换成人民币。

车子在村口停下，卫强想为父母买些礼品。卫东的老婆欢欢先看见了他："哎哟哟，我也是说今早为啥左眼老是忽闪忽闪的，原来是财神爷二哥要回来了呀！快进屋坐坐。"

卫强知道欢欢这是在和卫彪家抢生意。每次回到村子里，卫强都面临着这样的尴尬，一边是卫彪家的小卖部，另一边是卫东家的小卖部，两个都是亲兄弟，到底该买谁家的商品都费脑筋。

卫强还没有进入卫东家内外贴着釉面砖的房子，那边卫彪媳妇月月那甜甜的嗓音像一粒童年的糖块，已经准确无误地抛了过来："哎哟哟，这不是二哥吗？回来咋不进屋坐坐呀？是看见欢欢比我长得顺眼吗？快过来进屋，我有天大的要事和哥哥商量呢。哎，二嫂为啥没有回来呢？"

欢欢用锋利的眼神白了月月一眼，嘴巴里蹦出几个字来："哼！狐狸精！"

卫强感觉脚下长出了根须，无论是往老三家走，还是往老四家走，现在都不太合适，正琢磨着脱身之计，远远看见踉踉跄跄跑来一个人，口里喊着："是卫强吗？是卫强吗？"仔细看才看清是丈母娘。

卫强的丈母娘气喘吁吁跑过来，脸上挂满了雷霆与闪电。她拉住卫强就往村子里走。卫强说还有好几百米路呢，咱开车回。他往老三家给父亲买了两条烟，往老四家给岳父买了一箱酒，拉着丈母娘进了村。

丈母娘在车上说了说事情的大致情况。刚才她到地里去摘眉豆，遇到了十几年没有回来过的小叔子。小叔子说他是回来签订拆迁合同的。丈母娘说，村子里已经没有你家的房屋了，你签的哪门子合同啊！小叔子说，谁说没有我的房子了，现在你和哥哥居住的房子就是我的房子啊！我这里还有房产证呢。说着从包里掏出一个大红本本，朝卫强的丈母娘扬了扬。

丈母娘顿时觉得天旋地转。她想起来了，几十年前小叔子考上大学跳出农门后，将自己那三孔向阳的房子换给哥哥一家居住，然后将哥哥的房子卖给了本村的一户人家。因为觉得亲弟兄、一母同胞的，就没有将房产证上的户主换过来。现在要拆迁了，房产证上的产权人姓名还是小叔子的。

丈母娘一把揪住小叔子的衣领子："兄弟，做人要有良心啊！当年是你主动把房子换给了我们，然后又卖掉了我们的房子。现在你这样做不是在拿刀子割我和你哥哥的肉吗？"

"我不签字，你们的房子也拆迁不了。户主是我的姓名，房子就是我的。"小叔子将嫂子的手从衣领上拿下来，一字一顿地说。

这个时候，丈母娘远远看见女婿那辆银白色的车子正停在村口，忙连跑带飘地跑来向女婿求救。

车子路过叔丈人站立的地方，卫强想停下车子捎上叔丈人，丈母娘推了他一把："拉猪也不拉这只千刀万剐的白眼狼。"说完自觉失口，赶紧又闭住了嘴巴。因为她自己身体肥胖，丈夫经常开玩笑说她是猪八

戒转世。

遇上这样的事情，卫强这个女婿也不便协调，就去村委会请来了村干部进行调解。

自从拆迁工作开展以来，村干部们个个恨不能变成孙悟空，抓一把头发变出无数个自己来。因为拆迁，村子里可谓是狼烟四起，这家分家不均，那家偷偷修盖新屋，还有的人家因为是过去的土窑洞，一边拖延时间不让拆迁工作人员丈量面积，一边全家总动员"深挖洞、广积粮"，土窑外边原封不动，土窑里边大兴土木，一天至少扩大面积五六平方米。这种革命加拼命、拼命干革命的精神，至少已经几十年没有看见过了。

来卫强丈母娘家调解纠纷的村干部乳名叫三狗子。三狗子嗓音低沉，嘴唇上布满了细密的口疮。

"当年你们交换房子留有字据吗？"三狗子问。

卫强的丈人和丈母娘你看看我，我看看你，木偶似的摇了摇头。

卫强的丈人一边给三狗子递上一支软包装的云烟，一边自己点燃了一支五块钱一盒的烟，道："都是从一根红肠子爬出来的，谁会想到他会来这一手？早知道这样，我当年还不和他换房子呢。我的旧房子虽然光线有点暗，但是面积至少比这边多个十几平方米呢。"

"自古以来说到纸上说不到纸下，这房子是我的姓名就是我的财产，我不签字同意，谁也抢不走。"小叔子喝了一口自带的矿泉水。

三狗子喝了一口龙井茶，觉得味道超爽。是啊！这龙井茶是女婿卫强孝敬丈人和丈母娘的，平时自己都舍不得喝，觉得自己喝了都"酿造"成尿液了，不值得、不合账、铺张浪费。只有来了重要客人，才会拿出来的。

三狗子干咳了几声，表达了自己的身份与一言九鼎的威严，道："二牙，既然你不想放弃自家的产权，为啥当年要和你哥哥换房子，为啥又把人家的房子卖掉啊？"

二牙是卫强叔丈人的乳名。

二牙不吭气，扬扬自得的目光扫描着窗外的青山绿水。

卫强沉不住气了，道："叔叔，你当年卖房子，俺丈人这边配合你办理手续，国家可是有档案可查的。因为你当年卖的房子，房主是俺丈人的姓名，也是俺丈人签字配合你卖的。这个你是不可否认的，是不是？"

卫强的口气很温和，却像看病的老郎中，用银针点中了二牙的穴位。

二牙回头看了看这位今非昔比的侄女婿，眼里的张狂被言语的斧子砍掉了几只爪子。他的嘴巴翕动着，却没有发出声音来。半晌，才有气无力说道："当年的房产总共卖下一千来块，我现在把钱退还给哥哥。"

大牙，也就是卫强的丈人忽然周身青筋暴起，如同埋伏在身体里的千军万马接到了出击的命令，忽然一跃而起，子弹、炮弹成群结队射了出来："二牙，你还算人群里的数吗？小时候，大大和妈妈忙着在村里参加集体劳动，我每天背着你，衣服总是你抓着的肩头处先破。我每天看护你，有好吃的先给你吃，有好玩的东西先给你玩。有一次，村里的傻二诬陷你偷吃了他藏在厕所墙缝里的半个高粱面饼，趁我去给咱家的猪喂泔水的空了，追着你打，我听见你的声音不对劲，赶紧扑过去和傻二扭打在一起。傻二是大人，我还是个半大孩子，我被傻二打得眼圈黑得和大熊猫一样。这些我就不多说了，你说你赔我一千来块房钱，你闭住眼睛仔细想想，拍着胸脯好好说说，那时候的一千块能和现在的一千块比吗？那时候一个壮劳力10分工，每天累死累活才挣一毛钱，现在一个壮劳力每天至少能挣一百来块，你算算，那时候的一千来块能顶现在的多少钱？"

“哥哥说得有道理，那我现在给你两千总可以了吧？”二牙说。

大牙操起地上的小板凳就要砸过去，被卫强手疾眼快给拦住了。

三狗子用眼神示意二牙赶紧撤退，出了大门外，才对二牙说道："二牙呀！君子爱财，取之有道。何况这是你的亲哥哥，亏你能想出这个歪招来，不怕惹别人笑话，不怕将来遭报应吗？"

五

暂时安顿好丈人家这边的事情，卫强回到了自己的四合院老家。

看见卫强回到四合院，天保没有像过去那样热情地打招呼，问媳妇怎么没有回来，孩子怎么不一起回来，回来就回来吧，还买什么东西，我和你妈妈有吃有喝的，粮菜多得吃不了都长出白毛毛来了。以后你们回来提上十个手指就行，只要你们回来，我们就高兴。

天保脸色黑青，躺在床上，等待着卫强带来的炮火的攻击。现在，他已经成为儿女们的众矢之的了，辛辛苦苦养大的儿女，现在都成了吃人的魑魅魍魉、妖魔鬼怪。老伴的想法和他不一样，老伴恨的不是自己儿女的翻脸无情、贪财失义，这别人认为是"天上掉下个林妹妹"来的拆迁好事，在她的眼睛和心窝里却是天上落下了连环雷的灾难。如果没有这拆迁的事情，她和老伴安安稳稳住在四合院里，日出而作，日落而息，睁眼闭眼又一天，春夏秋冬又一年，简直就是神仙也比不过的日子。

卫强把两条烟放在桌子上，伸手摸了摸父亲的额头，问："大大，你这是咋地了？"

"你想要多少平方米直截说，少在这里和我套近乎。我也想好了，把我和你妈妈的平方米直接都给了你们，俺老两口买点毒药寻个无常死了给你们腾下地方，两眼一闭，眼不见心不烦，就啥事也没有了。"

卫强把妈妈拉到院子里，搬个小板凳坐下才了解到哥哥、弟弟都想多要拆迁面积，妹妹也掺和进来要求分拆迁房面积的事情。他说："我的公司最近资金遇到了困难，我只要属于我的那一份，多余的面积一平方米也不要。"

"大家要都是你这个想法，事情就好办了。问题是谁也觉得自己该多吃多拿，真把你大大气出毛病来，妈妈可咋活呀！"

母子二人正说着话，老大卫红蹑手蹑脚进来了。他显然是想偷听卫强和妈妈的对话，从中找出对自己有利或者不利的句子来，然后把组成这些句子的汉字笔画拆解成刀枪剑戟，对卫强来一番文攻武卫。

卫强招呼哥哥坐下，道："大哥，拆迁这件事情，你是老大，得带个好头，帮助大大和妈妈把事情处理好。早点签订拆迁合同，到时候安排楼房的时候，还可以按照拆迁顺序有机会提前挑个好楼层。"

卫红点着一支烟，吐出几个圆圈，道："话是这么个说法，但是既然大家都承认我是这家的老大，也就应该知道我对于这个家庭的付出。俗话说，宁当大骡大马，不当大儿大女。老大的辛苦是老二、老三无法理解的。我的新院子昨天已经签订了拆迁合同了，就等把老屋子的房产分到手就要搬到镇上儿子那里去过渡了。我也不多要，除了我该得到的，多给我20平方米就行。换句话说就是大大和妈妈百年之后，他们居住的楼房销售后，得给我20平方米的钱。"

天保听到了大儿子卫红的话，他觉得自家这座有着几百年历史的四合院马上就要拆解得骨头是骨头、肉是肉的了。而拆迁就是 把刀子，分解了四合院，让儿女们各奔东西；分解了亲情，让亲人反目为仇。

卫强挠了挠后脑勺，搓了搓双手，按照四合院现有面积，弟兄四个加上父母的那份，每人最多分40多平方米，如果妹妹卫卫也要分享的话，每户只能分30多平方米。假如人人都像老大一样多要20平方米，显然是狼多肉少，无法进行分户和分配面积的。

卫强想出了一个好办法：那就是四合院该拆迁还是要拆迁的，核心

问题是放弃回迁房,将面积全部按照拆迁货币补偿办法换成人民币,然后为二老在县城买一套商品房安度晚年。长出来的钱存到银行,利息供二老日常开销和看病,待二老百年之后,兄妹五人均分存款余额。

卫强的这个看上去很不错的办法,当场就遭到了老大的强烈反对。卫红尽量挺直有点弯曲的驼背,胸中的怒火凝聚成了一支利箭,从身子弯曲的弓弦射了出来:"你们的日子都比我家的瓷实,你们没有这笔钱的进项,日子过得也是油滋滋的。我需要这笔钱。我也想在有生之年,展展挂挂多活上几天。再者讲,大大和妈妈在农村也住惯了,不一定能适应城市的生活。还有一点就是将房子直接折成现金也不合算,咱要上回迁房,到时候转手再卖一次,肯定会更加合账。你看平潭村的拆迁户,转手倒卖回迁房的人家,谁家不是赚了个盆满锅满的?"

卫强觉得大哥的话有道理,但是弟兄几个都想沾光,这个疙瘩不仅解不开,还绕来绕去绕成一个死疙瘩了。

六

"笃!笃!笃!"有人敲大门。

秀婵打开大门,一位身穿拆迁开发单位浅蓝色统一服装的男人,将满脸皮笑肉不笑的表情送了过来。

"老奶奶好,我是负责拆迁摸底的杨鹏。"

"是吗?快进家来,快进家来。"

杨鹏看了看四合院里的房子,道:"唉,可惜呀,可惜,这样一座布局合理、石雕、木雕、砖雕精美的四合院,要是放在北京,价格起码也在三千万元以上。"

杨鹏进屋,让秀婵拿出房产证来,对照着院子看了一遍,说:"好像窑洞掌挖掘的暗窑没有登记上。这样吧,暗窑我给你家按照实际面积丈量,算作正式面积行不行?"

秀婵忙说："好人呀，好人呀，俺可该咋谢谢你呢？"

杨鹏等的就是这句话。他的眼珠子骨碌碌转了几圈，说："老奶奶，您看这样行不行？不管这几个暗窑实际面积是多少平方米，我呢，给您多算120平方米，将来安置房交付以后，您给我一套80平方米的楼房，这样子行不行？"

"不行！"一直在床上睡觉的天保不知道啥时候醒了，听到这样的话语，他立刻接上了话茬。

天保说："你不要以为我八十多岁了，老糊涂了就好日捣。公家的钱也是钱，不是我的钱财，一分钱也不要。暗窑有多少平方米算多少平方米，你少给我来这套。你娃子年纪轻轻的，千万不敢做傻事，犯了错误，耽误了前程啊！"

现在许多规矩都破坏了。儿时四合院里的规矩，天保记忆犹新，那时候谁敢没大没小地和老爷子顶嘴抢财产啊？谁敢出去干个营生像杨鹏一样损公肥私啊？天保家祖传手艺是平定州的"三八席"。这种菜品是民间用来招待新女婿的。这种菜品制作起来非常麻烦，有一套严格的规矩。但是，天保家绝对不会偷工减料，每一道工序都精工细作。整个席面用"八"命名，象征成双成对，喜事逢双。以"四"为基数，取"事事如意，四平八稳"之意。食材绝不用"下水"之类，菜名绝不用"炒"字（与"吵"同音）。客人未到先上干果和水果，这个并不在正式的"三八席"菜品之内，是为客人未齐或刚入座预备的。四干果：糖花生、桂圆、瓜子、葡萄干，取早生贵子、多子多孙之意。四鲜果：苹果、橙子、香蕉、哈密瓜，取平平安安、吉祥如意之意。表示岳父家对女婿的热忱和美好祝福。第一个"八"是四荤四素八碟压桌菜。四荤为腱子、肘花、片肉、焖子。四素是瓜干、皮蛋、桃仁、石花菜。压酒凉菜"腱子"打头，寓意大吉大利、吉祥如意。"石花菜"收尾，取其长长久久、好事连连不断之意。接着上八大碗、八小碗，主菜

讲究"带"，一大碗带两小碗，小碗后跟一道点心，叫"带子上朝"。

"三八席"为什么要上碗而不是盘呢？过去，吃"三八席"不像现在有带转盘的大桌，而是八仙桌，整个"三八席"的桌子上盘碗的总数有36个，所以，在当时就把部分盘改为碗，一直沿用至今。先上的是前四大碗带八小碗、四道点心，分别是大碗红烧海参，小碗小酥肉、小碗烧山菌，点心烧卖；大碗红烧肘子，小碗过油肉、小碗珍珠丸，点心鸡丝卷；大碗香酥鸡，小碗腰果虾仁、小碗酸辣鱼，点心爆香冰凌；大碗八宝饭，小碗松子玉米、小碗拔丝苹果，点心雪梅酿。随之再上后四大碗——分别是汆丸子、银耳莲子汤、虾干白菜汤、漂糕汤和两大碗米饭，再每人一小碗绿豆面漂抿曲。这二八十六道菜品中，每个菜都含有美好的寓意，如主菜"红烧海参"打头，叫"红开喜宴，满堂喜气鸿运来"，"拔丝苹果"代表幸福平安的日子长又长，"珍珠丸"寓意荣华富贵一生一世。"三八席"上，新人的舅舅、姑夫等长辈都在席面上，怕长辈牙口不好，所以特加好多道松软鲜香、非常适合老人品尝的菜肴，珍珠丸就是其中之一。点心鸡丝卷，由发酵的白面加椒盐做成，由于形状是一丝一丝的，吃起来和一丝一丝的鸡肉相似，所以起名鸡丝卷。雪梅酿夹甜馅点心，寓意为小两口未来的生活蒸蒸日上、甜甜蜜蜜。最后四大碗多为肉丸、甜丸之类的汤品，寓意"完满"。至此，菜品全部上齐，酒席才算结束。因为有规矩，守规矩，天保家才保持了良好的声誉，生意做得风生水起。后来要不是天保的父亲被狮脑山的土匪绑票，强行让他染上毒瘾，家道根本不可能以那样快的速度败落下去。

后来，天保只露过一次手艺，那就是女儿卫卫出嫁后的第二天，女婿和女儿回门谢婚的时候，他亲自掌勺为女婿和前来贺喜的亲戚朋友做了一餐"三八席"。

后来，天保虽然再也没有完整地做过一次"三八席"，却断断续续将这门手艺传给了喜欢做饭的卫强。

天保觉得，杨鹏的所作所为如同为做好的"三八席"撒了一大把沙子、泼了一大盆污水，把一大桌子山珍海味全部糟践了。

"秀婵，今天是不是还没有拾掇家了？先扫地，后擦桌子，赶紧做营生啊！"天保对老伴道。居住在黄土高坡的太行山人家，扫地就是送不受欢迎的客人的意思。

秀婵从家门后边拿出高粱秸秆制作的笤帚，装模作样在地上扫了几下。杨鹏掏出纸巾擦了擦皮鞋，临出门说："这次拆迁按照结婚证件分户，老爷爷您和老奶奶估计没有结婚证吧？"

天保心说还真没有结婚证，那时候的婚姻是父母之命、媒妁之言，三媒六证、拜堂成亲就是合法夫妻，哪里来的结婚证啊！他干咳了几声，清了清嗓子，朗声对杨鹏道："我们是一盘炕睡了五六十年的非法夫妻，还男男女女生下一大堆孩子。你可以上法院告我们是流氓犯，把我们五花大绑逮捕起来，然后将四合院没收掉，不就省得和我家商量拆迁的事情，省得给我家修建安置房，也省得我家那几个混账小子瞪着牛眼睛、夯着公鸡的翅膀和我找事了吗？"

杨鹏回头上上下下重新打量了一次天保，奇怪这八九十岁的老爷子，哪里来的这么硬如青石的骨头，哪里来的这等气冲霄汉的底气。不，简直就是带着几丝傻气，这样利人利己的事情，何乐而不为啊！自己通过这样的方式鼓捣了多少套房子了，还是第一次遇到老爷子这样刀枪不入、水火不浸、油泼不进、死不开窍的木头疙瘩。

他扭头对秀婵说道："老奶奶，刚才我是和您开玩笑的，千万不要往外边去说。这样缺德的事情，我咋会去做呢？还是老爷子政治觉悟高，具有传统的、伟大的、高尚的、让人仰之弥高的老革命精神。佩服！佩服！"

杨鹏边说边走，一不小心被一块石头绊了一下，差点摔倒在地上。

七

"大大和妈妈活着的时候，你像躲避天花一样躲着活不见人死不见鬼的。现在一听说迁坟人家要给钱，你就屁颠屁颠地来了。我告诉你，大大和妈妈这坟由我负责迁移。你愿意帮忙就帮忙，不愿意帮忙离得远远的，我也不会怪你。但是我要明明白白地告诉你，这迁坟的补偿，你一文钱也不用想得到。"卫彪的大舅哥张大刚光着膀子站在龟脑山下的祖坟边，正在和自家的兄弟张小刚叫骂。

"老子养儿，个个有份。你想吃独食，回去盖上十八层大被做梦去吧。谁不知道这迁坟的事情是个划算的、肥到滴油的买卖？你不要老是揪着大大和妈妈活着时候的事情不松口。这件事情是这件事情，过去的事情是过去的事情，你不要'胡搅汉、汉搅胡'地往一起搅。我不孝顺父母是因为当时我的光景疲累，经济处于'罗锅上山——前（钱）紧'的时候。你作为大哥，难道不应该替我分担些负担吗？"张小刚手里拿着一把铁锹，看样子随时都会扑上去，照着哥哥的脑袋来一下子。

龟脑山下的地势属于后背高、两边有扶手的椅子模样。在风水上属于上上之地，传言选择此地为阴宅，儿孙后代将来会成为坐江山的皇帝。张大刚家的先人在这里埋了数十代了，别说是出现皇帝，就是连个股级干部也没有出现过。但是他们整个家族都坚信，这个奇迹肯定会出现，只是时间迟早的问题。

这次拆迁和安置用地，涉及村里大部分人家的阴宅。按照相关文件，迁移一座阴宅按照黄土实填和砖石碹葬的等级，分别补偿四千至五千元的费用。

因为村里负责免费提供公墓，这样下来每一座阴宅迁移后，可以结余大约一半的费用。这世界上的人除了割脑袋疼就是拿钱疼，谁也不会让这笔钱随便流入别人的口袋，于是矛盾就出现了，兄弟反目、叔侄相斗、本族相争的矛盾，闹得村干部焦头烂额的。

张大刚和张小刚在这里叫骂，那边卫彪已经接到了大刚和小刚妻子的电话，让他火速赶过去，说啥也不能让弟兄两个打起来，给先辈丢脸，让别人看笑话。

卫彪过去劝了大舅哥劝小舅子，总算是达成了初步意见：迁坟的时候两家都出力，购买上好的棺木重新装殓两位老人下葬后，剩余的钱给父母立个高大庄重的石碑，然后大家在来年清明节的时候，一起去县里的大饭店大吃大喝一次。

卫彪处理完这件事情，觉得自己的身子都快散架了。握手言和的弟兄两个，顾不上和他多说什么，紧锣密鼓研究起了如何与本族兄弟共同处理列祖列宗迁坟的事情来。

因为列祖列宗的后代已经上百人，大家如何来为列祖列宗迁坟，结余的费用该如何处理，是一件浩大的工程，卫彪作为女婿赶紧溜之乎也了。

卫彪在回家的路上，又遇到了烦心事。

村里的光棍汉玉柱和当当，这段时间一直在琢磨如何通过迁坟挣些零花钱，结果他们几乎同时发现龟脑山的山湾处，有一个好像是无主坟的坟包。

玉柱年轻腿快，跑到拆迁办公室找见相关负责人，说是找见了他家一个因为年少夭折，没有入祖坟的老祖宗，要求工作人员前去确认，然后给他迁坟费用，由他负责迁移。

玉柱这边怀念老祖宗满脸悲伤的云朵还没有散去，当当气喘吁吁地跑进了拆迁办公室。

当当一进门就放声痛哭："各位领导呀！俺终于找见俺大大和妈妈的墓了呀！俺要是不尽快找见二老的墓，到时候安置房一开工，推土机把二老的骨头推得东一块、西一根的，让二老不能在一起入土为安，那我可就是不孝之子了呀！"

玉柱抬腿就对着当当的屁股踢了一脚："我在这里和领导们说正经事，你跑进来胡咧咧个啥呀！谁不知道你是个穷得破布片盖不住屁股蛋的流浪到咱村的孤儿？你连自己是从哪块石头缝蹦出来的都不知道，哪里知道自己的父母长得是黑的还是白的？哪里知道父母死后是狼吃了还是狗啃了？哪里知道你大大和妈妈埋在哪里了？你长着孙悟空的火眼金睛了？咋就知道你大大和妈妈钻进俺家老祖宗的坟墓里去了？"

玉柱平时语言很少，这个时候好像彻底换了个人，嘴巴像机关枪一样，一打就是一梭子子弹，把个当当打得千疮百孔、体无完肤的。

当当止住哭声，干旱的眼睛白了玉柱一眼，大声道："你少在这里和我抢父母，在我的记忆里，我的父母就是埋在那个地方了。你说那是你家祖宗的坟墓，你有什么证据？我看你是红口白牙，睁着眼睛说瞎话。你要是敢和我抢，我就和你拼命，不是你死就是我活。你不要以为我是好欺负的……"当当边说边挽起袖子，做出了要拼命的架势。

拆迁办的杨鹏也无法断定两个人谁说得有理，谁是无理取闹，只好让他们带着去现场看看。三个人半路上遇到了卫彪，把事情大概说了一下，就拉上卫彪一起去断个是非。

卫彪说他还有事，玉柱和当当说卫彪是村里的老住户，可以去当个证人。

卫彪明明白白知道这两个人是想挣那笔迁坟钱，是在胡闹，但是又不好意思说破，好在他们要的是公家的钱，只好跟着他们去了现场。

这座坟墓外边的土堆不算大，有一平方左右，猛一看不像个坟墓，仔细一看也像个坟墓。一到坟墓前，玉柱和当当双双跪倒，各人"哭"着各人的先辈。

卫彪问你们都说这是自家先人的坟墓，有什么证据？玉柱说先辈去世的时候，他还没有出生。他只是听本族的老人说，在这片地方埋着自己的一个先辈，哪里来的证据，卫彪你这不是坑人吗？当当说他的父母就埋在这里，他的大大在左边，妈妈在右边。玉柱说，废话，谁家的父母不是这样子埋的？你这叫无理取闹。

杨鹏说，我看这个呀，还不一定是个坟墓，你们先挖开，一是看看到底是不是坟墓，二是如果是坟墓，找见里边写着死者姓名的青砖或者瓦片，这样不就一目了然了吗？

玉柱和当当立即各自回家，拿来铁锹和镢头开始挖掘。村里的人听说了这件事情，一传十，十传百，百传千千万地赶来看热闹。

玉柱和当当干活很卖力气，不到两支烟燃烧完的工夫，坟墓就被打开了，还隐隐约约见到了白骨。

玉柱和当当又开始咿咿呀呀地装哭。

这时候，从村口开进一辆汽车来。车子开到龟脑山下，一位穿着超短裙，梳着"不等式"烫发，手腕上戴着漂亮玉镯，脖子和耳朵上戴着金器的时髦女郎，一步一步走上山来。女郎到了坟墓前，一声惊叫："我的宝宝呀！谁把你的坟墓挖开的呀！怎么我一个礼拜没有来看你，你的房子就变成了这个样子？哎哟，我的宝宝呀……"

玉柱和当当看看局势不妙，哭声就像忽然断电的扬声器戛然而止，悄悄躲到了人群里。

杨鹏心说这下子闯下大祸了。大石头村这二位宝贝，把人家孩子的坟墓挖开了。他赶紧俯身劝解："这位大姐，我是拆迁办的，因为这里要修建安置房小区的花园，所以你家宝宝的坟墓需要拆迁。当然，我们会按照有关政策适当给您一些经济补偿的。"

女郎止住哭声，道："这宝宝不是我的孩子，是我家的宠物狗二哈……"

八

半夜，秀婵被一阵时断时续、窸窸窣窣的声音惊醒了。刚开始以为

是老鼠在偷吃玉米，后来觉得又不像，觉得应该是人闹出来的声音。

秀婵推醒了天保："天保，你清醒清醒，你听，是不是院子里有了贼了？"

天保仔细听了听，似乎还有金属工具挖掘什么的声音，就伸手拿起枕边的老年手机，想给儿子们打个电话。

秀婵说，先不要惊动孩子们，咱再听听。

天保放下手机，故意夸张地干咳了几声，窸窸窣窣的声音没有了。

"也许真是老鼠在偷吃玉米，睡吧。"天保打了个哈欠，转身打起了呼噜。

秀婵却睡不着了，她觉得院子里除了窸窸窣窣的声音，似乎还有她熟悉的喘息声。这声音是谁的呢？她绞尽脑汁也没有个准。

秀婵一辈子经过的事情太多了。每次当夜色像水一样淹没了群山，淹没了村庄，淹没了炊烟，淹没了人声，淹没了藏在大人嘴巴里的鬼故事，别人都能够鼾声如雷，她却像一条清醒着的鱼，伸着听觉的触角捕捉着来自大自然的声音。那一年，日本鬼子夜晚行军路过村子，别人都没有听到什么声音，她一个只有几岁的小丫头却听到了异常，并立刻推醒了身边的妈妈。全家人立刻跑出房屋，不敢走大门就翻越院子的后墙，逃到山上躲了起来。那天晚上，许多人家的粮食和猪羊都被日本鬼子抢走充作了军粮。

现在夜色组成的水，正有暗波徐徐而来。过了一会儿，秀婵听见窸窸窣窣的声音又响起来了。秀婵拉亮灯泡，像点燃了一盏民国时期的船灯。她居然准备到院子里去看看。院子里除了几百斤玉米，一堆煤炭，剩下的东西拉上一汽车，也值不了几十元。你说这贼究竟是想偷啥呢？

边想，秀婵又拉灭了灯。敌人在暗处，咱在亮处，自己真是老糊涂了，真是太傻了。

秀婵等了一会儿，窸窸窣窣的声音一直没有响，打了几个哈欠，也就迷迷糊糊睡着了。

"抓贼呀！"当秀婵被天保的呐喊声惊醒的时候，天保已经站在了天色微明的院子里。起码有20多年时间了，天保每天早晨五点准时睁开眼睛，迟睡早睡都是这样。天保的喊声是一张渔网，一下子就准确无误地把秀婵从夜色的海洋里打捞上来了。

秀婵打着手电，迈开"解放脚"披衣出去，四下照了照，最后看见四合院的影壁中间被人挖了个洞。贼人于慌乱中掉了一只鞋子，跑了。这里，我得交代几句有关"解放脚"的事情。据相关资料显示，"解放脚"始于中国古代五代时的妇女缠足陋习，延续到清末，海禁大开，在外来的文化和先进知识分子的不断呼吁声中，缠足的风气才非常缓慢地走向灭亡。特别是辛亥革命后，从城市到乡村缠足习俗才逐渐被废除。那些"半裹脚"和不裹脚的妇女告别了"三寸金莲"的时代，被称为"解放脚"。缠足这一习俗体现了中国古代独特的审美标准和男尊女卑的社会形态。它的消亡，显示了妇女的解放和地位的提高，也标志着中国已从传统走向现代。"解放脚"比"三寸金莲"稍微大一点，比正常女人的脚稍微小一点，走路比"三寸金莲"稍微稳当一点，比正常脚女人的身形稍微"风情万种"一点。

天保气得浑身发抖："估计是个文贼，来偷咱家的镇宅之宝来了。"天保呼哧呼哧大口喘着像小孩胳膊来粗的气。夜色的海洋退潮以后，他成了一条搁浅在沙滩上的鱼。缺水、缺氧带来的双重压力，让他觉得自己快要灵魂出窍，只留下一具僵硬的躯体，浸泡在老伴的泪水中。

天保知道，四合院里藏着一件镇宅之宝。到底是什么宝贝，因为是先辈的先辈埋上的，谁也没有见过。只是祖祖辈辈口口相传给长子，最后将这个美丽的传家宝埋藏的地方，由生育了二女一男的天保的父母，传给了唯一的儿子天保。

"你说奇怪不奇怪，这件事情只有咱自己家人知道，贼人是怎么知

道的呢？"秀婵说着，弯腰捡起了贼人丢在地上的鞋子。看着看着，她脸色大变，这不是卫彪的鞋子吗？

卫彪因为经常闹脚气，秀婵就为他做了厚实的吸汗性强的鞋垫子，用来保护双脚。而今天这只鞋子里垫着的正是秀婵纳的鞋垫子。

秀婵的心里立刻就爬满了许多虫子。这些虫子肆无忌惮地在她的心脏内外爬来爬去，让她感觉到了一种无可奈何的耻辱与愤怒。孩子们幼小的时候，秀婵恨他们不是充气娃娃，用嘴巴一吹就长成顶天立地的男子汉。没有想到含辛茹苦把孩子们抚养成人了，新的烦恼和新的麻烦也跟着来了，还不如让儿女们保持小时候的状态，吃饱喝足就一窝蜂般出去疯去了。

天保这时候才恍然大悟，拆迁工作开始以来，村子里多了一些收古董的商人。可能是职业的原因，这些古董商一个个长得就像出土文物似的。谁家搬家了，他们就守在谁家，专门收购那些老辈人留下的东西。不值钱的几块钱一件，值钱的东西几千块乃至几万元一件。邻居茅锅家的门楼里拆除出来的一件瓷器，据说是卖了五六万元。估计卫彪想起了自家影壁有传家宝的传说，想吃独食才半夜出动的。没有想到惊动了父母，他急着躲避父母，才跑丢了一只鞋子。

这个败家子，老子还没有搬迁，老子还没有挺了腿，他就想拆院子，真是气杀我了！天保一拳一拳捶着残破的影壁。

"不行，我要报警。"天保蹒跚着返回窑洞，要拿老年手机报警。

秀婵一把拽住他的胳膊，差点把人拽倒："我说你是不是疯了，卫彪是咱的亲儿子啊！再者讲，墙里边到底有没有值钱的古董，咱也闹不明白。卫彪到底挖到古董没有，咱也不清楚。你这样做不是把孩子往监狱里面推吗？"

天保看了看院子里铺就的老砖头完好无损，松了一口气。但是一想到亲生儿子居然做出了这样天理难容的事情，不由得胸膛发闷，内脏好像万箭穿心。他扬起头，泪水模糊了双眼。忽然，他觉得眼前像戏台一样灯光灿烂的，然后不知道是谁猛地拉住了幕布。他的眼前一片漆黑，扑通一声倒在了地上。

九

天保醒过来的时候，模模糊糊看见老伴秀婵，儿子卫红、卫彪，还有女儿卫卫和几个得到爷爷病危的消息后，临时从外地赶回来的孙子。大家的表情与内心或者长满杂草，或者充满希望，焦急地守在天保的床边。

看见天保醒过来了，他们异口同声："大大呀！您老人家终于醒来了。吓死俺们了。您记得不记得咱家那个传家宝到底埋在哪里了啊！那件东西说不准价值连城啊！"

"爷爷呀！您终于醒过来了。我的假期马上就到了，您没事就好，我得赶车子去单位上班了。不过，那件宝物怎么个分法，您可得一碗水端平，不要偏三向四啊！"

天保闭住了眼睛。早知道孩子们惦记的是那件宝物，而不是他的死活，他宁可选择不再醒来。因为他知道，这件宝物带来的不会是荣华富贵，而是儿女们的你争我夺、骨肉相斗。

天保临床的病人是卫强的叔丈人二牙。二牙得了那种现代医术无法治愈的病。二牙说前几年他就觉得身体有毛病了，因为害怕把为小儿子攒的买房钱花掉，舍不得花钱，才一直拖成现在这个样子。

前几天，二牙已经偷偷将房产证书交给了侄女婿卫强，让卫强代他向哥哥大牙和嫂子致歉。趁伺候他的孩子出去吃饭，二牙说，他自己也知道当初和哥哥争夺房产是不地道的行为，但是他承受不住孩子们的轮番攻击，都是他的孩子们逼着他去做的呀！

这时候，从病房外进来一个女人，看见天保醒了，一声夸张的惊

呼："大大呀！您总算是福人自有福命、好人自有好报醒过来了。我还有要事和您老商量呢。这次拆迁过渡呀！您和妈妈就住到我们家去。咱自己家有房子，再去租别人家的房子，小心别人笑话。过渡费我给二老管理上，二老想吃啥就在我的小卖部拿，将来的回迁房可以先登记到我家的名下……"

天保看清楚了，这个女人是四儿子卫彪的媳妇月月。月月正口若悬河地向天保展望自己设计的美好的未来时，猛然看见包括卫彪在内的人都用闪电般的目光盯着她，嘴巴才停了电。

卫强提着一个饭盒走了进来，看见父亲醒了，急忙打开饭盒，一股熟悉的过油肉的香气立刻盈满了病房的角角落落。卫强招呼兄弟姐妹们带着母亲到他新开的"三八席"饭店去吃饭，然后请示医师后，边看着父亲慢慢吃了一小碗过油肉大米，边告诉父亲他已经转行开饭店了，要将祖传的"三八席"手艺传承下去。

天保微微点头，眼睛里的泪光闪烁着激动而又温热的光芒。

天保从医院回来的时候，卫东两口子得到消息，早早就站在四合院的门口等着父亲。

"大大，不要怪我没有去医院伺候您。"卫东的声音带着可以攥出水来的哭腔，"我给贝贝拿去投资的十几万元，全部被人骗了。贝贝也从外边回来了，每天窝在房子里，不是哭就是睡，人软得提起来一根，放下去一堆，真是急死人了。是我害了贝贝，我真是财迷心窍啊！"

几天不见，卫东像是换了一个人，身形瘦弱，满脸都是菊花园秋霜秋雨过后的神色。站在天保面前的卫东和庄稼地里吓唬小鸟的稻草人一般，全靠一根木头和衣服架着。

天保冷冷地看了卫东一眼，觉得卫东还不如庄稼地里的稻草人。稻草人只负责吓唬来偷吃粮食的鸟兽，而卫东却如狼似虎地盯着祖宗的产业，想榨取掉父亲和母亲的血汗后，连肉带骨头也一起卖掉。

从医院回来，天保发现又有不少村民签订了拆迁合同搬走了。

这个不能怪怨村民，尤其是那些家有小子初长成的人家，基本上都签订了拆迁合同搬走了。现在的女孩子不听大人讲什么诸如找对象关键是要看对人、房子和财产不如人重要等大道理，票子、位子、房子是她们权衡嫁与不嫁的首要条件。男娃找个对象没有楼房人家姑娘不嫁。姑娘不嫁，儿子娶不上媳妇。儿子娶不来媳妇，犹如庄户人家没有土地，种子再多也是没有地方实现春华秋实的丰收景象的。"养儿不见孙，到死一场空"的习俗，让为人父母者即使是拼上老命，也要千方百计、想方设法帮助儿子找对象成家，完成传宗接代的万年大计。现在轻轻松松就可以卸下楼房购买计划重担的机会来了，他们怎么能不尽快签订拆迁合同，尽快完成娶媳妇养娃子的第一步棋呢。

现在挖掘机锋利的牙齿，已经将他们埋着巨大根须的房屋，咬得千疮百孔，此刻的大石头村就像一幅完美的阳泉版画作品，遭受过霉变后的残容。卫强岳父家的房产归属权问题也解决了，一家人正面带微笑往汽车上搬运家具。女儿卫卫家的房产则已经成为平地，一同消失的还有兄妹们那些曾经解不开的死结。

天保看见玉柱和当当正靠在向阳的一面残墙下，一边吸烟，一边拉呱，一边晒太阳。上次争夺坟墓发生矛盾和笑话的事情，他们早就忘到爪哇国去了。许多农村人呀，祖祖辈辈就是这样，有矛盾挂在嘴上，绝对不刻记在心里。

几位古董商在村里转来转去，拆迁带来的巨大的商机，滋润了他们干旱的表情与心情。他们那锐利的目光正在村子里残破的建筑里扫描来扫描去，希望发现新的东西。他们的鼻子在村子里嗅来嗅去，那些古老的废铜烂铁，总是在不经意间为他们的鼻孔透露出人民币的信息。

只有天保家的四合院倔强地扎根在村子的中央，像雕塑般、像形象大使般站在那里。这座祖辈靠烹饪"三八席"起家而建造的建筑，正在

逐渐失去"红开喜宴，带子上朝"和色、香、味、形的魅力。

家里的门楼、影壁、前墙、祭祀天地的神龛都被人撬了个乱七八糟、面目全非，甚至窑洞出檐上的猫头滴水也丢失了大半。当年战乱年代的时候，也没有将四合院糟践成这惨不忍睹的样子啊！

显然，趁天保住院治疗疾病的机会，有人在四合院里偷偷找过古董。

天保知道，他和秀婵的身体虽然看上去还能自己交代得了自己的吃喝拉撒睡，但是他们就像快要燃尽油量的煤油灯，生命的火焰已经为时不多了。

天保推开扶着他的卫强，蹒跚着走进厨房拿出一根火柱，将院子中间的一块几乎看不清眉目的方形青砖撬起来，一件置放在木头箱子里，包裹着已经褪了色的红布的瓷器暴露了出来。卫彪双目放射着高电压灯泡才会出现的光芒，俯下身子慢慢地抱出这件宝贝，颤抖着双手小心翼翼地除去红布，一件上边画着一座四合院，院子中间站着一位老寿星的青花瓷器，雍容华贵地展现在了大家的面前。卫卫认出来了，前些时候看电视台播放的鉴宝节目，其中就有这样一件宝贝，专家当场的估价是120多万元。

天保说："这件瓷器还有一个特点，只有放在地上才能显现出来。"

卫彪急忙抱住瓷器，缓缓地跪下后，将瓷器像置放老祖宗的牌位或者新生儿般轻轻放在了地上。

"你们离远点，我要念咒语才灵验哩。"天保说。

兄妹几个和部分孙辈满腹狐疑离开瓷器。天保忽然高高举起火柱。等大家明白过来的时候，一声脆响，瓷器已经成了数块碎片。其中的四合院和老寿星图像，轰然倒地。

在天保的听觉中，这青花瓷的破碎声，如同村里赶庙会唱大戏时的开场锣。他知道，自己家有关拆迁分户和分房的大戏，现在正式拉开帷幕了。

荆卓然

90后，文学作品散见于《诗刊》《星星》《诗选刊》《作品》《解放军文艺》《扬子江》《阳光》《延河》《诗歌月刊》《江南诗》《山东文学》《安徽文学》《时代文学》《边疆文学》《黄河》《山西文学》《美文》《上海诗人》《中国校园文学》《椰城》《江河文学》《北方作家》《散文诗》《都市》《牡丹》《鹿鸣》《岁月》等刊物，曾参加《星星》诗刊"第八届中国星星大学生诗歌夏令营"、《山东文学》首届全国90后小说作家笔会、鲁迅文学院山西中青年作家研修班。曾在中国作协、人民文学杂志社、诗刊社等单位主办的文学大赛中获奖。著有诗集《小鸟是春天的花朵》（北岳文艺出版社）、散文集《桃花打开了春天的门窗》（北岳文艺出版社）。系山西省作协会员、阳泉市作协理事、阳泉郊区作协副主席。

非虚构

愈走愈远的老屋

◎梦天岚

　　老屋坐落在湾泥乡莲池村荷叶组的一个背北朝南的土坡上，它的右侧是一个隆起的土塬，土塬上长满了桂竹，这种竹子腰杆直、富有弹性、竹节小而且硬，一根根只比大人的拇指稍粗，风一吹，密密匝匝的枝叶就会在相互的摩擦中发出细碎而清亮的沙沙声。它的左侧是一户姓付的人家，两家的格局大同小异，"付"姓虽然是外姓，两家相处得倒很融洽，谁家也不把谁家当外人。

　　屋后有一道两人高的高坎，高坎的土质呈褐红色，一些水草和马齿苋从上面爬下来，一缕缕，带来潮湿和水滴的声音。高坎的长度大约有三十米的样子，差不多也是老屋的长度，中部有一个地窖，一些白心的和黄心的红薯待在里面，不仔细看还以为是捡来的石头。与红薯一起待在里面的还有土豆，要是有人钻进去，就会闻到一股腐败的气味，有些红薯待着待着就自己烂掉了，有些表面看上去没什么，用手一捏就稀软如泥。相比之下，土豆就要好得多，它们的颜色日益加深，冒出来的军绿色嫩芽无时不在显示它们内在的生气。高坎上去是水田，水田再上去

是一座山，这种梯形的结构往往让人产生一种错觉。其实，老屋是坐落在山脚下的。老屋的门前是一块坪地，三棵梨树、一棵叫"五月红"的桃树，还有后来栽种的一棵枣树分布在坪地靠近水田的边沿。老屋的对面是向西流去的邵水河，河对岸是连绵起伏的山峦。

老屋落成的那年荷叶组叫荷叶生产队，姐姐也正好是在那一年出生的，因此，姐姐的小名就叫双喜，取"双喜临门"的意思。我晚姐姐两年，弟弟又晚我两年，三姐弟的童年和青少年时代都是在老屋中度过的。

我两岁那年才学会走路，因为在地上爬得太久，这种日复一日的爬行无意中给了我深刻的记忆和类似于动物般的敏捷身手。那时，父亲在一个军工厂工作，一年难得回来一两趟。母亲则是生产队里的会计，经常用一块蓝条手巾包着一个装有三两米的白瓷碗提着到公社去开会，中午就在公社的食堂吃饭，晚上才能回。家里的事基本上交给了奶奶，奶奶每天从早到晚忙个不停，幸好除了喂饭外，我基本上不要奶奶操什么心，一个人穿着开裆裤，不亦乐乎地从这间屋爬到那间屋，又从那间屋爬到这间屋，在爬的过程当中，我要绕过那些鸡粪、鸡、猫狗以及水缸和锄头之类的农具，屋里的泥巴地估计就是我给磨得滑光的。家里的门槛虽高，对于我来说早已是轻车熟路。奶奶后来回忆起来时说，我在爬的时候就像梭子一样，刚才还找不到人，一下子就"梭"到了脚面前。

记得有一天，邻村的一位阿姨来家里玩，见我在地上抬着头好奇地望着她，她就问我多大了，当她听母亲说我两岁了时，眼珠子都快瞪出来了，赶忙问两岁的小孩怎么还在地上爬啊，母亲当时愣了一下，恍若刚从梦中惊醒一般："是啊，你要是不提醒，我还不觉得。"那位阿姨当即就把我从地上扶了起来，由于基本功扎实，母亲和她牵着我只在屋里走了一圈，我就能甩开手自己稳稳当当地走了。刚学会走路不久，我就能跑了，先是跟在姐姐的后面跑，后来跟在母亲的后面跑。有时母亲去村口的井边挑水我都要跟在后面，好多次母亲不让我跟，经常回过头来要把我骂回去，我不肯回，始终与母亲保持着一定的距离，像个甩不掉的尾巴。等到我能跳过自家的门槛像兔子一样飞跑的时候，也是我真正开始记事的时候。

童年对于我来说并不快乐，对于姐姐来说则是一种不幸。

姐姐一岁的时候已经能说出一些断断续续的话了。有一天下午，母亲走亲戚去了，奶奶去附近的地里摘辣椒，姐姐一个人在家。德叔家的二儿子来串门，见大人不在，就到里屋的米缸里抓了几把米，姐姐一直待在旁边默默地看着，德叔家的二儿子在临走之前还逗了她一下。不一会儿，奶奶回来了，姐姐赶紧牵着奶奶的衣角跑到米缸边，用手指着缸里说："叔叔……米……"见奶奶不太明白，就又牵着奶奶指着敞开的后门说："叔叔……走……"奶奶这才反应过来，难怪德叔家的二儿子刚才在路上碰到她时神色有点不对。奶奶并没有声张，那个时候刚刚能吃饱，德叔家的子女一大群，劳力又少，队上分的粮食肯定不够吃。倒是姐姐的这一乖巧的举动让家里的大人很是惊喜了一段日子，都认为姐姐从小就这样聪明，要是长大了那还得了。

谁知姐姐两岁那年得了小儿麻痹症。母亲后来回忆说，那天早晨她喂完猪烧好了饭还没听到姐姐喊起床的声音，觉得很奇怪，因为平时姐姐总是一大早就嚷着要起来了。待母亲到床边把姐姐抱起来时才发觉不对劲，用手一摸，姐姐的额头滚烫，双腿和身子软绵绵的，一副有气无力的样子。母亲赶紧把姐姐抱到了乡卫生所，卫生所的人看了后，就给姐姐打了一针庆大霉素，一针不见好转，打了好几针之后，额头不烫了，身子能站直了，可姐姐的耳朵却再也听不见了。听不见的姐姐还来不及学会讲话，听不见的姐姐总是眼睁睁地看着别人说话，听不见的姐姐只能用简单的"啊"和手势与人交流。姐姐的手势是她基于自己的本能独创的，譬如说吃饭，姐姐就会伸出右手的两根指头对着左手的手心

放到嘴边划拉几下。有时姐姐的手势因为事情的复杂也变得复杂起来，比画的速度又快，要是我们看不懂，姐姐的面部就会因情绪的激动而变形，她"啊"的声音也会随之变得大声而急促，整个屋子里就只剩下她的声音了。

有一天，母亲给姐姐两毛钱去买纽扣，转念一想，又怕姐姐吃亏，就叫了同村的一个年龄大点的女孩一起去，姐姐很懂味，就把钱放在那个女孩的身上。买了纽扣回来之后，姐姐俨然一副很气愤的样子，她一见到母亲就大声地叫嚷开了，飞快地从地上捡起一颗石子就在屋里比画，她在地上一下子画了好多小圆圈，像做算术题一样告诉母亲，纽扣多少钱一粒，两毛钱能买多少纽扣，而同去的那个女孩趁她在集市上的一个摊位上挑选的时候，跑到另一个摊位上把纽扣给买了。姐姐很激动，比画的意思是说，她带回家的这些纽扣只要一分钱一粒，而那个女孩一共只给了她十粒，也就是说还有一毛钱被那个女孩子揣到自己的口袋里去了，并要母亲和她一起到那个女孩子家里去把钱要回来。母亲也比画着问她，为什么当时不说呢，姐姐告诉母亲当时人太多，面子上过不去，那个女孩子又是母亲叫去的，更何况年龄和个头都比她大，万一吵起来，她打不赢她。从那时起，以后家里买什么东西，母亲尽可以放心让姐姐一个人去买了。

不过几年的工夫，老屋的老态就显现出来了。外面的土砖墙已由黄泛白，又由白变暗；木制的门槛在一点点地矮下去，有的被屁股或者脚板磨得高低不平；屋内的墙上被我用烧黑的柴棍画满了小人书中的将军和士兵；横梁上的燕子窝还是去年的那个，一些枯干的草屑从窝里伸了出来，一些黄色的、白色的粪便像油画的颜料涂抹在横梁上，有的掉在簸箕里结成了块状；灶边的墙壁更像是刷了一层厚厚的黑漆，一些沾满灰烬的油烟和蛛网一起吊着扯着，在穿堂风里晃荡；从屋顶的亮瓦上漏过来的光也变得像断掉了瓦丝的灯管一样，浑浊而模糊；一些瓦片掉了下来或者碎在上面，说不清是猫翻破的还是风雨打烂的；屋后的高坎在一场夜雨中突然崩了一个缺口，是母亲花了整整一天的时间填补上去的。

这一年的春天，成双成对的燕子早早地就飞回来了，有的将老窝修饰一番，有的在旁边另起炉灶。这些紫泥文身的秀才其实个个都是筑窝的行家里手，几天时间，一个比我们想象的更舒适更踏实的窝就筑好了，它们忙忙碌碌地出入着，一不留神抬头一看，不知什么时候窝里就会伸出一排嗷嗷待哺的小脑袋来。有一次，我和弟弟找来一根长竹竿，想把梁上的燕子窝戳下来，结果正好被奶奶发现当场数落了一番，说燕子窝是千万戳不得的，要是戳了头上会长癞子。我和弟弟信以为真，生怕头上真的会长出癞子，从此再也没有戳过。倒是邻居家的海山戳过一回，一共戳了好多次，燕子窝才叭的一声砸在板床上。那时的燕子早已飞走了，窝里除了铺着一些草和几根粘在草上的绒毛外一无所获。那段日子我们就怀着一颗恶作剧的心理盼着海山的头上长癞子，海山也一连做了几个晚上的噩梦，盼着盼着我们就把这事给忘了。如今想起来，已经这么多年过去了，也没听说他的头上长出个什么癞子来。

与燕子一同回来的还有叔叔，叔叔是从部队里回来的。这一年"五月红"开花开得格外早，一树的殷红。一天，生产队的几个骨干人员拿着长卷尺在田间地头比画，他们当中就有叔叔和母亲。比画到那棵"五月红"跟前时，生产队长说这棵树占了下面那丘水田的面积，要挖掉。叔叔觉悟高，二话没说就从家里搬来一把斧头，木屑四溅处，"五月红"被砍倒了，桃花掉落一地，如血，如诉如泣。再看那两树梨花，惨白得仿佛是受了惊吓一般。母亲只是站在一旁默默地看着，我、姐姐和弟弟看看母亲又看看叔叔，心里纵然有一千个一万个不愿意也不敢吭声。自那以后，老屋少了几分颜色，我们也再吃不到如寿桃般大而甜的"五月红"了。

　　叔叔回来不久，媒人就找上了门。未来的婶婶能说会道，她的体形比村里待嫁的姑娘都显高大，这与母亲的矮小形成鲜明的对比。婚事一谈即合。天一晴，叔叔就烧砖、打地基、砌屋，在老屋右边靠竹塿的地基上新建了三间房和两间灰屋，只等秋天一到操办婚事。叔叔的婚事办得很热闹，父亲还特意请了探亲假回来。婚事的前一天下午，奶奶在檐下新垒的灶台上用荷叶锅将一锅水烧得滚开，几个身强力壮的汉子把我家喂的那头二百多斤重的猪给宰了，我们当时就吃到了热气腾腾的猪血。屋前的坪地上，一摊黑红的猪血浸进散乱的稻草和地里，两条杀猪用的红漆剥落的长条凳还来不及搬进去。一个用来烫猪毛的大黄桶摆在坪地的正中间，地上到处是成坨的、散开的湿漉漉的猪毛。猪的肚子剖开后用镰钩钩住屁股挂在了一扇门板上，母亲在一旁帮着用热水清洗猪的五脏六腑。村里的一位老书先生则一边捻着长长的胡须，一边在屋里的一张桌子边写"喜"字和对联，地上的红纸摊了一大片，有的已经写好，只是墨迹未干。我和弟弟在屋里屋外跑过来跑过去，喜气开始弥漫老屋。第二天一大早，大大小小的白瓷花碗就一溜溜地在大门口靠墙的位置摆开了。随着一长溜送亲的队伍出现在村口，鞭炮声爆响起来，老屋的上空到处飞舞着硝烟和炸碎的纸屑。晚上，来闹洞房的人一直从里面挤到了老屋的外面，我们这些在大人的两腿间钻过来钻过去的小孩子只是呆呆地看着听着，大人们的笑声和叫喊声震耳欲聋，我们除了觉得好玩跟着大人们傻笑外，并不懂其中的意思。

　　叔叔成亲后不久，奶奶就把舅爷爷（因爷爷去世得早，娘舅为大）喊了来，召集全家人商量分家的事，分来分去的结果是我们这一家住的三间屋不变，叔叔一家住新砌的三间，两间灰屋里面的那间由奶奶一个人住，灰屋从屋后开一扇门，也就是说，奶奶每次进出她那间小屋要么从叔叔家绕出来，要么从我们家绕出来，要么走一段长长的阶级从屋的侧面绕出来，当时父亲和叔叔都不同意，认为这样对奶奶太不公平。奶奶却固执己见，说只要你们两兄弟过得好，我一个老婆子住哪里都知足。直到最后舅爷爷也站出来表了态，事情才这样定了下来。

婶婶来了之后让四处问医的母亲看到了希望，因为婶婶的娘家有一个医生，据说医聋哑是出了名的。母亲就在婶婶的引见下到医生那里买了药回来，由姓付的赤脚医生给姐姐注射。姓付的赤脚医生有个外号叫"黑皮"，因是隔壁邻居，彼此都信得过。每天天快黑的时候，黑皮就会背着药箱拿着一个大大的针管到我家里来，然后家里的大门一关，屋内漆黑一团，黑皮把一个手电筒递给母亲，让她在一旁照着，紧接着姐姐尖厉的叫声和挣扎时凳子倒在地上的声音、碗筷掉到地上的声音、撞击大门的声音就会此起彼伏地响起。我和弟弟瑟缩在黑暗中目睹着这一切，目睹着姐姐的痛苦和大人们那被晃来晃去的手电光照得变了形的脸，那个时候我已经懂得他们这样做是为姐姐好，要是在平时有人这样对待姐姐我们一定会拼命。当好不容易闪着寒光的针头被拔出来时，姐姐的叫声也会戛然而止，这个时候，她会用一双泪眼望我们两兄弟一下，眼里有一种言说不出的凄楚和无助。每次在吃中饭的时候，姐姐总是将最好吃的菜往母亲的碗里夹，她以为这样黑皮就不会来了。每次姐姐只要看到婶婶就会用一种很仇恨的目光剜过去，因为姐姐知道这些药是通过婶婶找来的。黑皮还是会来，有一次黑皮只是打门口过，姐姐见了丢下手中的饭碗就跑。这种针打了近一个月的时间，奇迹并没有发生在姐姐的身上，最终随着一家人的泄气而作罢，可姐姐已白白受了那么多的痛苦和惊吓。

奶奶住到老屋的后面之后，我们三姐弟经常去陪她。要是到了冬天，我们就轮流给奶奶暖脚，说是暖脚，其实每次当我们把脚一伸进被窝，奶奶就会像摸到了冰块一样，赶紧把我们的脚捂紧，还怜爱地将缩上去的棉毛纱裤腿扯直。每年秋天，奶奶都要山前山后地捡许多柴回来，因此，奶奶住的那间房子在冬天里总是最暖和的。我们经常围在奶

奶的火炉边烤奶奶烧的柴火，听火舔着干草和枯枝发出的毕毕剥剥的响声，也听奶奶讲过去的故事，讲我们从没有见到过的爷爷。奶奶唯一知道哼唱的歌是《东方红》，"东方红，太阳升……"经常哼着哼着奶奶的眼眶就湿了，见我们仰起脸看她，奶奶就连忙用衣袖抹一下眼睛，然后看着我们笑起来。有时火炉里的火也像是在笑，奶奶就说有贵客要来呢。

每天到左侧的土塬上望一望成了奶奶的习惯，远处一旦有看似熟悉的身影走过来了，奶奶就会问是不是哪个哪个亲戚来了。有时走到跟前一看，原来是过路的，奶奶的神情里就有一点点失落，若是真的就是哪个哪个亲戚来了，奶奶隔着老远就会喊着迎上去。平时，奶奶喂养的鸡自己都舍不得吃，总是一只只杀了后把毛拔干净了才拿出来，我家和叔叔家一边送几只，从不厚此薄彼，剩下的几只她就挂在灶头的墙上烘干，留着等客人来。有一年，很长一段时间都没来客人，而奶奶烘的鸡因天气不好上了潮，结果变了味，表面看上去没有什么异样，因此奶奶并不知道。待她炒好了端出来，我们几个争着去拿筷子，待夹一块放到口里一嚼，味道清苦，结果是一个个吐都吐不及。奶奶不信，也夹一块放到口里，嚼了一会儿说，味道是不怎么好，还能吃，丢掉了太可惜，你们不吃就算了，我一个人吃。从那以后，我们似乎隐隐约约懂得了，在这个世界上原来还有许多苦是我们无法下咽的。

童年能称得上快乐的事无非是在屋前屋后玩泥巴、过家家、捉迷藏。有一回在捉迷藏时我躲到了阁楼上的谷仓里，结果没有一个人找到我，后来是谷仓里面太闷了我才自己爬出来的。无聊的时候，我们还会用小挖锄到屋后的泥坑里挖蚯蚓，然后看被挖作两截的蚯蚓在地上像落在水中的雨点一样，令人眼花缭乱地弹来弹去。

我五岁的时候，曾去父亲的工厂待了半年，人长胖了，白了，说话的腔调也变了许多。与父亲回来的那天，我戴着遮阳帽，穿着一身新衣服，还有新买的一双皮鞋。隔着一里多地我就看见自家的竹塬和檐瓦了，眼前陡然一亮，不等父亲追上来，我已一路跑回了家。当我站在大门口时，母亲正喂完猪出来，我憋足力气大喊了一声，母亲看着我一下子愣住了，她都差点认不出我来了。

待我念小学一年级时，九岁的姐姐已是家里的主要劳力了。姐姐的好胜心特别强，无论做什么事情手脚都很麻利，总是又快又好。而我什么都做不好，成天喜欢异想天开，怕丑，敏感，脆弱，不知悔改，有很强的逆反心理。弟弟因为从小就身子骨弱，因此备受母亲的呵护。关于弟弟，母亲还闹过一次笑话。有一天晚上，睡到半夜三更的时候，母亲迷迷糊糊摸到弟弟伸在被子外面的冰凉的手臂，因为在白天正好屋里的横梁上出现过一条蛇，母亲一下子以为是那条蛇爬到床上来了，惊吓得大叫一声，一把抓起来就慌忙往床底下丢，然后用被子把自己蒙了个严严实实，待回过神来时，才发现弟弟已不在床上。其实，母亲操心操得最多的还是我，用她的话说，我经常是坐没坐相站没站相，又说不得，人小脾气大，每天放学回来就在屋前屋后疯跑，总喜欢惹一些小是小非。

有一天，姐姐扯了一大篮子猪草从田里回来。在经过一个院子门口时，一群小孩子追在姐姐后面取笑她骂她，正好被我撞见，我当时冲上去就跟他们扭打了起来，结果他们人多，我被打得鼻青脸肿地回到家里，不知内情的母亲当时就把我大骂了一顿。我不服，气咻咻地把嘴巴翘得比天还高，母亲就越发生气，说是我先打了人家，要揪着我的耳朵去给人家道歉，而我死活不去。后来在给我搽药时，母亲一边看着姐姐在一旁比画，眼泪就一边止也止不住地流下来了。

日子就在奶奶的眺望、母亲的召唤和姐姐的比画中一天天过去，无论刮风下雨、打雷闪电还是冰雪封顶，母亲为我们一针一线纳的布鞋总是要把屋前屋后的泥泞小路踩遍，日子更像是打着飞脚在走。

一年夏天，付家的大儿子从新疆回来，用照相机给我们姐弟三个拍了一张照片，这是我们第一次看到照相机，也是第一次照相。相片上站在中间的是穿着一套白色连衣裙的姐姐，我和弟弟都穿着蓝色松紧土布短裤和一条白色小背心，每个人脸上的表情都有一种说不出来的兴奋和好奇，相比之下，姐姐要自然得多，因为长得漂亮，又很上相，外人是无论如何也不会相信姐姐是个哑巴的，我和弟弟就别扭得多，似笑非笑，羞涩得有一种说不出来的味道。那个时候的老屋成了照片的全部背景，因为阳光的照射，那些定格在墙上和立柱上的光斑使老屋看上去显得铮骨烁烁、神采奕奕。可惜的是，那张黑白照片随着年岁的更替在翻来翻去的抽屉里发黄、变脆，最终没能保留下来。

随着叔叔的两个女儿和一个儿子的出生，我们已快长成小大人了。家里的门槛我从来都是跳过去的，屁股基本上不沾凳子。我也有很安静的时候，农忙时节为了逃避母亲交代的劳动任务，我经常一个人待在家里看书，一本比砖头还厚的《千重浪》直被我翻得面目全非。在母亲看来，只要是书，就由我看去。那时常看的书有《三国演义》《说唐》《西游记》《红楼梦》《薛刚反唐》等，都是我用小人书从一些大哥哥大姐姐那里换来的。有时就躺在床上把麻帐放下来看，一看就是一整天，那时屋里的光线很暗，放下帐子就更暗了，幸亏视力好，到后来也一直没戴过什么眼镜。有时没书可看了，也捧着一本书，目的是一致的，无非是为了偷懒。后来才慢慢懂得了，原来读书有时也是一件很累人的事，尤其是要读许多索然无味而你又不得不读的书。

那个时候的老屋就在眼皮底下，除了让人感到平淡和踏实之外，根本没有多余的心思去刻意地关注它。直到念初中成为寄宿生之后，那种充满弹性的如同绳索一般的思绪才不时从脑门里冒出来，牵着你，扯着你。

回家，回家，回家。

　　"回家"这两个字在那个时候已成为一种强烈的欲望，而一旦真正地回到家里，日子的水面就又会恢复到原来的样子。小狗趴在墙角舔着舌头，一双警觉的耳朵不时竖起来，仰着头望望这里又望望那里；公鸡飞上高高垒起的猪粪堆，不时梗起脖子鸣叫几声；水牯一边含混不清地咀嚼着口里的青草，一边不时用自己的犄角很响地顶一下木栏；几只麻雀麻着胆子在坪地上翻找撒落的谷粒，又神经质地一下子飞起，如此反复着；楼板上老鼠的队列正在如马蹄般踏过；一只野猫在高坎上徘徊，突然"喵呜"一声一下子蹿到屋脊上去了；阳光开始一寸一寸地撤退，从大门的门槛到阶台，只有那屋顶上的青瓦像鱼的鳞片一样闪着晃眼的光……与你同龄的伙伴再也不会像从前那样与你一起无忧无虑地玩耍了。老屋，见证着岁月的点点滴滴，也见证着人世间的悲欢离合。

　　年迈的奶奶像往常一样站在土塬上眺望，她的满头白发不时被风吹起来，竹叶在她的身后沙沙作响。有一天我问奶奶在望什么，是不是哪个亲戚要来，奶奶慈爱地看着我说，奶奶是在看你们回来了没有。我说我不是回来了吗？奶奶说还有姐姐、弟弟和妹妹。我这才想起姐姐还在地里干活，弟弟说不定在学校挨罚了，还有叔叔家的两个女儿和儿子，前两天去了他们的外婆家，明后年也应该到上学的年龄了。跟着奶奶一起在望的，还有奶奶身后的这栋老屋。

　　此刻，面南而望，我的心里已没有忧伤，只有如混沌时空般繁复和无法平息的思绪。我不知道我的目光要到达哪里，要是沿着来路我不知道要走多久才能再回到原来的老屋，我还能找得到它吗？即使找到了又能怎样呢？老屋早已不认识我了。老屋真的只是人生中的一个驿站吗？不，它肯定不是，一个人，一些人，关于成长和生活的秘密都被它藏起来了，你要想去找回来，必须经过很长的记忆的甬道，必须带上你的全部情感，还必须找到那把早已锈迹斑斑的钥匙……

　　老屋，只会越来越远，在时间的纵深处，而绝不是一个可以随意拉

长或者拉近的镜头。我一直以为老屋在那个叫荷叶的土坡上等着我，等着它养育过的每一位亲人，无论他们是贫穷还是富贵。它就这样日复一日年复一年地等着，等到满口的烟熏牙一颗颗掉落，等到头顶长满白霜和蒲草，等到北风一次次穿胸而过，等到伤心，等到蚀骨，等到绝望，直到在记忆中愈走愈远，再不可见……

梦天岚

本名谭伟雄，男，1970年8月出生于湖南邵东。1988年开始文学创作，有诗歌、小说、散文、评论散见于《人民文学》《诗刊》《星星》《天涯》《红岩》《山花》《散文》等上百种报纸杂志。作品入选数十种年度最佳和排行榜。著有长诗《神秘园》，中短篇小说集《单边楼》，散文诗集《比月色更美》《冷开水》，散文集《屋檐三境》及两部短诗集。现居长沙。

向北方（两章）

◎王国华

和雕塑对视

在那个遥远的北方城市生活多年，我跟街道上的事物已经混熟了。漫长的冬天，松树上积着一层厚厚的白雪，刮风都不会落下来。每个春天都如期而至的沙尘，仿佛给城市覆盖了一层深黄的幕布。拥挤的公交车，夏日夜晚光着膀子喝啤酒吃烤串的大汉……因为熟悉，无须刻意即可想起。时常在梦里出现的，却不是这些，而是那个城市的雕塑。

我当年居住的小区南门正对着长春世界雕塑公园的侧门，我办了一张年卡，可以进去晨练。忘记了多少钱，大概平均一次不到一元钱。

那是个极大的公园，整个夏季我差不多每天早晨都要去走一圈。一圈走下来，要一个多小时。我向往陌生，每次都走不同的路，走了一个夏天，还是没有数清这个公园里到底有多少条路。也许是夏天太短了。

晨练遇到的都是老年人，鲜见中青年。和深圳比起来，长春的中青年似乎都不怎么喜欢锻炼。我就想，那些老人即使在雕塑公园里跳广场舞，发出很大的声音，也影响不了什么。偌大的天和地，轻易淹没他

们。一群蚂蚁在一个笸箩里跳舞，又有什么呢。

我还想，这么大一个地方，如果在深圳，会值多少钱？会被多少房地产商疯抢？

为什么想到深圳，而不是杭州、成都？此题无解。也许我心里总是想着深圳，后来就水到渠成地到深圳了。

在夏天，如果航拍雕塑公园，应该是一片浩瀚的绿色。绿色里潜伏着一条条道路，每条道路两旁都是一个接一个的雕塑。有的就直接站在离大路很远的草丛里。从1997年开始，长春定期举办一次世界雕塑大赛，这些作品大多收藏在了雕塑公园。数年积累，已有上千件作品。

那些雕塑多用石头或各种金属制成。焐了一夜的空气，早晨遇到冰凉的金属与石头，凝结成水，仿佛上面出了一身汗，摸上去是湿的。但我从没摸过。我不敢轻易碰触它们，担心将其惊醒。我跟它们还不太熟，这样做太唐突。我和它们更像是擦肩而过的路人。我走我的路，它们发它们的呆。

有时忽然内急，会偷偷溜进树林里解决。这里有那么一点野外的感觉。我安慰自己说，就当给植物施肥了。但我一定会远离雕塑，避免它们看到。

公园中间的湖水，苍茫一片。微风吹过，波浪一层追着一层，永远不肯停下来。阔大的水面拓展了视野，看了一会儿湖水，忍不住再抬头望天。

据说以前这个湖泊是郊区农民浇地的水源。土地被征用，建成雕塑公园。农民失去了庄稼和牲口，失去了水，身份也转为公园的工作人员。常见一些面色黧黑的人穿着统一的制服在路旁拔草。问起，有一些原来就是附近的农民。雕塑公园第一年开放时，满地绿油油，以为是绿化工程做得好，后来听说都是临时种上的麦苗。种草来不及，麦苗长得快。但种植者肯定不会等它们长成麦子再收割。庄稼越来越不值钱。冒名顶替一下绿色植物也算与有荣焉了。

名为世界雕塑公园，平时游人并不多。二十元一张票，当时与本地市民收入比，已经不低；去年回去发现已经涨到三十块钱。有一年《南方周末》的编辑马莉夫妇到长春来，我带他们去雕塑公园。马莉对着那些雕塑一张一张不停地拍，边拍边轻声惊呼。真不错啊，真不错啊。美术专业的朋友徐峰，本是地道的长春人，硕士毕业后到广东中山当美术老师，回家经常要到雕塑公园看看。那时候手机还不能拍照，他们都拿着相机，停下来歇息时，相机在胸前晃来晃去。

在长春生活期间，雕塑公园有过两次免费开放。印象比较深的一次是和六岁的女儿一起去的。女儿给我拍了一张照片，我自己很喜欢，每当报刊编辑要给我的作品配发照片时，我就把那些照片给他们，连续用了好几年。

原以为离开那个城市再也回不去了，虽然还有个房子在长春，但最多是个念想。没承想去年因缘际会回去了两次。七月份，回去参加大学毕业二十周年的聚会，其间拜望了一位曾对自己有知遇之恩的兄长。他问我想去哪里看看，我脱口而出：雕塑公园。我俩在巨大的孔子塑像前拍了张合影。远处的波斯菊热烈地开放着，在午后的暖风中颤颤巍巍。

第二次是临近十二月，还没下雪，干冷。又去了一趟雕塑公园。偌大的公园裸露在天空下，风从四面刮来，厚厚的羽绒服瞬间冻透。嘴巴都麻木了，须时不时�招一招才能张嘴说话。陪同的朋友走了一会儿就冷得受不了。我说你先回去吧，我自己再逛一会儿。

追念，只能安安静静的一个人。

这么多年，第一次认真和这些雕塑平静地对视。没有人来打扰，仿佛整个公园都是给我的。湛蓝的天空下，只有刀子一样的风。那些雕塑陆续醒过来，有了精气神。它们形态各异，有安静的，有动态的（其实安静也是动态，动态也是安静，辩证哲学）。横着，竖着。侧面，正

面。黑的，白的，红的，彩色的，但是以朴素的黑、白、灰为主。那些抽象的雕塑——扭曲的，尖锐的，圆润的，在凛冽的太阳下面闪着光，面对远道而来的我。

根本无法用文字来描述它们的形状。每一个描述都必然是断章取义、粗暴和无力，无法呈现完整的它。人、物品、季节、抽象的思考，都通过一块块坚硬的金属和石头记录下来。

它们真美。我说的这个"美"，应该包含了震撼、惊讶、欣喜、悲伤、新鲜、怀旧、爱恋等多种感受。这些词汇被雕塑家们一刀一斧一锯地变换成具体形象，通过观者的眼睛进入心里，再由心脏输血流遍他们全身。

雕塑之美，还需要名字的加持。每一个雕塑都有一个名字，刻在一块石头上，放在雕塑附近的绿草中。到了冬天，草已枯死，但还能掩映着石头。观者可以先看雕塑，暗自给它起一个名字，然后再看作者起的名字，两相对照，有种豁然开朗的感觉。有一个雕塑：一个人弓腰前行，身上背着一个沉重的袋子。他后面一个人，托着前面那人的袋子。视觉上，前面那个人是实的，后面的人是虚的，用简单的几根铁丝做成。这个雕塑的名字是《隐形救助》，看看图，想想名字，很温暖。

一组石头雕刻，细长的线条，舞动着，圈在一个圆形的池子里。风吹日晒，石材已失去原先的颜色，显得斑驳苍老（或许作者故意为之）。这组雕塑的名字是《喷泉》。原来，在作者手下，那些舞动的石头是水柱。

另一块巨大的石头，中间和前面凿掉，三面封闭，敞开一面，形成一个石凳。名字是《二人世界》。你仿佛看到两人空空地坐在那里。或者，那两个人刚刚起身走开，而他们的体温还在石凳上存留着。

还有一个巨大的、椭圆的两头尖尖的纺锤状物体。一两米长，名字是《种子》。凭空猜想，很难想到这个名字。看到名字后，转头打量雕塑，感觉神似且形似。另有一组半圆形孔门，上面围满雪花状的饰品，纯白色。名字是《雾凇》。雾凇是东北地区冬日常见的景观，松花江畔，蒸腾的江水潮气遇到冰冷的树枝，在上面凝结成固体。一团一团的，远远望去，眼前一花，心里一颤。

种子和单体的雾凇，本来都小，遽然放大，给人以相当的视觉冲击，由此引发生理上的惊悚。另一个更加写实的是《盘古开天》，一个巨人，手持大斧，迎面向下劈来。让人一望，为之一振。缩小之美和放大之美，都是改变物品原貌，挑战观者的思维逻辑，也挑战作者本人的想象力。

在长春雕塑公园里，多幅作品命名为《春》《春韵》《望春》《春之思》……看作者，基本都生活在北方寒冷地区。冬去春来，季节明显变更，万物生死存亡的转折，更易带来心灵上的震颤，激发创作灵感。若在我国岭南地区或其他热带国家，艺术家或许较少创作此类作品，因为他们一年四季皆见绿，实在对春天无感。

这些标题和这些名字连接起来，本身就是诗歌。

我走在冬日的一首首诗歌里。

湖边摇曳的芦苇在渐渐西沉的太阳中紧紧地簇在一起。所有的植物不再与寒风为敌，斑驳的白桦树一根根直插天空，像是赶赴天空的邀约。还有一种灌木，叶子全部枯黄发皱，但仍一团一团地挂在枝上。回到深圳后，我用"识花君"小程序搜索了一下，先后出现了"薜荔""花楸""黄花补血草"等名字，对照显示没有一种是正确的。"识花君"只认识盛开的花，认不出枯死的黄叶。也许枯死的叶子枯死的花都是一个样子的。生各不相同，死终究是一样。

那些雕塑姿态迥异地站在各自的道路上，历经了一个个春秋冬夏，接下来还将承受更多的风霜雨露。它们越来越沉稳，越来越淡定。但即便金石为身，也不免一日一日苍老。

风一阵紧似一阵，湛蓝的天，干冷的空气，广袤的大地，跟拥挤的南方都市比起来，这会儿的雕塑公园简直称得上荒凉。那些雕塑似乎就应该在这里。已经不是这个城市选择了它们，而是它们一定要扎根这里。我跟一位多年的朋友说，走遍全国各地，看惯各地风景，才有资格说，雕塑公园真是一个独一无二的好地方。如果将其挪到更繁华的都市，好多好多的人参观、拍照、抚摸，各种喧嚣的人声包裹起它们，它们很快就会被吵死。它们需要在苍凉中，在漫长的冬季，和匆匆赶来的几个知己（观者）相对。它们在清瘦的对视中慢慢恢复元气，雕塑家们渗入作品中的心血终要苏醒过来。

下次来看它们时，我和它们，都要更老了。即使我先它们而去，因为多次的对视，它们的身体里已埋入我的想法。我在它们的身体里仍能和后来者默默对视……

河边的踯躅

河床里躺着的，不是缓缓流动的一湾清水。是一块巨大的冰。往南看不到头，往北看不到头。一夜之间，液体变成了固体。动变成了静。生变成了死。软变成了硬。凉变成了冷。倾诉变成了无言。一切都变了。

它严丝合缝地镶嵌在河床里，却不是透明的玻璃状。尽管死了，它还保持着水的丰富和繁杂。

河边的冰层上，星星点点的白色孔状，那是泡沫，来不及破碎就被冻住。一些枯黄的树叶，保留着在水中打滚的姿势。那个短暂的秋天，它们兴致勃勃离开大树，约好跟着水流去远方，不料水流没有它们想象的坚定。它们在水中惬意的样子变成了挣扎的样子。还有鱼。冰层里的小鱼多么活灵活现，天真无邪。它们来不及长大，恋爱结婚，生儿育女，来不及经历鱼的一生中的酸甜苦辣。在身体凝固的一刻，它眼望远方，看见其他鱼的一生，正乱纷纷地向它跑来，附着在它的身上。确有那么一部分鱼类躲过了今年这一劫。被冻着的这几条鱼，在代同类受过，代它们接受上苍的安排。它这也是一生。

这么多的事物像被点了穴一样，明晃晃地排列在冰块里。水流动的时候，它们证明水是流动的。水停下来，它们证明水死了。

这是遥远的北方。大地一片萧瑟。寒风塞满天地间。是风使用了葵花点穴手。冻住一层，再冻住一层。它们先冻住地面上的东西，再把水冻住，还要冻住地面下一两米甚至更深的地方。它们让整个北方停下脚步。一年之中至少有三分之一的时间是这样的状态。

这是伊通河，从南到北贯穿长春市的一条河。它把这个城市一切为二。很早的时候，一边是城市，一边是郊区。而现在，一边是城市，另一边还是城市。

初冬季节，河水开始冰冻。第一场雪落下来，和在寒风中挣扎的水一起融化了。第二场雪下来，和凝固的冰冻在一起。第三场雪下来，覆盖在已经冻住的雪上，层峦叠嶂。但仍有轻飘飘的雪花被冰柱推开，找不到着力点。风吹着它们，东一撮，西一堆，形成一个个小雪丘。远远望去，河流一点都不平整。

坚硬的雪上本没有路，只要有人去走，总会有路。一条小路深陷于雪中，曲曲弯弯从河岸通向河中央，显得瘦弱和委屈。小路的那头是两个穿着厚羽绒服的人。强调"厚"，乃因后来到过很多南方城市，那里的人也穿一种被称为"羽绒服"的衣服，薄薄的，放在东北当秋衣都嫌单薄。

我看不清他们的年龄，甚至看不清性别。一个红色，一个黑色，连衣帽子紧紧捂住他们的脸，脸上还扣着一个硕大的白色口罩。他们行动迟缓，像两只大狗熊。他们用手中的铁器一下一下在冰上刨出一个坑来，然后静静坐在那里钓鱼。河流应该还没彻底冻透，厚厚的冰层下面

应该有流动的水，水中有侥幸逃脱的鱼。它们逃脱了天气，但逃不过人。那两个人一坐一个下午。在这样寒冷的天气里，和下面的鱼对峙着。对人来说，也许只是消磨时间。对鱼来讲，是又一次走在生与死的边缘。

远远望着，那两个人时大时小。风小时，他们显得大。风大时，他们显得小。似乎整个冬天他们都在那里，也不知道钓到鱼没有。他们身旁的水桶里到底收获了多少猎物？但我佩服他们的坚硬。他们跟脚下的冰可堪一比。我本可以走过去看看，甚至和他们交流一下，听他们聊一聊个中甘苦。

但我从不敢走到冰上去，仿佛看透那个巨大的陷阱，它阴森地布好迷局，只等我愿者上钩。我最多在河边轻轻踩踏一下崛起的冰凌，稍微用力，咔嚓一声，便赶紧躲回来。那两个人踩出的小径，对我形成持续的诱惑，我数次产生"豁出去了"的想法，走一遭又能怎么样？他们两个人不是天天在小路上走来走去吗？而且我时常看到零零星星的人从河面上穿过，有的还推着自行车，都优哉游哉的样子。

我终于没有踏上去。两个或者三个冬天，都只能从河边走过。我怯懦、顾虑重重。当时不知为什么，现在找到原因了。上小学时，我和小伙伴在村后的河冰上玩耍，踩塌冰层，在小伙伴们的惊呼声中，下半身漏了下去。后来好歹爬上来，保住了一条命。当时寒风刺骨，我穿着湿漉漉的棉裤不敢回家，怕挨揍，晚上躲到了奶奶家。幼时阴影随着年龄的增长非但没有消失，反而渐渐放大，影响到行事的各个方面。

伊通河上有两座桥。一座是卫星路大桥，一座是自由大路大桥。那两三年时间，我每天下午步行去上班，从卫星广场上的住宅小区出发，抵达自由大路和会展大街交会处的单位，都要横穿伊通河。我隔一天从一座桥上走过。今天走自由大路大桥，明天一定是卫星路大桥。就像小时候吃炒黄豆，把所有豆子挨个儿摆在桌子上，吃完一粒，隔着再拿一粒吃。剩下的重新摆成一排。再隔一个取一个吃。很无聊，又乐趣无穷。

那两年，两座大桥之间在修另一座桥。夏天最热时，几个工人仍在岸边忙忙碌碌。他们不声不响地堆起几米高的沙石，开来高大的吊车，貌似要大干一番的样子。但我每次路过那里都没见什么起色。我盼着那座桥尽快建好，这样我就可以走第三条路了。总里程没有什么变化，我也抄不了近路，但多一条路走，总归要开心一些。

那些日子，期盼和失望每天都一起一伏。我离开长春多年之后，获知那座桥终于建好了，名"繁荣桥"，打通了东岸的繁荣路和西岸的北海路。

伊通河，来自满族语言，意为"波涛汹涌的大河"。事实上，我所见到的伊通河，本质上并不是一条河。它的水是假的。据说源头已无迹可寻。很久以前我曾写过一篇文章，名为《消失的河流》，里边这样提到它：

"……1994年，我在长春读大学。几个同学晚上出去溜达，一起沿着自由大路向前走，前面忽然传来巨大的响声。这是伊通河。站在自由大桥上往下看，真有点头晕目眩，只见一个巨浪接着一个巨浪，耳朵嗡嗡直响。史书记载，康熙大帝和沙俄进行雅克萨决战时，就曾经通过伊通河漕运军粮。可以想象，船头接船尾，那该是多么浩大的场面。我接触过一些长春的老人，他们大都依稀记得当年伊通河上的渔船和拉网人。而今天，流经长春市区的伊通河已经完全死去。上游还有点水，远远望去，居然还水波荡漾，其实那是自来水公司放出来的中水，只有短短的一小段、两头堵上。车从桥上过，看见下面清亮亮的，还以为真是一条河。而中下游原形毕现——臭水源源不断地涌进来，死猪、生活垃圾扔得遍地都是。岸上的人泰然自若地走过来走过去。翻开报纸，你会看到，房地产商正起劲地叫卖：'伊通河边花园式小区，打开窗子，阳

光和水映入眼帘'……"

诡异的是，这样的河流，我走近了它，尤其在夏天，感受到的是简直不能更美。

远望一朵大花，挡不住的溃败。而一只蚂蚁流连在花蕊中，看到四面都是艳丽的花瓣儿。

我作为一只蚂蚁在河岸奔走时，被两岸遍布的绿树攫住了眼睛。一次，希望工程"大眼睛"的拍摄者解海龙到我所在的单位接热线，我负责接送。司机拉我们行经自由大桥北岸的车道，我目不转睛地盯着唰唰倒向后边的树木，指着外面请解老师看看，心中升腾着若干自豪。他似乎不以为意，只"哦"了一声。作为一个专业摄影者，他见过的风景太多了，能打动他的越来越少。而我从大学毕业一直在长春生活，眼看着这个城市变化和成长，一点一滴皆入心，容易打动我的东西就多。经过了多少年，见识了更多的奇景，彼时浓郁的绿依然深深刻在心底，成为抹不掉的印记。

夏日非常短暂。我短袖短裤，轻巧地沿河慢跑。凉爽的风把汗毛吹起来。不知名的花朵纷纷向我点头。我总以为它们要对我说什么，甚至担心走着走着忽然某一朵大喊我的名字："王国华！"我是答应呢，还是装作没听见？

那两年我的心情处于一种奇怪的状态。有一种淡淡的绝望，又有一种淡淡的期盼。三十多岁了，如果没有变化，按部就班地走下去仿佛可以看到自己六十岁之后的样子。

我每天尽量避免乘车，而是步行上班。从家走到单位，大概一个多小时，当时的初衷似乎是锻炼身体，现在想来，其实是每天给自己一个放空的时间。我需要让自己停下来，胡思乱想一下，过滤一下自己三十多年来走过的路，做过的事，吃过的饭，说过的话。想象一下自己即将遇到的生活，看看自己的内心和身外的世界。人在年轻时只顾闷头往前走。就像人在原野上，脚下就是起点，往哪个方向走都不会错，条条大路向远方。人到中年，沿着一段路已经走了一半，他的指向就越来越单一，可以分化的支流越来越少，他的一生似乎已经确定。这时候他就要想一想在这条路的支流上该是什么样子。

所以在我的记忆里，更多的是冬天。偌大的城市，居然没几个人在河岸上。我穿着厚厚的羽绒服，一个人在岸边，踩着咯吱咯吱响的积雪，脚下时不时打滑，身子一个趔趄。刺眼却无力的阳光照着我孤单的身影。风像刀子一样，粗糙的刀背在脸上擦一下，生疼。走到半路，后背开始沁出汗，浸透了内衣。风不断地吹，从羽绒服的缝隙硬挤进来，凉津津的，说不出什么感觉。可以说舒服，也可以说不舒服。正如我当时的生活状态，可以赞美它，也可以厌弃它。风漫无目的地游荡，发现了我，就像一群苍蝇闻腥而来。我带着那些风，呼哧呼哧往前走，游思如麻。一会儿想自己可能会这样，一会儿想自己可能会那样。一会儿想，我在这个城市里孤独吗？一会儿想，到另外一个城市，可能更孤独。我经常无缘无故地对比：北方这么冷，深圳现在应该是绿树成荫吧？那时我还没有去过深圳，但深圳仿佛已是我另一个故乡，等着我随时泪流满面地扑进它的怀里。

一个连冻成冰块的河流都不敢穿越的人，如何要迈出这一步。

走啊走啊，伊通河那么长。而在浩瀚的天地间，伊通河也不过一条蚯蚓。我明确地知道，它的死只是暂时的。即便没有源头活水，春风荡漾之际，那巨大的冰块也会潺潺流淌起来。

水可以死而复生，人却没法走回头路，一辈子都是不归路。

就在某一天，我忽然像个长大的婴儿，一切都明白了。睁开眼看到一个丰满而鲜活的世界。水中的小鱼舒缓过来，漂浮的叶子由黄变绿，重新翻滚。气泡一个接一个，吹起欢快的曲子。在那个春天，我开始疯狂地往岭南一带的城市投了一个又一个简历。

王国华

　　河北阜城人，现居深圳。中国作协会员、《读者》杂志签约作家，深圳市杂文学会副会长。已出版《街巷志》《谁比动物更凄凉》《书中风骨》等十八部作品。曾获深圳青年文学奖、冰心散文奖。

蓝色是种激情

◎洪忠佩

土楼

一

厦门。龙岩。永定。

这样的行程，等于是从露岛往山里走。不管走高速、国道，还是省道，视觉中那蔚蓝的天空始终没变。与厦门港的潮起潮落相比，山峦的叠嶂与绿野的起伏，俨如大地的涨落。鼓浪屿、海滨沙滩，似乎还在显影，而前方已是客家土楼的迷宫。

无论是龙岩，还是永定，土楼都是客家人最好的标记。土楼，不比我家乡婺源的徽派建筑，外形上也迥异——徽派建筑是粉墙黛瓦，端庄、对称，讲究"三雕"；而土楼是圆的、方的，体量大，结构更是殊异，内里呢，少了精细，少了雕饰。然而，在体量、形制、功用上，土楼倒是与同属客家的江西龙南围屋十分相似，只是围屋的外墙是砖石的，而土楼是土夯的。无疑，三者的共同点是一样的，那都是地理的、美学的、家园的。

　　如同候鸟，我是再次在秋天到达永定的。在福建，乃至全国，永定土楼的存量首屈一指。按照永定土楼的分布，我捋了又捋，去看土楼主要有四条线路：第一条是以高北的承启楼、裕昌楼为代表；二呢，是以洪坑振成楼、福裕楼、奎聚楼领衔；第三条则属下南溪的振福楼、衍香楼、环极楼了；而第四条以初溪的集庆楼、余庆楼为翘楚。实际上，看土楼要了解的信息很多，比如当地的历史、地理、人文、民俗、方言等等。然而，我不想被地方文献淹没，而是希望看到或感受到某个感动的瞬间。

　　这次，与于兄下榻的是永定湖坑镇客家土楼王子大酒店。与镇上的土楼以及其他房屋相比，王子大酒店显得新崭崭的，不仅在外墙的色调上，也在房屋的层高与铝合金窗上，大堂与房间的装修更是掩饰不住了。而建筑造型呢，也似乎与土楼沾不上边。好在，酒店与洪坑的振成楼与下南溪的振福楼都相隔不远。

　　排除长途带来的疲惫，最好的办法就是用地方特色美食补充能量。晚餐点的都是客家特色菜肴：农家笋焖鸭、梅干菜扣肉、蒜蓉炒青菜、客家芋子包、糖枣炒发糕。当然，少不了客家米酒。依我和于兄的胃口，客家菜缺少辣味。主人热心，特意加了一小碟蒜拌朝天椒。看得出，邻桌的几位与主人已经熟识了，显然是“回头客”。主人瞥见我与于兄目光落在他身上，笑道，需要加点什么，尽管吩咐就是。

　　通往镇上的街道很短，至少有一半路是没有路灯的。似乎，农家酒店、土特产店、水果店、百货超市是街道最好的点缀。偶尔，有拉生意吆喝的，有讨价还价的。这些，与我和于兄都没有瓜葛。“哞——”如果不是听到牛的叫声，完全忽略了街边还拴着两头牛，以及散发着新鲜的牛粪味。听当地居民说，这牛是屠户第二天用来宰杀的。

　　山峦模模糊糊的黛影，星星点点的灯火，溪中流水的声响，还有夜鸟的叫声，构成了湖坑镇远远近近的夜晚。遗憾的是，这样的夜晚没有看到月光。

二

早晨，公鸡比鸟还叫得起劲。湖坑镇陷在山里，放眼是梯田、山峦，近处却像一组发黄的旧照片展现在我面前：土楼、裂痕、废墟、土路、柴火、菜园、芭蕉树、柿子树。而溪水瘦瘦的，始终流淌着闽西山村的气象。

许是我过早出门享受了晨曦，街巷中很少碰到行人。狗吠了几声，就不再坚持了。那风雨剥蚀的土楼门口，没有看到楼名，褪色或少了一截的对联，显示着几分古风。而土楼内，陆续有了赶早洗漱与做饭的人声。我欢喜这样的行走体验，有机会就干脆站着与当地居民攀谈，闲适、递进，可以是遥远的，当下的，也可以是碎片的，日常的。土楼的居民抬头看到我，也不感到诧异，个别的蜻蜓点水地聊几句，只是他们年纪都偏大，也有的像有语言障碍似的，嘿嘿讪笑之后，无意与我做更多的交流。

土楼门口的斜对面，是建筑工地，模板、红砖、沙石，还有钢筋堆了一地，水泥浇的框架式房屋还未封顶。不同的是，现在客家人盖的房屋是一个家庭的，而原先的土楼是一个家族，抑或一个氏族的。路边废弃的庭院成了菜园，一畦一垄的绿将我引向了另一条土路。与地上生长的蔬菜相比，百香果不仅藤蔓长得肆无忌惮，果子结得也是——篱笆上，吊着一个个的百香果，很难数得过来。百香果，卵球形，藤蔓与吊瓜藤相似，果子挂在藤上还是青青的，显然没到成熟期。就在前几天，鲁院的同学从广西玉林老家带过百香果，栗色，如鸭蛋大小，皮子瘪而皱，像脱了水似的，味道却酸咪咪的，催人味蕾。不过，我还是很难将泡过水的百香果，与面前庭院中生长着的百香果的模样联系到一起。还有，同样是外来的栽植品种，在不同的省份，成熟期怎会不一样呢？

夯土墙的土楼背景，是裸露，是斑驳，是龟裂，是破败，是生活的真实存在。而我，却不得不在历史与现实中寻找衔接的点与线。

在土楼的时间序列里，永定土楼虽然肇始于宋代，但在明末、清代才逐渐走向成熟，真正形成蔚为大观的，还是民国时期。而大规模土楼群的出现，与客家人外出经商完成资本积累不无关系。早在清代，闽西商人不仅在国内做生意，还远渡南洋等地进行贸易——"商之远贩吴楚滇粤，不管寄旅，金丰，丰田，太平之民渡海入诸番，如游门庭"（《永定县志》）。就土楼的起源，以及土楼的生命力，时光的影子再一次被拉长。在时光的影子里，还有多少是我们未知的呢？

实际上，那条坎坷的向着南方迁徙的路，早已在客家人心中熨平了。可我还是沿着这样的路径，找到了千百年来中原人不断举族迁徙入闽的踪迹。历史裹挟着的金戈铁马，以及肆虐的天灾，是触发人们不断南迁的最大动因。他们携儿带女，从黄河流域出发，一路辗转向南，终于在闽西南的崇山峻岭中落下了脚跟。那高耸绵延的山峦，不仅是生活的资源，还是安身立命的最好屏障。年复一年，他们与当地越族居民互相融合，衍生了一支以客家话为特征的重要民系——客家民系。"逢山必有客，无客不住山"。作为移民，他们被当地官府立为"客籍"，称为"客户"和"客家"。因此，就有了"客家"的由来。

历史上以"永远平定"之意取县名的永定，位于福建西南部，明成化十四年（1478年）建县。至于永定撤县设区，已是2014年的事了。而永定，是客家人重要的聚居地和集散地之一。有"客家故里"之称的永定，客家人世代在博平岭山脉与玳瑁山山脉之中建设家园，以一座座迷宫式的围合式建筑，成为福建土楼的发源地和核心分布区。

方形、圆形、八角形，以及椭圆形的客家土楼，既是历史的遗存，亦是现实的形态。那形态不一的土楼，无疑是客家人的气场和美学。面对土楼，我的耳畔仿佛还能够听到客家人那铿锵有力的打夯号子。

三

"此心安处是吾乡"。这是苏轼被贬谪到岭南时的心态。我想，套用到永定客家人心目中同样适用。这样的话虽然套用起来容易，但还是无法回避客家先民在闽西迁徙与僻壤之中经历的磨难，以及智慧与勇气。

还有什么故事能够比建设家园的故事打动人呢？！

拨开历史的荒野，那混沌荒芜、悲欢离合、磨砺抗争，都随着时光在永定的山地间湮灭了。客家先祖能够在永定不屈不挠地生存，可谓是生命的奇迹。如今，我们还能够从永定那些带着堡、围、寨的村庄名字中，找到土楼最初家族聚居和防御侵害功用的影子。比如：溪南里田心堡，丰田里龙潭堡、三堡、下堡、增瑞堡，太平里秋梓堡，坎市阙姓土围，还有龙安寨、龙旗寨、上寨、新寨、中寨、太平寨、鸡笼寨、黑云寨等等。恰恰是这些有"军事用途与居宅合一"的土堡、土围、土寨，奠定了永定土楼最初的雏形。

据《重修虔台全志》记载："福建永安县贼邓惠铨、邓兴祖、谢大鬐等，于嘉靖三十八年聚党四千人，占据大、小淘水陆要道，筑二土楼，凿池竖栅自固，且与龙岩贼廖选势成犄角……"然而，这又是一场怎样的战事呢？"已复攻围土楼，禽贼首吴长富，斩一百一十九级，独邓兴祖据楼抗拒，攻之不克。公委推官刘宗寅亲诣连城益兵三千四百，屯姑田，潜夜部勒……而土楼仍未破也"。在故纸中，我们不仅可以读到当时战事的惨烈，还可以想象土楼之坚固。

地方志上记载的战事只是个例吗？想想，那消遁了的又何止是冷兵器时代的厮杀声？！据《永定县志》记载，民国七年（1918年），永定发生七级大地震，位于震区楼顶的瓦片几乎全部震落。而南中村建于清康熙癸酉年（1693年）的环极楼，楼门的上方裂开了一条长三米、宽

二十厘米左右的大缝。不可想象的是，后来"由于圆楼土墙的向心力和木架构的牵引作用，裂缝竟奇迹般地慢慢合拢，仅留下一条细长的裂痕，整座土楼安然无恙。"而永定从明成化十四年（1478年）置县到明万历四十六年（1618年）的一百四十年间，共发生特大的洪灾六次，土楼石基加固的采用是否从那时开始推行的呢？

后来，随着时局的变化，土楼的防御功用削弱了，客家人的生活模式也发生了变化。永定迷宫式的土楼，以及客家人的智慧，确实震撼了许许多多的人，我与于兄都是其中之一。土楼楼顶的大屋檐，就是针对南方多雨的气候，为防止雨水毁坏墙体而建的。讶异的是，我在永定土楼外墙还见到了源自唐代的镇邪之物——"泰山石敢当"，以及绘画的"八卦图"。永定客家人承继的，应是古代汉文化的一种遗风吧。

相对于南方的农家小院，永定土楼可谓是"庞然大物"了。永定土楼的选址采取坐北朝南，客家人从生产生活的便利出发，外部环境注重向阳避风和临水近路。每一座土楼里，住户从十几户到几十户不等，天井、厅堂、房间、粮仓、澡房、畜舍、厕所，甚至私塾都一应俱全。不承想，造型奇特的高北村承启楼，"圆中圆，圈套圈"，从明代崇祯年间破土奠基，到清代康熙年间竣工，是江姓三代人历时八十多年共同筑建的"家族之城"：十六米的身高，四层的外圈，以及五千多平方米的占地，共有四百个房间，三个大门。不可想象的是，承启楼最为繁盛的时候，居住着八十户人家，共七百多人。想必，"承前祖德勤和俭，启后子孙读与耕"。大门口的楹联，是对承启楼楼名的最好注释。走进承启楼，尽管发现原住户家中显得狭窄与逼仄，但整座土楼给人的感觉还是空敞的。置身抑或仰望，我所看到圆的建筑单元、线性，甚至圆的建筑理念都是一致的。我不由得想起了岩壁上的蜂巢，还有客家人在时间深处的抱团取暖。沿着环廊，我在一楼转了个遍，还是觉得有些落寞。一楼住户的厨房都成了店铺，销售的是当地茶叶、干笋、香菇、柿饼、土烟等土特产。不过，生意寡淡，很少有人问津。二楼以上呢，已经从土楼的保护出发，挂着"游客勿入"的告示牌了。

无疑，承启楼在高北村占据着土楼群的核心位置。我和于兄在村中看到有名的土楼还有：侨福楼、世泽楼、庆裕楼、五云楼、北辰楼。从村头转到村尾，村里已经有了以土楼命名的酒店，譬如振杨楼就改成了"圆楼缘客栈"。说实话，相对于那些霓虹灯的酒店、客栈，我喜欢客家人门楣上挂着"土楼人家"的名字，质朴而温暖。

在永定，每一座土楼斑驳，甚至凹凸不平的墙体都有讲不完的故事。那是自然灾害与战事留下的印记。在岁月深处缓慢的时光里，有些故事细节还在传说，有些已经无法打捞了。我与于兄在永定的行走，是在向一座座土楼的创建者致敬，向一位位土楼的无名工匠致敬。土楼可以浮现，可建造土楼的工匠连背影都没有。我只能去想象一个个和着泥打着夯的群像，他们的肌肤有如黄泥土一样的颜色，目光中是泥与石、泥与木的凝思。

在我心目中，泥土与土楼，不仅是客家人一种生命的在场，还是一种精神的象征。往往，在中国传统的人居理念中，安全简洁的围合式建筑无疑是理想的居住形态，而永定土楼恰恰满足了这些功能。说实话，早先第一次迈进闽西南的时候，永定土楼彻底颠覆了我对南方干栏式建筑与徽派建筑的民居样式以及形态的认知。

四

即便隔着长长的一段公路，我与于兄都没有选择乘车，觉得贴近洪坑村的最好办法是徒步。芭蕉、香樟、竹子，在溪边都长得茂盛，还有丝瓜藤缠在杂树上。村庄有了溪水的流淌和萦绕，便多了几分灵动，何况还带动水车在村口吱吱呀呀地旋转呢。水车的旋转，仿佛是时光的一种轮回，而在旋转的瞬间水珠四溅。那四溅的水珠，俨如时光的碎片。

村口的天后宫，建于清代嘉庆年间，供奉的是妈祖。众所周知，福建位于中国东南沿海，而"天后"妈祖是人们信仰的"海上女神"，天后宫供奉妈祖天经地义。可是，洪坑村处在湖坑镇东北部，是山区，而当地人对妈祖的称呼特别亲切——姑婆。据说，农历的每月初一、十五，洪坑村人都要到天后宫朝拜妈祖，尤其三月、九月的民俗活动极其隆重。天后宫、妈祖造像、烟香、烛火，散发与氤氲着古老的神秘。而蓝天下阳光透射形成的光束，在虔诚的作揖者心中，那应是祥瑞之光吧。

尽管山边的柿子树上挂着果，路边的竹筛竹盘里已经晒满了刨皮蒸过的柿子，有的色泽鲜明，有的晒着蒸着起了白霜。说来也怪，柿子在树上还没有采摘，却晒得一大片了，村民居然已有柿子饼在卖。那叫卖声，夹着客家方言，无疑是接地气的，却是否应和了市井的味道呢？我把目光投向了溪流、拱桥，以及路边的树木。不远处，路边一棵古樟的枝叶间挂满了红带结。一旦，人们对生命的敬畏，以及对美好生活的祈福，连通了一棵古树的灵魂，生命的特质就开始在天地间生长了。这，是不是人与人之间的一种默契，抑或是人与树，还有天地之间的一种默契呢？

像洪坑村许多未解之谜一样，我不知道村庄始迁祖林茂青在元末明初的时候，为何要将村庄命名为洪坑。难道，在元末之前这里曾有过洪氏人家居住吗？又或者，村庄曾经与洪氏有着怎样的关联呢？虽然多了一分追寻的意味，却只是我不经意的一个猜想而已。

若是以洪坑村的振成楼为坐标，往后排依次是庆昌楼、光裕楼、九盛楼、如升楼、万盛楼、拱成楼等等。据说，还有一座南昌楼，已坍塌了。然而，村里没有人说得清楚，南昌楼是否与"落霞与孤鹜齐飞，秋水共长天一色"的赣江之滨的南昌有瓜葛，抑或是否属于"南昌会馆"之类的建筑。

往往，村庄最先老去的是记忆。

振成楼俗称八卦楼，由两环同心圆楼组合而成。从土楼来说，内部的设计装修已有了中西合璧的味道。因为，振成楼的建造年代是在民国元年。步入振成楼，就与修缮的工匠擦肩而过，楼上的走廊正搭着脚手架，还有工匠在修椽盖瓦。我与于兄撇开了参观的人流，还有叫卖的摊主，直接去了日新学堂。我认为，日新学堂才是见证洪坑村史，以及变迁的地方。

客家人的祖训是"先建学堂，后修楼房"。甚至，在每一座土楼里，都设有私塾。而日新学堂呢，创办人是林仁山，也就是村民老林所称的"经达公"。他创办日新学堂的时候，恰好是清末推行新政，废除科举之时。从汀州知府张星炳题赠的匾额看，日新学堂的前身是"林氏蒙学堂"。"得水得山得明月，半楼半馆半亭台"的楹联，完全是日新学堂的整体环境与建筑风格的写照。日新学堂的神龛，供奉着孔子神像，这里应是村庄孩童的"破学"之所。空旷的厅堂，恍惚还有琅琅书声在回荡。

无论是日新学堂的神龛，还是振成楼门口"振纲立纪，成德达材"的楹联，都是我进入永定客家人精神维度和心灵世界的路径。在这样的路径中，我分明找到了客家人家园中流传的一脉书香。

柿子，在客家人心目中象征着如意。蓝天下，那一树树红彤彤的柿子，宛如客家人挂在天空的灯盏。在我眼里，这与土楼经年挂着的红灯笼应是一种呼应吧。

那达慕

一

去鄂尔多斯看那达慕吧。

手机里滑出吴兄微信的时候，我正在天坛拍古柏。吴兄的微信给我留下了悬念：什么时候去？如何去？我拨他电话，他的手机却一直占

线。我与吴兄平时的聊天是散漫的，可以一起喝着牛栏山二锅头聊羊蝎子，聊三里屯酒吧，聊798艺术区，聊儒家经典，也不聊他的生意经，以及我的文字。我与他都不喜欢那些把职业或饭碗挂在嘴上的人。当然，聊得最多的是南方，还有南方的故乡。好像吴兄算到我要问他的问题，一会儿又一条微信滑了出来：明早七点半，我去鲁院接你。

越野吉普，是吴兄出行的标配。他虽然在南方上的大学，却在北方安了家，二次婚史，还是离了（再说下去，未免八卦了，就此打住）。吴兄一直在北京从事外贸生意，走南闯北，一周两头飞，还是一个有空闲就能背起双肩包出游的人。说走就走的旅程是需要底气的，他已经具备了这样的实力。从北京沿德胜门外大街上京（北京）藏（拉萨）高速，转包（包头）茂（茂名）高速，再转荣（荣成）乌（乌海）高速，才能进入鄂尔多斯。北京由东至西七百多公里的路程，还是行驶了八个多钟头。到了鄂尔多斯才知道，那达慕是在一百多公里之外的准格尔旗布尔陶亥苏木尔圪壕嘎查举行，还要过小寨金沟、塞布拉沟、暖水乡、苏家塔，才能到达准格尔旗薛家湾镇。导航，路牌，便捷而省事，让去往的远方多了一种引领。人坐在车里，有语音在提示你，目的地变得越来越明朗。

日行千里，已经不重要了。重要的是一路上看到了草原托起的蓝天，绚丽的晚霞，还有晚上住进了薛家湾的佳悦楼。夜里，一下车还是感觉到了气温的变化，昼夜温差明显。我瞄了一眼手机上的天气预报，要相隔12度左右。我不停地跺着脚，一是因为在副驾驶上坐了一天的车，二呢，确实感到了寒意。这样的寒意，分明是潜伏在草原的夜里的。虽然，佳悦楼的门口就有全羊涮，我和吴兄还是舍近求远，选择了当地特色小吃——驴肉碗饦。碗饦，荞面的，类似于水磨浆粉蒸熟后切出的粉条，用煮肉的老汤浇拌，然后再盖上卤好的驴肉片，滚烫、鲜香，吃起来特别过瘾。一碗驴肉碗饦下肚，身上仿佛都暖和了。

说心里话，我特别羡慕蒙古族人"逐水草而居"的游牧生活。此前，曾去过坝上草原与乌兰布统草原，见识过草原的辽阔与蒙古族风情。那云低飞，草花香，骏马奔驰的场景，还有蒙古族人奶酒的祝福，一直记忆犹新。我欢喜踩在草原上脚底那种柔软的感觉，头顶蓝天，满目如茵，身体都变轻松了。是的，身体的轻松会带来视觉上的延展、辽阔。

"准格尔：系蒙古语，多译为"东首""东部""右翼前"之意。以地处鄂尔多斯（高原）东部取名。又称，康熙皇帝亲征噶尔丹时，把从新疆带来的部分准格尔部落人安置在此而得名"。这是我在《内蒙古自治区地名志》上查到的比较全面的说法。而准格尔建旗是在清朝顺治六年，也就是1649年。曾经的狼烟早已散尽，那白色的蒙古包在辽阔的草原上俨然是一个童话般的梦境。何况，准格尔旗不仅北部、东部被黄河环抱，而且黄河流经境内有190多公里。在那遥远的年月，就有与之毗连的晋、陕汉民进入"垦殖"了，称得上是草原文化、农耕文化、黄河文化共存的地方。

薛家湾镇已然城镇化了，夜里街上行人稀少。灯光迷蒙，带来了夜的深沉。异乡的夜，是可以肢解的，却多了一份想象。"黄毯悄然换绿坪，古原无语释秋声。马蹄踏得夕阳碎，卧唱敖包待月明"。在这样的夜里，我觉得还是适合读一读佚名者的《草原诗》的，仿佛是一种游历的预习，亦可加深游历的感受。

或许，出生于南方的吴兄对草原与我有同样的感受。这，也是所谓朋友之间的"臭味相投"吧。不然，他也不会在北京邀我一同进入鄂尔多斯准格尔旗看那达慕了。

二

第二天清早，吴兄还得与我赶去布尔陶亥苏木尔圪壕嘎查。

　　实际上，当地人所说的"布尔陶亥"是蒙语的译音，为"褐色湾子"的意思，等于是乡镇所在地，而"尔圪壕嘎查"呢，就是村庄了。布尔陶亥苏木尔圪壕嘎查介于库布齐沙漠与响沙湾之间，林草资源丰富，有着浓郁的蒙古族风情。

　　车窗外，朝霞无比绚丽，轻盈、飘飞，仿佛游走在草原的边沿。一路上，都是穿着节日盛装的农牧民，有的骑马，有的骑摩托，有的赶车。我们到达尔圪壕嘎查时，村庄处处已经热闹了起来。尤其，类似于露天集市的地方，人头攒动，皮毛、药材、食品等农牧产品琳琅满目，吃的，喝的，穿的，佩饰的，应有尽有。而赛场上呢，彩旗飘飘，鼓角声声，满目都是参赛的选手，观瞻的人群。人们都在等，等那开赛的一声号令。

　　在蒙语中，"那雅尔"即那达慕，是蒙古族传统的群众性盛会。搏克、射箭、赛马、套马，都是蒙古族牧民热衷的，也是我们期许的——这些富有激情的民族传统项目，而在旅人心目中是特别有异趣的，才是那达慕的魅力所在。若是往前推，早在八百多年前成吉思汗被推举为蒙古大汗时，就举行过盛大的那达慕。这一点，在石崖上的镌刻得到了证实：据《成吉思汗石文》记载，1225年为庆祝蒙古军西征胜利，举行了盛大的那达慕。我记住了成吉思汗的一句话："你的心胸有多宽广，你的战马就能驰骋多远。"

　　往往，越是有民族传统的，越有生命活力。何况，那达慕是蒙古族血肉与精神上共同的承载呢。

　　马的眼睛里，有一泓清泉，倒映着草原的风景，还有牧民的性情。白色的，黑色的，枣红色的，一匹匹马不仅骨架高大，头也昂得高高的。一旦，彩衣华带的牧民骑上马，勒起了缰绳，马的眼睛是敏锐的，随着马蹄的奋起，鬃毛开始披散，一匹，一队，你追我赶，如风，像射出去的箭矢。刹那间，赛场上欢呼声此起彼伏。蓝蓝的天空，白云翻转，而草原上，牧民在尽情演绎着速度与激情。

我看到了领头的枣红色马了吗？没有。我的眼里，只有奋蹄的马群。不是春风，却感受到了"马蹄疾"。或许，正合了当地牧民的一句俗语："鞭打千里驹，快马加鞭。"马与马之间的距离是那么近，又是那么远。仿佛，刚刚启幕，瞬间就谢幕了。而人们的欢呼声与鼓角声还在持续，那夹着的呼哨声，尖锐、响亮。留给我的，是遇见，是神秘，是影子，是遥望。

马，还有赛马的牧民，本身就是草原上流动的风景。

三

精骑、善射，可谓是蒙古族每一位牧民的绝技。而能够参加那达慕射箭比赛的，又是高手中的高手。

"万人齐看翻金勒，百步穿杨逐箭空"。想必，那达慕射箭的场景与唐代诗人李涉《看射柳枝》的场景应是相似的。只不过，那达慕射箭分了近射、骑射、远射项目。说实话，我在南方生，在南方长，没有摸过弓箭，对箭镞、箭杆、雕翎，只有概念性的认识，而对射箭选手的屏息静心与弦无虚发完全是刮目相看的。箭在选手手中，似乎是长了眼睛的，靶心在哪儿，箭就射向哪儿。射箭，蕴含着力量与速度。只有这样的力量、速度，才与选手的心无旁骛是匹配的。况且，骑射是在骑行中进行射箭呢。

好长时间，我都没有从选手们精彩的骑射中缓过神来。

没有云彩的天空，深蓝、高远，空气格外纯净。阳光呢，尤为灿烂。我没有戴帽子，抵挡不住紫外线的辐射，脸上已经被晒得火辣辣的。没照镜子，我都能够想象自己被晒得通红的脸。搏克，应是蒙古族人在草原上剽悍与勇猛的集中展示吧。一个个选手上穿甲胄式短衣，跳着舞着入场，示礼之后双方争斗才正式开始，捉肩搂腰，又拉又扯，边

推边压。往往，难解难分的时候才是搏克最为精彩的部分。而规则呢，则是膝盖以上任何部位着地者为负。比赛虽然是"一跤定胜负"，但胜者将负者扶起，那种向对手表示歉意的诚恳与尊重，足以感动在场的每一个人。观众的掌声、呐喊声，无疑是对每一位选手最好的回应。

吴兄有心，晚餐是安排在老萨的蒙古包里吃。老萨家的蒙古包等于是牧民的农家乐，穹顶、圆壁，上开天窗，内里放置着火炉、水桶、奶桶、碗橱、木柜，而地毡上还摆放着矮矮的木桌，以及佛桌上供放佛龛。挂着的，还有马笼头、鞭子、弓箭、兽皮等等。老萨非常热情，又是敬酒，又是献哈达，还唱起了"漫瀚调"——"漫瀚调调脆个铮铮音，蒙汉兄弟越唱越惹亲。漫瀚调是那盘根根柳，笑声声唱出个手拉手……"吴兄显然见多识广，比我老练，他双手接过酒后没有喝，而是用右手无名指蘸酒向上弹了"三弹"，才开始抿了一口。看到我依葫芦画瓢，效仿他的样子，吴兄笑着告诉我说，"三弹"是蒙古人用酒寄托人世间最为美好的情感和祝愿，一是"愿蓝天太平"，二是"愿大地太平"，三是"愿人间太平"。

木碗、奶酒、哈达，怎能少了《祝酒歌》呢？在我和吴兄向老萨回敬酒的时候，他又唱了起来——

金杯斟满了醇香的奶酒

朋友们欢聚一堂尽情干一杯

赛勒尔外冬赛

丰盛的宴席烤全羊鲜美

赛勒尔外冬赛

亲人们欢聚一堂尽情干一杯

赛勒尔外冬赛

琴声悠扬歌声清脆

赛勒尔外冬赛

生活在草原上的人，每一位都是歌手，我和吴兄都陶醉在歌声里。老萨女儿袍服艳丽，长袖舞动，曼妙、出彩。掌声过后，回到现实，我对糜米酸浆浸泡过的酸饭不太适应，总觉得味道怪怪的。说实话，酸饭虽然是特色，味道却与鲜香辣可口的羊杂碎没法比。

夜幕下，篝火点亮了夜空。空气中，开始飘逸着烤全羊的肉香与孜然粉混合的味道。烤全羊用的是铁架，还配了"Z"字形的摇把，随时可以翻转。柴火上，那羊肉正在滋滋地冒油，羊肉香、孜然香混合一起，真的可以勾人胃口。篝火呢，成了草原夜晚的一种向心力。一圈，又一圈，都是载歌载舞的人群。比篝火的火苗扩散得更远的，是来自天南地北的游人与牧民手拉手的欢歌笑语——人与人之间，没有拘束，没有隔阂，只有温馨、激扬，以及尽情的欢娱。

夜深了，众人渐渐散去，而吴兄与几位摄影人还在用三脚架架起"长枪短炮"守望草原的夜空。想必，他们是在等待定格草原那达慕之夜的星轨吧。

四

圆润，低回，婉转。马头琴的琴声，为我打开了草原的清晨。

马与羊，在草原上是自由自在的，它们各自结群，相互默契，似乎根本不用记着回家的路。因为，自然的、生态的草原，就是它们的家。坐在草地上细听，我听到了马的响鼻、羊的叫唤，还有秋风吹拂的声音，虫豸跳动的声音。

在牧民的心目中，草原的草如同生灵：马先蒿、阿尔泰狗娃花、狼毒、锦鸡儿、马莲、羊草、牛心朴、异燕麦、直穗鹅观草。当然，这些带着动物名称的草与地榆、裂叶蒿、紫苞风毛菊、莓叶萎陵菜、沙参、

黄花败酱、珠芽蓼等等，都是邻居。牧民老邬见我听得发愣，塞了一把佐奶茶的海红果干给我，笑着放牧去了。

随着老邬的背影，我看到吴兄在不远处抓拍照片。

每一次外出行走，我都尽量避开旅游景区。像宝堂寺、贝勒府、阿贵庙、松林寺，都没有进入我准格尔旗之行的视线范围。意想不到的是，我竟然就这样与"油松王"擦肩而过了。

我不禁好奇，一棵九百多年树龄的油松，为何要称王呢？

相传，鄂尔多斯部于明朝天顺年间入驻河套，也就是如今的鄂尔多斯地区后，在"油松王"旁建起了庙宇。到了明成化年间，西藏有一位活佛云游至此，看到"油松王"高耸入云，便将一尊金佛藏于树洞中，从此日夜参拜守护。此后，便有了一代代喇嘛在此参禅诵经，守护着"油松王"。于是，赋予了了"油松王"神秘的宗教文化色彩。那高耸的"油松王"，成了庇佑一方民众，以及人们膜拜的"神树"。

在蒙古族，人们都信奉万物有灵。我想，崇拜一棵树的人，内心应是平静的、安宁的，又何况是一棵千年的"油松王"呢。我错过了松林寺"油松王"，也就错过了永安寨古城遗址。然而，我虽然没有去松林寺，也没有去叩访"油松王"，但始终相信那份禅意还在生长。我坚信，建立在信仰之上的加冕，是最具生命力的。农历每月的初一、十五，当地对"油松王"的祭拜、祈福等民俗活动，应是最好的明证吧。

蓝天下，云是有羽翼的，草原上的歌声也一样。这时，耳畔响起的是蒙古族歌手苏日娜演唱的《永远的那达慕》——

千里草原不会迷路
马头琴声做地图
蓝蓝天空有云彩飞舞

……

八面来风内蒙古

马背上的民族最纯朴

跳起安代舞

人间多情内蒙古

是我心中永远的那达慕

蔚蓝、深远，是草原的天空，也是蒙古族农牧民心灵的天空。

洪忠佩

江西婺源人，中国作家协会会员，鲁迅文学院第三十三届高研班学员，江西滕王阁文学院特聘作家，发表散文、小说等作品三百多万字。作品散见《人民日报》《光明日报》《文艺报》《青年文学》《北京文学》《芳草》《散文》《文学界》《鸭绿江》《四川文学》《湖南文学》《山东文学》《安徽文学》《星火·中短篇小说》《创作与评论》《散文海外版》等，多次获奖并入选人民文学出版社、作家出版社、百花文艺出版社等多种选本。出版散文集《影像·记忆》《婺源的桥》《松风煮茗》等多部。

翻译

春之书

[美国] 温思罗普·帕卡德

◎董继平 译

春日遇蝶记

正如在仲夏，小牧草地和林间洼地的动物肯定会羡慕山顶上的动物，羡慕它们那凉爽、微风习习的瞭望处，在四月中旬，这种想法就必须颠倒过来了。因为北风和太阳之间的战争从二月开始，到如今依然在小规模地进行，在三月下旬抵达了葛底斯堡①那样的程度，继续阵发性地进行，几乎看不到阿波麦托克斯②那样的场景。

在这场兄弟相残的斗争中，尽管南方会获胜，但在夏天那显现和平与繁荣的太平盛世，两股力量将握手言和，为整个大地的利益而孜孜不

---

① 美国宾夕法尼亚州南部城镇。美国内战期间，这里爆发了著名的葛底斯堡战役，南北双方军队在此血战，死伤无数，成为美国内战的转折点。
② 美国南北战争结束时，1865年4月9日，南军将领罗伯特·李率领军队向北军的格兰特将军投降的地点。

倦地发挥作用。北方的战士已经被驱赶到山顶上，但依然在那里挑衅地叫喊，对下面的山谷发动迅速的突袭。这是一场注定失败的战斗，因为太阳金色的力量整天都在大地上袅袅上升，充满了所有的洼地，将其保持在宁静的温暖与和睦之中。昨夜的霜冻无论有多么严酷，头上的疾风无论有多么强大，我始终都能发现在碗状的下凹处，夏天已经在爱抚、拥抱那在冬天饱经磨难的林地。

在这片土地上，新开垦地的最初定居者存在的日期先于那些有记录的人——那些通过英雄业绩和财产转让而拥有土地的人，他们似乎也发现并爱上了这些阳光晒暖的小洼地，因为在里面，我发现这种开拓者占有土地的仅有的痕迹。关于这些开拓者，用墨水写成或写在羊皮纸上的记录确实微乎其微，他们留在土地上的记录本身就很少，在这里，尽管不会找到石头构造的痕迹，但一个下凹处可能会露出那曾经挖掘过小地窖之处。开拓者更容易用木头来构架其地窖墙壁，这跟他在地窖上面建造房子时用木头来构架墙壁一样。

通过仔细搜寻，你可以发现通往附近泉水的那条磨损的小径，因为石头上的铭文消失很久之后，还看得见留在泥土上的东西。风吹雨打、日晒雨淋，风雨将从你的大理石碑上擦掉那些雕刻的文字。但是，越过平原的小径，那曾经被很多路过的脚步深深而稳固地磨损的小径，却始终会把痕迹展示给具有辨识力的眼睛。也许，一截巨大的老苹果树桩即使显示出微弱的生命痕迹，也可能持续到了现在，在林中树木曾经紧靠的庭院周围，那些树木可能成群地生长，但会踌躇不前，留下一些开阔的空间，仿佛它们依然尊重那无形的界限——离去已久的人类居住者设置的无形的界限。

在我所居住的镇子中，似乎有很多这样的睡谷[①]，这些地方有梦幻

---

① 19世纪美国著名小说家华盛顿·欧文的悬疑短篇小说《睡谷传奇》中的背景地。

存在，那曾经被践踏的泥土顽强地依附于消失已久的脚印。今天，在它们的顶上，北风唱起了战歌，但北风那衰弱的箭矢落到了泥土上，没有造成什么危害，因为阳光金色的军队越过南部边缘滚滚涌来，用令人颤抖的喜悦充斥下面的这个空间。

在这样的阳光下四处漫步，无疑有一种乐趣，坐在开拓者低洼的土地上，让阳光充斥你的骨髓，则是陶醉于人类必须记住的最初的原始欢乐。它的日期比第一个人要早千百万个未知的岁月。同一轮太阳带着同样的欢乐，触摸最初的原始细胞。随着激动的心情，一个细胞颤抖着分裂成两个细胞，物种的起源就这样来临了。

今天，在这样一个洼地，在这样一轮太阳下，林地生物的游行庆典在我面前经过，几乎就像可能在那个开拓者面前经过一样，那时他坐在自家的木头门阶上，也许刚刚从玉米地劳动归来，正在休息，在他的洼地后面，他那片土地上的山丘依然使平坦、多沙的平原光影交错。奇怪的是，那个强壮结实的17世纪的冒险者早已化为消失的尘土和梦幻，与此同时，那他用锄头小心翼翼地翻动的沃土，还保持着他在两百多年前赋予它的那种形态！他的玉米地使得一片森林成熟了五六次，大树被砍倒，装上大车运走，然而那种植过玉米的山丘却迟迟不去。因而，泥土很容易比陶匠活得更长久。

当我初次走进那个空旷地，那里一派沉寂，呈现出褐色、荒芜的景象，但那就是林地生存的方式，我们很快就学会了去理解它。在你获准成为这群人当中的一员之前，某种土著性的礼节是必不可少的。在爱斯基摩人中间也如此，你进入一场集会，静静地坐上片刻，直到其中一个已经在场的人注意到你，并对你说话。这样，你就获准成为其伙伴。要是新来者首先讲话，则是很糟的体验。

因此，我起先仅仅注意到了去年草丛的褐色，那些秋麒麟草、紫菀、金丝桃和毛蕊花的枯茎。一片小小的云掠过太阳的面庞，搜寻的北

风从山坡上吹下来，冷却了那似乎从洼地满溢而出的金色的阳光。从洼地边缘的一个遮蔽之处俯视洼地，我想过这个地方充满了六月的梦幻。当我在那个开拓者的草地的阴影中坐下来，背对着那搜寻的北风，那还不如说是对十一月的回忆。

一片枯叶，受到疾风的恐吓，从树冠上迅速落到地上，在暗淡的枯草上形成一点溅洒的褐色。然后，完全是在片刻之内，那片云就飘了过去，北风看到四面八方都是敌人，便冲过山丘边缘，太阳那琥珀色的暖意降临下来，带着正在归来的夏天的那种温和的狂喜，充满了那个杯状洼地，且满溢而出。

在寂静的光辉里，那片褐色树叶再次飘浮到空中，在我的眼前盘旋了片刻，才歇落到附近那开拓者曾经的苹果树灰白的骨头上。就这样，我接受了我的序言。当这个地方的一个人对我说话，好像接受了我的赞美，我有幸看得很清楚，因为那褐色树叶根本就不是什么褐色树叶，而是一只猎人蝶！

尽管在一两夜之前，温度计还指示着冰点之下10度，但我如此之快就发现那么多脆弱的生命形态在太阳下躁动，很是令人惊讶，翌日早晨，地面被坚冰冻结了起来。我发现的那只猎人蝶就在这里，一个微小的果肉状细胞——我的指头轻轻一触就能将其压碎，被承载于那轻飘飘的脆弱的翅膀——那翅膀可能被一根疾风折断的细枝击碎，但它却安详地逛来逛去，挑战那可能伤害它的一切。

它所扮演的奇异角色，就是整个冬天它都一直处于这附近的某处。牧草地上，到处散落着去年的鼠曲草脆弱的幽灵，它在毛虫阶段便以这种草为食。但是，它至少需要六个月才能破茧而出，显现出它如今的形态，面对严酷的风、不断下降的气温、寒雨霏霏的日子、窒息性的飘雪和那很多天都用二点五厘米厚的铠甲覆盖万物的坚冰。尽管这些不利因素都可能给它带来种种毁灭，但它还是以某种神秘的方式得以逃脱，在这里快活得像蟋蟀。

它似乎并不饥饿，除非它像我一样，热切地吞食阳光。它栖息在那棵倒下的老苹果树上，在那久经风雨侵蚀的灰白的树干上，翅膀轻轻地起伏，与此同时，我注意到它显现出浓郁的红色之美，那红色中又间杂着黑白的斑纹，前翅尖上，黑边的顶尖上，呈现出一种浅蓝色的色调。然后，它把翅膀合上一分钟，对我显露出身体下部模糊的深色，因此，尽管现在我能注意到它后翅上的蓝色眼形花斑，但当它随风飘过田野的垄脊时，还让我认为它是一片枯叶呢。

就这样，它一动不动，仅仅歇息了片刻，很难不让人把它看成一小块陈旧的树皮或树叶碎片，接着，它就敏捷地翻转到空中，再度急匆匆地越过山丘消失了。所有的蝴蝶都偶然会获得无线音讯而起飞离开，仿佛将其当成生与死的大事，从而来回应这样的信息，但是，在最初温暖的日子里，这些越冬的伙伴看起来似乎特别服从于这样的信息。稍后，一只蛱蝶就降临到我所在的山谷中，但它没有待上多久，使得我没有足够的时间去辨认出它究竟属于哪一种蛱蝶——究竟是美洲多角蛱蝶，还是银纹多角蛱蝶。如果不是我对它的身份的怀疑给我留下疑问，我还会把它称为"银纹多角蛱蝶"，因为它停留得最短暂。

它在处理自己的事情时所显现出的那种匆匆忙忙的行动，甚至比居高红蛱蝶对自己的事情还匆忙，它轻轻一拍那边缘弯曲的翅膀，瞬息间就消失在视线之外。

这一天，在这个阳光明媚的洼地附近，我还看见了另外三只蝴蝶。一只是黄缘蛱蝶，在温暖的日子，我始终都期待在四月阳光明媚的褐色树林中看见它的身影，而且也很少失望。另一只蝴蝶，从那已经经历两个世纪的玉米地遍布小丘的地面上兜风，我想它应该是另一种赤蛱蝶，也许它就像白矩朱蛱蝶一样，更令人熟悉。如果能够确切地了解它，我会很高兴，因为这种蝴蝶在这里十分罕见，但是，我的天哪，它越过山

丘离开了，那种速度应该让那只松弛下垂的蛱蝶感到惭愧。确实，这些是闲逛的诗人蝴蝶！它们是整个林地中最忙碌的蝴蝶。

我最后看到的是一个红色小块，它很像是一颗受到刺激的子弹，穿过阳光浓郁的金色射了出来，它的马达运转得最为灵巧，关闭了消声器，两片螺旋桨咆哮着。奥维尔·莱特[①]可能都不曾见过它。我仅仅瞥了一眼就看见了，但我却把它当成了一种弄蝶，也许是银星弄蝶，尽管我以前从未在这么早的时间看见这样一只蝴蝶，但它在这里也很常见。它魁伟结实，脖子粗壮，翅膀很短，这是弄蝶的特征。

我乐于了解这些早早出来的蝴蝶以何物为食。如今，有些花正在开放，但是你从不曾发现一只黄缘蛱蝶或者猎人蝶，一只美洲多角蛱蝶或者小红蛱蝶围绕这些花朵而振翅翻飞。蜜蜂在柳絮和桤木的柔荑花中寻觅花粉。枫树在开花。你能发现獐耳细辛、紫罗兰、卷耳、番红花、雪花莲的身影，而且，我敢说蒲公英也开花了，几乎每一天，在作为使者的风上，某种新的灌木或腼腆的药草都会发出芬芳的邀请。

然而，我发现四月的蝴蝶多半喜欢阳光明媚之处，这样的地方诸如古老的玉米地，那里，在来临的几周之内，松树和胭脂栎都不会发出开花的暗示，只有干燥的地衣似乎在嫩枝和碎片形成阻碍的泥土上繁盛起来。在这样的地方，优美的石蕊兴旺成长，这结出褐色果实的植物朝着太阳举起细小的花杯，与此同时，那头冠猩红的植物则对此有所帮助，那些具有须边的植物种类构成脆弱、细小、美丽的花园，如果你像蝴蝶那样将鼻子贴到泥土上看着它们，那些花园就会对你显示出至极之美。

也许，这些春天最早的蝴蝶从褐色的花杯中吸吮汁液，或者从那被霜沾湿的猩红头冠上吸取某些有效的万应灵药，在马萨诸塞四月的寒夜，那种灵药温暖它们微小心灵最深处的情感。我希望如此。在这个时

---

① 发明飞机的美国发明家莱特兄弟之一。

候，我从未看见它们从任何公认的来源中吸吮花蜜。也许，植物丰富的体液流动，完全冲破所有树木幼小的枝条，如今渗漏了出来，足以提供糖浆，让它们品尝，因此，它们就比它们的同胞兄弟要幸运，而它们的同胞兄弟稍后才会来临，对丁香和马利筋大献殷勤。槭糖比花蜜更佳。

尽管乍一看起来，那小洼地呈现出如此的棕褐色而且很干枯，但不久之后，那里就会为它们绽放出足够多的花朵。在我最初看见居高红蛱蝶的触须之后，我就渐渐开始看见了那些花朵，我的肘下有一种绿色圆花饰，或许更远之处还有一种锯齿形的末梢。整个冬天，在这一整片褐色的草丛下面，两年生和多年生植物都在等待这样的时节。在秋天不断加深的寒意中，在以缓慢的劳作构成的生长核心之外，它们如今正在迅速而连续不断地生长，一片接一片地萌发出新叶，覆盖在褐色草丛的顶部，开始用春天的嫩绿给它们加冕。

当它们伸展上来迎接太阳的拥抱所赋予的温暖，它们的色彩中便有了欢乐的景象。在这里，一棵早发的毛茛满怀信心地保证，对我挥舞一只裂开且稍呈羽状的手，尽管到现在为止，它的簇群的心中还没有上升之茎的迹象——那根茎将高高地承受那具有光泽的黄色花朵。蒲公英的叶片到处摇动那带有凹口的长矛，尽管其花蕾依然隐藏在它的芯里，尚不曾显露出黄色的迹象，它们也为自己那已经看得见的花蕾而骄傲、自豪。

这里有委陵菜那草莓般的微小叶片，毛茛苍白的对应物——它以温和的羡慕和赞美仰望着毛茛。委陵菜紧随紫罗兰的脚跟，它的花蕾已经热切地长出来、展开。紫菀和秋麒麟草线形的根出叶舒适地栖息着，呈现出绿色，微微生长，却并不急于出现在去年的褐色植被上。观察它们的日期迟迟才会来临，它们没有理由这么早就开始躁动。因此，在往昔的定居者的庭院中，青葱的绿叶正四处萌发、生长，领先于林中的那些懒散的草丛——林中的草丛几乎还没有开始萌发出细小的长矛，不过，

那些长矛终将刺穿以前的雾霭，帮助其他植物为空荡荡的林地空间创造出一幅新的挂毯。

如今，在所有这些花朵中间，最可爱的，实际上也跟这个地点也最为密切相关的，当数毛蕊花了。整整一个冬天，它都安详而自满地栖息在积雪下面，被透明之冰的铠甲裹住，或者无遮地置身于凛冽的寒夜，在这样的时候，天上的群星是一种银色的立体闪光，寂静的寒意深深地咬啮。就像那开拓者穿着粗糙的克尔赛呢衣物，这种植物的家纺衣物也可以挑战如此寒冷的天气，用所有这种毛织填料来阻止寒意逼近它那细小的叶片，这就使得它看起来如此简陋、粗糙。在夏天，它会用这同一种铠甲来挑战七月太阳的酷热，它栖息在这里，把脚插进灼热的沙子，从它金色的绽放中，它那高大的穗发出笑声，把阳光抛掷回去。

就像那个开拓者一样，毛蕊花也来自老世界，但它极好地适应了去承受新世界的严酷，挑战新世界的危险。它像开拓者一样扎下根来，它的种子在粗糙之处占据了土地，尽管它的外衣粗糙，但它却很勇敢、美丽，内心温柔，且始终有益。

因此，当太阳在西边的山脊上离去，当北风的侦察兵再度鼓起勇气入侵此地，我把这个小洼地留给了荒野，因为这荒野依然拥抱着往昔的占有者之梦。在它那受到庇护的隐蔽处，这一天所有金色的温暖都会留下来，甚至留到太阳再度来临的时候。我无法辨别我看到的那些最忙碌的蝴蝶将在哪里过夜，但如果我是其中的一只蝴蝶，我就会振翅飞回那开拓者家园的庭院之中，进入毛蕊花叶片构成的其中一个圆花饰，在那伟大的心中蜷曲下来，温暖而宁静地沉睡，乍一看起来，还仿佛是裹着那种植物柔软的毛毯。

消失的夜鹭

自从我在大白天看见黑冠夜鹭以来，时间已经过去很久了，这种鸟常以"夸克"而闻名，要不然就是异教徒用嘲弄方式来对其命名的。在我看来，科学家也加入了这种嘲弄的行列，因为他们将其称为"黑冠夜鹭"，那是用它的语言来进行诽谤。无论如何，它听起来就像那样，词根显然相同。

然而就在昨天的光天化日之下，我看见两对夜鹭从阳光明媚的天空中飞临下来，落到湖边的一棵树上。在白天的强光下，它们看起来浑身洁白。我起初疑惑是不是有四只雪鹭终究没能逃脱羽毛猎人之手而飞到北方的安全之处。尽管雪鹭曾经偶尔会迷途到北方，偏离出这么远，很可能我再也不会看见它们。即便是以往习惯于在这一带数以百计在一起筑巢的夜鹭，如今也很罕见了。

我猜想，如果鸟类必须一一灭绝的话，那么跟任何其他鸟儿相比，我们最无法承受的就是失去夜鹭。尽管在这四只夜鹭宏伟地降临到湖边的树上时，显得非常美观堂皇，但它们在外观上也确实美丽无比。它们的嗓音并不悦耳，"夸克"只是一个叫起来方便的词而已。它应该由语言中最粗糙的辅音来构成，用沙哑的活力匆匆拼凑在一起，这样就更为合适。它发出的声音听起来更像"华兹夫克！"从一片潮湿的云中射入泥淖。夜鹭在沼泽和湖泊上空结伴飞翔，声音一度听起来就像女巫在召唤，在骑着扫帚飞行结束的时候，穿过潮湿的幽暗降临下来。莎士比亚曾经给一个女巫西考克拉斯①命名，他可能嘲弄过夜鹭。

今天，我看见了这四只夜鹭，便走到下面，走到那以往曾经是夜鹭时常出没之处，虽然我仔细观察，却徒劳无功，竟然没看到它们的一丝

---

① 莎士比亚名剧《暴风雨》中半兽半人怪物凯列班的女巫母亲。

踪迹。这是它们的筑巢季节，巢穴中应该有正待孵化的蛋，或者有那些正待生长得硕大而难看的雏鸟，它们的巢穴脆薄得异乎寻常，迎着天空的蔚蓝色，透过那松弛地编织起来的嫩枝，你能隐约地看见那些鸟蛋呈现的蓝色。可惜的是，我没有找到这些，那曾经栖满夜鹭的大雪松一派孤寂。

曾几何时，在每棵树上，大约在距离地面三分之二之处，总有一个巢穴，一只大夜鹭就栖息在树端进行警戒，或者在巢穴中骑跨于蛋上面进行孵化。对于我，这长腿的雌鸟怎样才能栖息在这松弛的巢穴上面，没有将其压碎成几大块，把那五厘米长的蛋扔到泥煤苔上摔坏，这些依然都是未解之谜。但它能做到这样，雏鸟孵出之后就这样做——有时会有六只雏鸟，巢穴在雏鸟离开后留下来，就是这一事实的证据。大多数鸟巢是建筑奇迹，黑冠夜鹭的巢穴似乎是一种缺少奇迹的奇迹，但我认为，我们当中几乎没人能把一个如此糟糕的巢穴构筑得如此良好。

夜鹭的一天通常始于黄昏，结束于日光涌现之际。它的眼睛具有猫头鹰那样的夜视能力，能够穿过雾霭和黑暗寻路、觅食。然而，这种鸟儿的视力在白天似乎也够好。昨天下午，那四只在十足的强光中飞落到湖上的夜鹭，在飞行中毫不犹豫，它们转向拐过树林的角落，像鹰可能做到的那样，非常直接而明确地落下来，落到树木的粗枝上。的确，随着它们养育的那些胃口贪婪的雏鸟成长，它们就不得不日夜辛劳地捕鱼，对孩子们进行哺育。在我看来，一只夜鹭每年必须消耗数量巨大的鱼类，但既然如今黑冠夜鹭已寥寥无几，那么鱼类肯定就更为丰富了。

我曾经饲养过两只夜鹭，是从那些不可能构筑的巢穴之一里面捉来的。它们是造物中荒谬得最严肃的年轻动物。柏拉图说过"人是没有羽毛的两足动物"，这些年轻的夜鹭也如此。它们几乎跟真理一样毫无掩饰，可以被看作是清教徒的良心的漫画，因为它们的身子如此挺直，以至于几乎都快要翻仰到后面了。

　　它们根本不会待在我为它们构筑的任何巢穴里面，却更喜欢栖居在地上，往往在某种东西的拐角处，它们的眼睛通常紧盯着，戳动那古怪的脑袋，阻止它们遇到的所有动物。就在这两只夜鹭占据院落的第一天，那因为喜欢鸡而声名狼藉的家猫便开始偷偷地接近它们。在最恰当的时刻，那只家猫蹲伏着，眼里冒出绿光，准备一跃而起，而那两只夜鹭则严肃地起身迎向它。那只家猫看了看那两团夸张、做作的躯体，那两个高高地伸展到纤细的脖子上的陌生脑袋，跟它们盯视中透露出的麻木的严肃仅仅对峙了一秒，便发出一声恐怖的吼叫，迅速逃向谷仓下面，前往那里寻求它最为倚重的庇护所，在那里躲藏了二十四小时也没现身。

　　在这些动物身上，有如此庄重、如此"生硬"、如此具有超自然品格的东西，以至于它们似乎来自另一个怪诞的世界。如果我们的科技到达如此先进的地步，比如进行星际旅行，那么我就会期望在某些偏远的卫星上——比如像海王星的月亮上，发现那就像它们一样躲在拐角处窥视我的东西。

　　大多数雏鸟会吃掉你喂给它们的东西，还吵嚷着要求更多食物，直到填饱肚子为止。而在我接近这些年轻夜鹭的时候，它们就张开嘴巴，严肃得宛若木头做成一般，仿佛要由绳子牵引才会行动。当我跟它们短暂地待在一起，我从没听到它们发出过一丝声音，但它们会一动不动地默默伫立着，警惕性毫不松懈，大张着嘴巴，直到一条鱼掉进去之后，那嘴巴才会故意闭上，又重新张开，鱼就那样消失了。那一年的鱼类十分丰富，时间和诱饵也很多，因此没少捕鱼。我对成长的夜鹭的实际能力感到好奇，我能左右开弓地给这两只夜鹭喂食，直到我能看见最后一条鱼依然在其嘴巴后面，因为那里面只有极小的空间。然而，如果我仅仅离开片刻再回来，它们依旧伫立在那里，那么令人大感惊奇的情况是，它们的嘴巴已然空空荡荡了。直到我开始在院落附近发现一堆堆各

种各样未吃掉的鱼，这件事情才变得有趣。

乡间的行人有一条座右铭是这样说的："绝不要拒绝骑马——如果你现在不需要，你下次就可能需要了。"在黑冠夜鹭家族这些木然的年轻子孙的形成层中，这似乎是以体液的方式发挥作用的想法。它们从不拒绝吃鱼。只要我站在旁边，它们的嘴喙，也可能因为要求吃下那填到它们喉咙的最后一条鱼而闭上，会那样一直闭着。当它们认为我离开了，它们就会严肃而偷偷地拐过角落，天真地侧视，目光特别短浅，在相信没有被发现的危险之后，便张开嘴，把吃进去的鱼悄悄吐在高大的草丛中。然后可以说，它们会偷偷冥想着前行，把双翅背在身后，张开嘴巴，要求吃到更多的鱼。

这肯定是它们期盼着耐心等待时机，再次去做的唯一事情，我很快就厌倦了它们，便把它们放回到它们原来的栖居地，在那里，它们被夜鹭群体接受了，在我所能注意到的范围之内的情况是，它们要么由自己的生父生母照料，要么被群体当作孤儿来照料。对于这些月亮愚弄的雏鸟，这似乎完全是无比冷漠的事情。对于动物的行动，究竟是受到理智还是本能的支配，尚有很多争论。我确信，这些年轻夜鹭包含着螺旋形的弹簧和椴木轮子，也确信它们的行为就源于此。我很可能足以仔细地照料它们，我应该发现它们铭记着这样的座右铭："瑞士制造。"

我认为很多人都讨厌夜鹭，对于夜鹭，他们仅仅是通过那女巫般的野性鸣叫得到了些许了解。在夏日的黄昏，夜鹭与大蓝鹭一起飞越那些人的独木舟时会发出鸣叫，而大蓝鹭的体形几乎是一般鸟儿的两倍。也许说到鹭的时候，我最好说是两倍长，因为体形硕大与它们几乎没有什么关系。我还清楚地记得，当年我像小男孩那样感到惊奇，当时我在进行第一次狩猎探险，从树林走出来，腋下夹着一支前膛装弹式军用步枪来到湖岸上，就惊起了一只大蓝鹭。

我以前一直在阅读《一千零一夜》，知道罗克①是一只巨鸟，它遮暗了太阳，可用利爪攫走大象。很好，这就是那只鸟，在我的面前完美地飞翔，用宽大的翅膀遮暗了整个小水湾。我全然不知道大海上的辛巴达②船长可能被系在这只鸟的一条腿上。那支老式步枪机械地扛在我的肩上，咆哮起来，当我让自己重新振作精神，让步枪和我的感官镇静下来，那只鸟儿就躺在那边的海滩上死了。但它依然是《一千零一夜》中的那种鸟，因为它一种尺度消失了——它的体积。它展现给我的全是嘴喙、脖子、腿和羽毛，令人惊奇的是，这样一个小小的躯体怎能支撑如此宽阔地展开的翅膀。

大蓝鹭，尽管其体形苗条，你也可以随心将其解释为优雅或笨拙，但它都是一种美丽的鸟儿，对于湖岸，它也是受欢迎的附加点缀之物，它常常出没于隐蔽的小水湾或溪畔小潭，如果你轻轻来到它通常的立足点，那么你就可能有机会看见它挺直而静止地栖息着，俨然尊严和警惕的化身。它那非常的头冠是白色的，可是你更容易去注意那些黑色羽毛——与头冠毗邻，一起向后延伸，汇集成冠羽，让人想到它那静止的姿势还保持着警惕性。

它的体色留给人的总体印象，是一种石板灰，这种颜色在它的脖子上融入浅褐色，躯体的其他部位点缀着红褐色和黑色，十分悦人。观察它那偶像般的姿势也令人愉快，但看见它飞翔的姿势则更令人愉快：它让那双长腿在身子下面弯曲起来，以一条强劲的抛物线跃入空中，翅膀以相似的曲线拱起，就用那貌似棍棒在空中的一挥将自己抬升起来，当翅膀第二次向前拱起，那长长伸出的脖子便缩了回去，长腿拖曳在日本屏风上装饰性的、非常可靠的复制品中。你几乎感觉不到这是一只活泼的动物，因为害怕你而飞走。更确切地说，这仿佛是一个手艺娴熟的

---

① 阿拉伯、波斯传说中的大怪鸟。

② 《一千零一夜》中的人物，航海家、探险家。

装饰者的杰作，他变魔术一般地把这巨大的鸟儿画在你面前的那种可以升降的幕布上。但是，如果大蓝鹭的躯体相比它的其他尺度显得很小的话，那么它的飞翔就是强劲的，它以力量的威严迅速升起，在树端上面飞出视野。

大蓝鹭并不罕见，但我想它也远不如从前那样常见了。它通常不跟我们一起度过夏天，相反它会飞到更远的北方，在那里成群地筑巢。我似乎在九月或十月更为经常地发现它的身影，那时它会离开几个星期——那是它飞向南方的冬天住地之前的一次愉快的捕猎之旅的间歇。可是它如今在这里，如果你寻找到它时常出没之处，你就可以在五月的大多数早晨遇到它。

我们的小绿鹭则十分常见，却绝不值得注意，它是你很容易在这一带看见的第三种鹭，因为它整天都栖息在靠近岸边的一根粗枝的阴影中，你通常会毫不注意就在它的身边走过去，直到它确信你正要靠得太近的时候，你才容易看见它。然后，它会受惊地发出呱呱声，那声音更像是尖叫，仿佛它的铰链生锈了，接着它就跃入空中，沿着岸边振翅飞出二三十米，然后再次消失在树林之中。

一想到这个小小的伙伴，就始终给我的脑海带来沉默的瞌睡，带来八月下午在干旱中缩小的溪畔的那种颤抖的暑热——那里，在依然存留的一潭潭水边，红花半边莲扬起深红色的羽毛。在这落叶树遮蔽弯曲的河段之处，小绿鹭在落到边缘寻觅晚餐之前，喜欢栖息着，等待傍晚的凉意降临。

我始终怀疑它在那里睡着了，把它那光泽的脑袋插到绿色的翅膀下面。当它看见你，那会给予它在近距离被惊起而致以的歉意，对它发出的广泛的警报做出了解释。如果不那样，那么我就认为它就像林中的很多鸟儿一样，在你看见它们之前它们就看见你一样，在你靠得太近之前就悄悄溜走了。但也许不是这样，也许它相信运气，还希望你到最后会经过它而去，让它静静地守护自己的禁猎区，决定它会发现哪些鱼类和哪些蛙类最适合自己的口味。小绿鹭是一种孤独的鸟，实际上恰恰是一个遁世者，我想不起曾经在哪里见过有两只小绿鹭依偎在一起的场面。然而，一旦你把它惊飞之后，它就成了一个神经紧张的伙伴，如果你细心观察它飞翔，你就可能发现它的身姿轻盈，高高地伸展着脖子，观察你是否在追踪它，同时还不安地抽搐尾巴致歉呢。

董继平

1962年生于重庆，获得过"国际加拿大研究奖"，参加过美国艾奥瓦大学国际作家班，获"艾奥瓦大学荣誉作家"，担任过美国《国际季刊》编委。译著有外国诗集《帕斯诗选》《勃莱诗选》《默温诗选》《特兰斯特罗默诗选》等二十余部，美国自然随笔集《清新的野外》《自然札记》《鸟的故事》《猎熊记》《秋色》《山野手记》《山野奇境》《山野鸟鸣》《在野生动物中间》《野生动物家园》《荒野漫游记》《探访大灰熊》等十余部，以及美国长篇小说《了不起的盖茨比》，另著有人文建筑随笔集《世界著名建筑的故事》。

艺术

讽刺、抒情及其他

——重读契诃夫《装在套子里的人》

◎宋宁刚

一

是因为逆反吗？一些名家的名篇名作，只要中小学课本里学过的，以后再碰到，我总会退避三舍。虽然这样做的损失是显见的，甚至重大的。比如鲁迅的作品，中学毕业后一直回避去读，直到大学后期才认真读过，也终于读进去，明白了它的好。前几年，意外读到契诃夫的《万卡》，一个篇幅很小的短篇小说，简直震撼、难过得要掉泪。同时奇怪：在小学语文书里读到它时，怎么毫无感觉？是的，那时只觉得遥远：万卡在鞋匠家里做学徒的事，与20世纪90年代中国小学生的距离太遥远，万卡哭着给爷爷写信的事也太遥远。

虽然重读这些名篇，每次都不会失望，却几乎没有刻意找来读过。重读，都是由于偶然碰到。或许可以说，读书靠的是缘分。前些天晚上，偶然读到汝龙翻译的契诃夫的小说《装在套子里的人》（也译作《套中人》），也是很吃惊，跟中学时读的感觉，甚至与此前对这篇小

说的印象，都不一样。

首先，这个作品是个套盒结构。小说开头写道："在密洛诺西兹果叶村的村郊，有两个误了时辰的猎人在村长普洛柯菲的谷仓里过夜。"这两个猎人，"一个是兽医伊凡·伊凡内奇，一个是高等学校的教师布尔金"。伊凡，是"一个又高又瘦的老头，留着挺长的唇髭，这时候坐在门外，在月光里吸烟斗。布尔金躺在仓里的干草上；在黑暗里，谁也看不见他长的什么模样"。小说从两个耽误了时辰的猎人写起，叙述视角开始时的全知全能，慢慢收缩，或说转变，并不多言布尔金长什么样，而是电影镜头一样，将夜晚的光影、明暗呈现在读者面前，一下子就将读者带到谷仓夜晚的现场。无论这个开头，还是这种速度感，都叫人意外。

最令人吃惊的，是小说的开头。它并不像中学语文书里经过删节后留给我们的印象，纯然是个讽刺故事。相反，这个开头很朴实，甚至带有一些宁静的抒情味道。缺了这点味道，讽刺就显得冷而酸，因刻薄而少了人性的温度。

> 他们正在聊天。除了别的话以外，他们还谈到村长的老婆玛尔娃，一个健康而且绝不愚蠢的女人，说是她从没走出过她的家乡的村子，一辈子也没见过城市或者铁路，近十年来一直依偎着炉子，只有到了晚上才到街上走一走。

村长老婆的行为的确有点怪异。她的怪异并不体现在"从没走出过她的家乡的村子，一辈子也没见过城市或者铁路"，这样的人在今天的中国也还有。这与其说是怪异，不如说是可悲悯的。她的怪异体现在后半句："只有到了晚上才到街上走一走"。为什么只有到了晚上，她才去街上走？有点怪。但也说不上讽刺。相反，倒是有几分神秘。汪曾祺的小说《受戒》里，明海在荸荠庵的二师父仁海的老婆，也有这样的行为：

> 二师父仁海。他是有老婆的。他老婆每年夏秋之间来住几个月，因为庵里凉快。庵里有六个人，其中之一，就是这位和尚的家眷。仁山、仁渡叫她嫂子，明海叫她师娘。这两口子都很爱干净，整天地洗涮。傍晚的时候，坐在天井里乘凉。白天，闷在屋里不出来。

汪曾祺写的是他老家高邮一带。小主人公明海，"在家叫小明子。他是从小确定要出家的。他的家乡不叫'出家'，叫'当和尚'。他的家乡出和尚。就像有的地方出劁猪的，有的地方出织席子的，有的地方出箍桶的，有的地方出弹棉花的，有的地方出画匠，有的地方出婊子，他的家乡出和尚。人家弟兄多，就派一个出去当和尚。当和尚也要通过关系，也有帮"。可见，当和尚对当地人来说是一种营生、一种谋生的职业，因为当和尚有很多好处，可以吃现成饭，可以攒钱，将来还可以还俗娶亲。不仅出家的目的是世俗的，寺庙里的生活方式也如此，充满了尘世的气氛。不过，二师父仁海的老婆，还是很有分寸。勤劳能干的她，"傍晚的时候，坐在天井里乘凉。白天，闷在屋里不出来"。意思很清楚，她是为了回避，不在白天里招摇，惹人耳目。

契诃夫笔下的玛尔娃就不一样了。我们不知道她为什么"只有到了晚上才到街上走一走"。她的行为显得有点怪异，有点神秘。《装在套子里的人》，就从这怪异——以及小说人物布尔金认为"没什么（可）奇怪"为引子，牵连出另一个故事。

> "这没什么奇怪！"布尔金说，"这世界上有不少人性情孤

僻，跟隐居的龙虾或者蜗牛那样极力缩进壳里去。也许这是个遗传的事例，这是重又退回到从前人类祖先还不是群居的动物，却孤零零地住在自己洞穴里的时代的事例吧；要不然，也许这只不过是人的丰富而多样的性格中的一种罢了——谁知道呢？我不是博物学家，解决这种问题不关我的事；我的意思只不过是要说明像玛尔娃那样的人绝不稀少罢了。……就拿别里科夫来说好了，他是我的同事，希腊文教师，两个月前才在我们城里去世。……他也真怪，即使在顶晴朗的天气，也穿上雨鞋和衬了夹里的、温暖的大衣，甚至带着雨伞。……他的脸也好像装在套子里，因为那张脸老是藏在竖起的衣领里。……"

这才引出了小说主人公别里科夫——那个"装在套子里的人"。这段话的最后也是我们曾在语文课本里读到过的。我们还知道，别里科夫"老是歌颂过去，赞美那些从没存在过的事情；实际上他所教的死语言，对他来说，也就是雨鞋和雨伞，使他借此逃避了现实生活"。

二

说别里科夫所教的希腊语是"死语言"，当然是小说人物布尔金的看法，哪怕一百多年后的今天，我们也可以反对。不过没关系，这只是主人公的话。他讲这些，只是为了衬托出别里科夫的性格特点。很难想象，别里科夫会是教什么新兴学科的老师。这与他有点保守、有点怪僻的性格不相符。换句话说，别里科夫作为一个老师教什么课才最合适，是作者在写小说之初，就思虑过的。我们看到的，只是艺术创造的结果。

别里科夫不仅保守、有点怪僻，还爱多管闲事："凡是不合规矩的事，凡是脱离常轨、逸出常情的事，虽然依别人看来，跟他毫不相关，却使他闷闷不乐。"他到同事家里去做客，常常一言不发地坐一两个小时，就离开了。他的卧室很小："跟盒子一样；床上挂着帐子。他一上床，就拉过被子来蒙上脑袋；房里又热又闷，风推着关紧的门；炉子里嗡嗡地叫，厨房里传来叹息声……"

无论这里，写他的卧室像盒子，床上挂着帐子，睡觉时喜欢拉过被子来蒙上，房里又闷又热，还是前面，写"他的脸也好像装在套子里，因为那张脸老是藏在竖起的衣领里"，都是为刻画和强调别里科夫是怎样一个人，是将"装在套子里的人"这个看上去有点抽象的特点，一步步具体化的过程。这个过程带有漫画、讽刺的性质。

小说中，新的情节出现了：有个叫米哈伊·柯瓦连科的史地老师来到别里科夫所在的学校教书，还带来了他的妹妹瓦莲卡。跟她哥哥一样，瓦莲卡是个高个子，"身材匀称，黑眉毛，红脸蛋"。布尔金说："她不是姑娘，而是桃子，那么生龙活虎，那么闹闹哄哄；她老是唱小俄罗斯的歌，老是笑。只要人家稍稍一逗，她就发出清脆的笑声……"这样的姑娘，很容易招人喜欢。别里科夫就喜欢上她了。有一次，听瓦莲卡唱歌，和很多人一样，别里科夫被迷住了。他到瓦莲卡身边坐下，脸上"露出甜蜜的笑容"，对她说："小俄罗斯的语言叫人联想到古希腊文的柔和和清脆好听。"

布尔金曾讽刺过别里科夫和他所教的希腊文，说别里科夫"所教的死语言，对他来说，也就是雨鞋和雨伞，使他借此逃避了现实生活"。于是我们看到，希腊语跟着别里科夫一起"受难"了。可是，对别里科夫来说，却完全相反。他喜欢他所教的语言，认为它柔和、清脆、好听。虽然我们难以判定别里科夫是不是一个好老师，但是可以确定，他是个幸福指数比较高的人，因为他所教的语言，是他喜欢的、信赖的。正因为喜欢希腊文，他才会对瓦莲卡说："（你所唱的）小俄罗斯的语言叫人联想到古希腊文的柔和和清脆好听。"小说前面告诉我们，赞美

希腊文的美，是别里科夫常做的事："'啊，希腊文是多么响亮，多么美啊！'他常说，现出甜蜜蜜的表情；他仿佛要证明他的话似的，眯起眼睛，举起手指头，念道：'Anthropos！'"可见，别里科夫对瓦莲卡所说的话，几乎是一个呆板的希腊文老师能够说出的最高赞美。契诃夫的笔力非常强劲。看似简单的一句话，实际上包含着极为丰富和微妙的意味。

别里科夫的话鼓励了瓦莲卡。她讲了很多家乡有趣的事。于是，同事们就想撮合他们两个。毕竟，瓦莲卡也不小了。"在恋爱方面，在婚姻方面，怂恿总要起很大作用的"。这是契诃夫的一个非常睿智的发现。别里科夫的同事和同事的太太们开始向他游说，劝他说：他应当结婚了，他的生活没有别的缺憾，只差结婚了。甚至同事们开始向他道喜。别里科夫也动心了，虽然也有些犹豫、拿不定主意。这是再自然不过的，像别里科夫这样的人，谨小慎微，优柔寡断，要打定主意做一件事，很不容易。

就在这当口，出现了插曲，有人画了一幅漫画：

有个促狭鬼画了一张漫画，画着别里科夫打着雨伞，穿了雨鞋，卷起裤腿，正在走路，臂弯里挽着瓦莲卡；下面缀着一个题名："恋爱中的anthropos。"……这位艺术家画得像极了。他一定画了不止一夜，因为男子高等学校和女子高等学校里的教师们、神学院的教师们、衙门里的官儿，全接到一份。别里科夫也接到一份。这幅漫画弄得他很痛苦。

这种事，摊在谁的头上都会倍觉难堪。别里科夫不仅痛苦，而且气坏了，"脸色发青，比乌云还要阴沉"。在他们一起走出宿舍，向户外走去的路上，他对布尔金说："天下有多么歹毒的坏人啊！"布尔金听了，也不禁为他难过。

这时，出现了第二个插曲——小说作者将故事从意外的波澜向前又推进了一步。后面我们会看到，作者是怎样一步步将情节推向高潮的。就在别里科夫和布尔金走着的时候，忽然间，"柯瓦连科骑着自行车来了，他的后面，瓦莲卡也骑着车来了，涨红了脸，筋疲力尽，可是快活，兴高采烈"。

"我们先走一步，"她嚷道，"多可爱的天气！太可爱了！"

说着就骑车走了。等柯瓦连科兄妹走了，别里科夫的脸色就"从发青变成发白，他好像化成了石头"，站在那里一动不动，呆望着布尔金。好一阵儿之后，才问布尔金："天哪，这是怎么回事？我的眼睛会骗了我？高等学校的老师和小姐骑自行车，这种事合规矩吗？"

布尔金回答说："这有什么不合规矩的？让他们尽管骑他们的自行车，快快活活地玩一阵好了。"别里科夫见布尔金这么心平气和，更加觉得奇怪和不满："这怎么行？您在说什么呀？"他生气了，不肯再往前走，转身回家了。小说前面交代过，这一天是礼拜天，他们原本是要去学校集合，然后到城郊的小树林去郊游的。

别里科夫回家去了，事情并没有就此结束。"第二天他仍旧绞着他的手，心不定地搓着他的手；从他的脸色分明看得出来他病了，还没到放学的时候，他就走了，这还是他生平第一回呢"。别里科夫被人们称作是"装在套子里的人"，他保守、呆板、古怪。这样的人对工作认真是可想而知的。可他却破天荒地没放学就离开学校了。可见事态的严重。他的意外举动，是更严重后果的前奏。

回家后，别里科夫没有吃午饭。他吃不下。傍晚时，他到柯瓦连科家去了。布尔金（或者说作者）提醒我们，"虽然实际上已经是夏天，

他却穿得暖暖和和的，到柯瓦连科家去了"。他时时不忘提醒我们，别里科夫是个"装在套子里的人"。而这里，不仅有讽刺，还有正剧的悲剧性的一面：别里科夫内心非常受伤，他感到身上发冷。

别里科夫去柯瓦连科家了，而瓦莲卡不在家。她的哥哥从一开始就讨厌别里科夫，受不了他。这次也一样。

别里科夫沉默地坐了十分钟光景，然后开口了："我上您这儿来，是为了却我的一桩心事。我烦恼得很。有个不怀好意的家伙画了一张荒唐的漫画，画的是我和另一个跟您和我的关系都密切的人。我认为我有责任向您保证我跟这事没一点关系……我没有做出什么事来该得到这样的攻击——刚好相反，我的举动素来在各方面都称得起是正人君子。"

面对这样的恶作剧，换作别人可能一笑了之。可是，别里科夫太不达观了。看他怎么描述瓦莲卡的："我和另一个跟您和我的关系都密切的人。"他宁可这么绕着说，也不愿直说瓦莲卡，呆板可笑的形象真是跃然纸上。这样一个人，受到绯闻的"攻击"，难堪的程度可想而知。不仅难堪，几乎给他造成了巨大的心理负担，甚至道德重负，叫他难以承受。

此外，他到柯瓦连科家来，还想说另一件事，即前一天看到他们兄妹骑自行车的事。请注意作者的描述："柯瓦连科坐在那儿闷闷不乐，一句话也不说。别里科夫等了一会儿，然后压低喉咙，用悲凉的声调接着说……"别里科夫痛苦、谨慎，甚至有些神经质的表情，如在眼前。看他都说了什么："另外我有件事情要跟您谈一谈。……我是一个比您年纪大的同事，我认为我有责任给您一个忠告：您骑自行车，这种消遣，对青年的教育者来说，是绝对不合宜的！"为什么呢？因为在别里科夫看来，如果教师都骑自行车了，"那还能希望学生做出什么好事来？……既然这种事还没得到明白的批准，那就不该做"。可怜的别里科夫，对他来说，没有明白批准的，都是不能做的。他似乎不知道，只要法律没有明令禁止的，就是都可以做的。小说前面，已经为他这里的话做过铺垫：他不仅像是把脸装在套子里，"把他的思想也极力藏在一个套子里。只有政府的法令和报纸上的通告，其中规定着禁止什么事情，他才觉得一清二楚。……他觉着在官方所批准或者大家所默许的事情里面，老是包藏着使人起疑的成分，包藏着隐隐约约、没充分表现出来的成分"。

别里科夫描述自己前一天见到柯瓦连科兄妹骑车时的惊愕："昨天可吓坏我啦！我一看见您的妹妹，眼前就一片漆黑。一位小姐，或者一个姑娘，却骑自行车——这真可怕！"在别里科夫看来，做老师的应当持重，注意形象，不应骑自行车。一个大姑娘就更是如此。这样的观点今天看来迂腐可笑，可是在一百多年前，并非不可理解。想到那时女子多穿裙装，跨骑着自行车，其大胆程度就可想而知。

别里科夫的话让柯瓦连科听了很恼火。他问："您到底要怎么样？"换言之：你想说什么，想干什么？别里科夫回答说："我所要做的，只不过是忠告您……您是年轻人，前途远大，您的举动得十分小心才是，您却这么马虎……您（总是）穿着绣花的衬衫出门……在大街上拿着书走来走去；现在呢，又骑什么自行车。校长会听说您和您妹妹骑自行车的，然后，这事又会传到督学的耳朵里。这是没好下场的。"本来就受不了别里科夫，现在听了这番话，柯瓦连科生气是再自然不过的。无论骑车，还是穿花衬衫，都是私事嘛。所以他涨红着脸说："谁要是来管我的私事，我就叫谁滚他的蛋。"话说到这份儿上，气氛已相当紧张。

别里科夫听后，吓了一跳。他"脸色苍白，站起来"。为什么会

"脸色苍白"？因为柯瓦连科对他不客气，这简直有些像是当众羞辱了；同时，在他看来，柯瓦连科的话冒犯了上司："我请求您在我面前谈到我们的上司的时候不要这样说话，您应当尊重上司才对。"虽然实际上，这跟冒犯上司八竿子打不着。

正因此，柯瓦连科就更生气。他问别里科夫："难道我说了什么冒犯上司的话？……请您躲开我。我是光明正大的人，不愿跟您这类先生谈话。我憎恶那些背地里进谗言的人！"这是在逐客了。

"别里科夫心慌意乱，匆匆忙忙地穿大衣，脸上带着恐怖的神情"。他恐怖什么呢？只见他一边出门，一边说："只是我得跟您说一声：说不定有人偷听了我们的话，为了我们的谈话不致被人家误解，以致弄出坏下场起见，我得把我们的谈话内容报告校长……我不能不这么做。"别里科夫，与其说他可恨，不如说他可悲、可笑。平心而论，他不是个喜欢告密和爱进谗言的人，但是他太谨小慎微了，甚至有点神经质的过分担忧。想想小说前面所写的："如果做祈祷的时候有个同事来迟了，或者学生顽皮捣乱的事传到他的耳朵里，或者有人看见女校的女学监傍晚同一个军官在一起，他就激动得很，老是说千万别出什么乱子啊。"对于世事，他过于关心，也过于担忧，甚至有点过于卫道士。在这一点上，别里科夫与契诃夫笔下的另一个人物——《小公务员之死》中的主人公伊凡·德密特里奇·切尔维亚科夫很是相像，一样的胆小、过虑，可怜而又可悲。

此外，作为一篇讽刺小说，作者其实通过别里科夫展示了一种怪异的、没有道理但具有蛊惑力的坏逻辑，或说"屁话"（bullshit，也译作"扯淡"）。这种逻辑和话语方式与"文革"思维倒是有几分亲缘。所不同者，别里科夫是被自己的坏逻辑吓坏了，而"文革"中则是用坏逻辑对付他人。

别里科夫这样讲话、做事，任何一个遇到的人都可能对他发火。

柯瓦连科也不例外。"柯瓦连科从后面一把抓住他的衣领，使劲一推，别里科夫就连同他的雨鞋（套靴）一类的东西一齐乒乒乓乓地滚下楼去了"。这是作者在小说中设计的第三个"结"，或说"意外"——前两个是"漫画事件"和"骑车事件"。好在——或者说堪称奇迹的是，别里科夫滚到楼下时竟安然无恙，连眼镜都没有碎。可是，"他滚下楼的时候，偏巧瓦连卡回来了"，还"带着两位女士"！"她们站在楼下，怔住了"。任是谁，遭遇此情此景，都会怔住的。

这场面太尴尬了——尤其对别里科夫来说。小说写得好："这在别里科夫却比什么事情都可怕。我相信他情愿摔断脖子或者摔断两条腿，也不情愿成为取笑的对象。"因为取笑他的不只会是这三位女士，而是"全城的人"，甚至"会传到校长耳朵里去，还会传到督学耳朵里去"。"谁也说不定会闹出什么下场来！说不定又会有一张漫画，到头来说不定他会奉命退休（辞职）吧……"这是别里科夫的心理活动，也是他的内心逻辑。这种过于富有想象力的、没有道理的逻辑，与他和柯瓦连科谈话最后的思维一样，越走越远，越来越显得离谱、荒谬。

别里科夫从楼梯上滚下来的时候，瓦连卡还没有看清楚是谁。"等到他站起来，瓦连卡才认出是他"。这就更具戏剧性！我们看瓦连卡的反应："她瞧着他滑稽的样子、揉皱的大衣、雨鞋（套靴）……以为他是一不小心摔下来的，就忍不住了，扬声大笑，笑声响得整个房子都能听见：'哈哈哈！'"小说前面写到过，瓦连卡的性格爽朗外向，简直不像一个姑娘，而像蜜饯水果，格外活泼，"动不动就发出一连串响亮的笑声：哈哈哈"！可是这会儿，在敏感、脆弱得有些神经质的别里科夫听来，瓦连卡的笑声就不是什么可爱性格的自然流露，而是取笑，甚至嘲讽和挖苦。

"这响亮而清脆的'哈哈哈'结束了一切事情：结束了预料中的婚姻，结束了别里科夫的人间生活"。这几句话，仿佛"一桩事先张扬

的凶杀案"，提前向读者预告了结果。接下来的两段，用四百来字的篇幅，讲述别里科夫回家后，先是撤去桌子上瓦莲卡的照片，然后上了床，从此再没起来过。

其间还有一个小插曲，就是写别里科夫的厨子阿法纳西。小说前面写别里科夫不用女佣，因为怕人家说他的坏话。于是他"雇了个六十岁的老头子，名叫阿法纳西，傻头傻脑，爱喝酒，从前做过勤务兵，总算马马虎虎地也会烧点菜"。就是这个六十岁的阿法纳西，在别里科夫生命的最后一个月里，"满脸愁容，皱着眉头，在他四周打转儿，深深地叹气，冒出伏特加的气味，像酒馆一样"。契诃夫的笔头真是厉害。他前面写阿法纳西爱喝酒，这里就不忘加上一句，阿法纳西叹气时"冒出伏特加的气味，像酒馆一样"。夸张吗？当然。但也最言简意赅地说明他爱喝酒，甚至酗酒到什么程度。能指望这样一个人照顾别里科夫吗？在他手里，别里科夫不死也够呛。

"一个月后，别里科夫死了。"布尔金叙述得很平静，"我们都去送葬——就是说，所有跟高等学校和神学校有关的人都去了。"场面挺隆重的。"这时候他躺在棺材里，神情温和、愉快，甚至高兴，仿佛暗自庆幸终于装在一个套子里，从此再也不必出来了似的"。这当然有讽刺的意味。

"是啊，他实现了他的理想！老天爷也仿佛在对他表示敬意似的，他下葬的那天天色阴沉，下着雨；我们大家都穿了雨鞋，打了雨伞。瓦莲卡也去送葬，等到棺材下了墓穴，她掉眼泪了……"这是比较客观的叙述。虽然前面有讽刺，但是如果缺乏分寸地从头到尾都讽刺，就过分了。不仅会削弱叙述的力量，也会使其缺乏人性的温度与真实。而这些内容，在课本里都被删掉了。在中学语文书里，别里科夫的死后面，紧接着下面的叙述：

　　老实说：埋葬别里科夫那样的人，是一件大快人心的事。我们从墓园回去的路上，脸色严肃，一本正经，谁也不愿露出一丝高兴——而那样的心情，我们很久很久以前做小孩子的时候，遇到大人不在家，我们到花园里去跑一两个钟头，享受完全的自由的时候，是经历过的。啊，自由啊，自由！只要有一点点自由的影子，只要有可以享受自由的一线希望，人的灵魂就会长出翅膀来。难道不是这样吗？

　　我们高高兴兴地从墓园回来。可是一个礼拜还没过完，生活又落进旧辙，跟先前一样的郁闷、无聊、愚蠢……虽然我们埋葬了别里科夫，可是这种装在套子里的人，却还有许多，而且将来不知道还会有多少！

　　在课文里，《装在套子里的人》就到此为止了。这样，它看起来就更像是一个纯粹的讽刺小说。而实际上，契诃夫的另一个短篇小说《小公务员之死》才是这样结尾的，甚至比这个结尾更为简洁。那个打了个喷嚏、将唾沫星子溅到了将军身上的小公务员，一次次想去道歉。最后，被烦得受不了的将军骂着叫他"滚出去"。这个出了门的小公务员，"什么也看不见，什么也听不着，一步一步退到门口"，然后"来到街上，步履艰难地走着"，最后，"懵懵懂懂地回到家里，没脱制服，就倒在长沙发上，后来就……死了"。这个结尾不是比中学课本里的《装在套子里的人》更干脆？甚至比"一个月后，别里科夫死了"，还要生脆、果断，讽刺效果突出？

　　相较之下，契诃夫23岁（1883年）时所写的《小公务员之死》才更适合被称为讽刺小说。十五年后（1898年）写的《装在套子里的人》，无论从故事的发展和整体结构，还是从总体格调来看，都大不相同。一个成熟的、认真的、在写作上有追求的作家，也不会简单地自我重复。

　　那么，《装在套子里的人》算什么小说呢？这个小说想讲什么？或者说，我们通过阅读这篇未删节的小说，能读出什么新意呢？要回答这些问题，当然还需要继续看小说下文。不过，在此我们至少可以尝试追问一下：契诃夫写这个小说的直接针对性是什么？是因为在契诃夫所生活的、一百多年前的俄罗斯，有那么多思想保守、过于忧虑，甚至有些神经质的可怜又可悲的人？他写这篇小说，表达对这些人以及这种倾向的讽刺，只是因为烦恼这些人的存在，以及由于他们的存在而影响人们生活的自由——如上述引文中所说的，"虽然我们埋葬了别里科夫，可是这种装在套子里的人，却还有许多，而且将来不知道还会有多少"？换句话说，没有别里科夫这样的人，生活就不会"落进旧辙，跟先前一样的郁闷、无聊、愚蠢"吗？"自由啊，自由"！布尔金所说的"自由"到底是什么意思？别里科夫到底妨害了他们的什么自由？他们获得这种自由的结果又是什么？

　　别里科夫固然可悲、可笑，甚至可恨。然而，只是可笑、可悲、叫人讨厌吗？他的行为的反面是什么？自由？任意？事不关己？比如"如果做祈祷的时候有个同事来迟了……他就激动得很"，这果真只是他"多事"，每个人都"大度"得事不关己，又会有什么结果？契诃夫的小说里有明确而单一的指向吗？在关于别里科夫的故事里，有没有是与非的内在张力？

　　无论如何，从我们今天的现实来看，只有生活，没有历史了。如江弱水所言，"人类的龙种激昂了两个世纪，忙了两百年，跳蚤的子孙却只管打理微博和微信，按揭各自的一生了"。他引用生物学家斯滕特的话说，"铁骑时代的浮士德式的人会厌恶地看着那些富裕的后代把自己大量的闲暇用于感官的享乐。但浮士德式的人最好正视这一现实，那就是这个黄金时代才是他全部疯狂努力的成果"（江弱水：《一个观念的旅行故事》）。如此，我们还能不假思索地喊着要"自由"吗？自由在新新人类那里意味着什么？它会不会成为任意、推诿的遮羞布？会不会成为从"拇指一代"走向"垮脱"和"巨婴一代"的代名词？

三

如前所说，作为中学课文的《装在套子里的人》，从"我的同事、希腊文教师别里科夫，两个月前才在我们城里去世"写起，到上节最后、引文的感叹号中就结束了。它将一个套盒结构故事的里面一层单独拎出来（当然它也是小说的主体部分），作为整个小说的全部，对契诃夫的原作进行了掐头去尾。

关于契诃夫这篇小说的开头，前文已谈到，它从两个耽误了时辰的猎人的对话写起，叙述中带着抒情的意味。这两个人从对村长老婆玛尔娃的奇怪举动的谈论，引出布尔金讲起自己同事别里科夫的故事。现在，故事讲完了，布尔金从谷仓里走出来，我们才看清楚，"他是一个矮胖的男子，头顶全秃了，留着一把黑胡子，差不多齐到腰上"。这个教师，看上去更像是地主或者牧师。

　　"多好的夜色！"他抬头看，说道。

仿佛是故事讲完之后，意犹未尽，情不自禁地要从谷仓里走出来，仰望夜空。在他对夜色的赞美中，不难体味出他对人生乃至命运的某种喟叹。

接下来，是一段对夜晚景象的描述：

　　时候已经是午夜。向右边瞧，可以看见整个村子，一条长街直伸出去，大约有十里路远。一切都落在深沉静寂的睡乡里，没有一点动静，没有一点声音，人们甚至不相信大自然能这样安静。在月

夜看着整个村子和村里的茅屋、草堆、睡熟的杨柳，就有一种宁静的感觉来到灵魂里；村子照这样安息了，给夜色包得严严紧紧，躲开了劳动、烦恼、忧愁：它显得那么安静、哀伤、美丽，看上去仿佛星星在亲切而温柔地照着它，大地上仿佛再也没有罪恶，一切都挺好似的。左边，在村子到了尽头的地方，展开空旷的乡野；可以看见田野远远地一直伸展到天边，在这一大片浸透了月光的旷野上也是没有动静，没有声音。

这景象，是通过讲故事的人布尔金的眼睛看到的。这不是他随便什么时候看到的，而是他在讲完别里科夫的故事后，怀着颇不平静的心情看到的。这些景象，笼罩着极不平静的心绪，可以说是精神的高峰体验下的产物。它显得空前优美、沉静。此刻，身外的景象越是安静、哀伤、美丽，就越显出故事讲述者内心的激荡。把这些景象看作是内心激荡的余波，并不过分。或者说，这里的叙述本身有抚平心绪的作用，仿佛一曲交响乐的尾音。

相信没有人会否认，这是一段意境优美的、带着强烈抒情意味的自然景物描写。这段文字，可以和契诃夫最好的书写自然的文字——如中篇小说《草原》中的同类文字相媲美。如果只看这一段，我们甚至会以为它是抒情散文，或者至少也是抒情小说，而不是讽刺小说。看这段文字，再想到小说开头那沉着、宁静的叙述，我们还能不假思索地说，《装在套子里的人》是讽刺小说吗？

小说还没完。接下来是听故事的人伊凡·伊凡内奇的话。伊凡听完故事，内心也很不平静：

"问题就出在这儿了（这是承接上面布尔金最后讲的'这种装在套子里的人……将来不知道还会有多少'而来的——本文作者

按）……我们住在缺乏空气、十分拥挤的城市里，我们写些无益的文章，我们玩'文特'（一种纸牌游戏名——本文作者按）——这一切，对我们来说，岂不也就是套子？至少在渺小的、懒惰的男子和愚蠢的、无事可做的女人中间消磨我们的一生，自己说，也听别人说各式各样的废话，岂不也是一种套子？……"

这段文字，从前面对自然景象的描写，转向了议论。其所论，不再是对象化地感叹甚至自我免疫地愤慨，"这种装在套子里的人……将来不知还会有多少"，而是对自我及其行为进行审视和批判。也就是说，从对他人的批判进展到了对自我的批判。"这一切岂不也是套子"和"这一切岂不也是围城"是一样的，都具有象征乃至原型的意味。如果说我们从别里科夫身上看到的，是一种既可怜又可悲的、具有象征意味的"套中人"形象，那么，这里的议论就将"套中人"的象征提升到了几乎所有人都难以逃脱的结构性困境之中。从这个意义上说，"套中人"作为讽刺的性质发生了变化，至少是偏移。因此，与其说《装在套子里的人》是讽刺小说，不如说它是人生小说，或反思小说和寓言小说。

身为兽医的伊凡，能有上述反思，着实令人佩服。显然，他是个善于思考的人。在契诃夫的另一篇小说《醋栗》中，我们会更清楚地看到，伊凡首先是心地良善的人，一个被良心的不安折磨着的人。在上述议论之后，伊凡意犹未尽，对布尔金说："要是您乐意的话，我就给您讲一个很有教益的故事。"布尔金打断了他："不，现在该睡了，明天再讲吧。"从小说的完整性来说，也应该到此为止了。

他们走进谷仓，在干草上睡下来。他俩盖好被子，刚要昏昏睡去，忽然听见轻微的脚步声——吧嗒，吧嗒……有人在谷仓附近走

着，走了一会儿站住了，过一分钟又是吧嗒、吧嗒……狗汪汪地叫
起来。

"这是玛尔娃。"布尔金说。

脚步声消散了。

这是在回应小说开头提到的，玛尔娃"只有到了晚上才到街上走
一走"的怪癖（作者不会让人物白白地出现，前面提到的人，他都有回
应）。同时，也暗示时间的确已经不早。此外，它也构成了对伊凡上面
所说的话的一个缓冲。下面有写到伊凡。他还是有话想说，不吐不快。

"你看着他们作假，听着他们说谎，"伊凡·伊凡内奇说，翻
了个身，"他们呢，因为你容忍他们的虚伪而骂你傻瓜。你忍受侮
辱和委屈，不敢公开说你站在正直和自由的一边，于是你自己也作
假，还微微地笑；这样做，无非是为了混一口饭吃，为了得到一个
温暖的角落，为了做个不值一钱的小官。不行，再也不能照这样生
活下去。"

伊凡不仅有些按捺不住，甚至有些激动。他的情绪似乎被布尔金讲
的故事以及他自己的议论所引起的思绪调动起来了，久久都难以平静。
伊凡的这番话非常有洞见，很深刻，也很残酷，发人深省。某种意义上
说，这更像是对"套中人"的一个具象化和示例性质的讲述。

不过，布尔金似乎并没有听进去：

"唉，算了吧，您扯到别的话题上去啦，伊凡·伊凡内
奇，"教师说，"咱们睡吧！"

奇怪的是，契诃夫这里没有用"布尔金"，而是强调他的身份——"教师"。仿佛作者在有意提醒我们：看，这是一位教师讲的话！从布尔金的话中，我们不难听出他隐隐的不耐烦，甚至敷衍的态度。伊凡真的将话题扯到别处去了吗？没有。至少是不尽然。即便扯到别处也没什么关系，反正是两个人聊天。对于听者，更重要的或许是对方讲了什么、有没有道理，而不是话题是否扯远。除非他没有兴趣，也不想听。当然，我们也可以理解为，时间不早了，布尔金也真的累了。无论如何，他对伊凡的话似乎没有听进去。虽然他是教师，却似乎不善于倾听（说起倾听，伊凡可是安静地听完了布尔金讲的整个故事）。不仅没有倾听，而且有些逃避的嫌疑——不愿直面伊凡所说的话。无论前面关于"套中人"的话，还是这里关于作为一个人的作假与受辱，他都没有正面回应。为什么？是因为困了，还是因为他作为一个教师的傲慢，抑或他不愿直面某些东西——比如，他只像讲讽刺故事一样讲别里科夫，却从未认真地面对过自己？相比之下，伊凡倒是更有自我审视和自我批判的勇气。

小说结尾：

> 大约过了十分钟，布尔金睡着了。可是伊凡·伊凡内奇不住地翻身，叹气，后来索性起身，又走出去，在门口坐下，点上了烟斗。

伊凡为什么辗转反侧，难以入睡？是什么让他"不住地翻身，叹气"？他在想什么？这些问题，仿佛巨大的黑洞——至少像是无边的黑夜，难以测定，远不是"讽刺"二字所能涵盖的。

契诃夫的小说《装在套子里的人》，译成中文有九千余字。中学课本里删掉首尾共约一千四百字。此外，从或敏感（比如写到性之类字眼的文字）和稍显枝蔓（但也使小说显得更为丰厚、更有伸展性）的叙

述中删去三千多字，最后保留下来的，只有约四千字。换言之，小说一半以上的篇幅都被删掉了。这样删减的结果，是小说看上去更为简单、明了，容易把握。但同时，也使小说的精神向度显得单一。除了讽刺，作品小说中原有的温厚情感、质朴自然的叙事，以及对自身的审视与问诘，都被刈除殆尽。这样大幅度的删节，自然是为了教与学的方便，可是这样一来，也失落了对小说原本蕴含的丰富性和复杂性的呈现与思考。

四

最后，再补充两点。第一，小说中的女主人公，汝龙先生译为"华连卡"（另译为"瓦连卡"），笔者在上述行文中统一改为"瓦莲卡"。这种做法也许会有人不赞同，认为是刻意。为什么笔者执意如此？因为，按照艺术史家贡布里希的解释，文字与想象有关："在我们的心灵中，外部世界的这些印象与我们的情感反应是如此密切地融合在一起……假如没有形成这些连接感官经验与情感生活的组合词，我们就无法向他人或者我们自己传达我们的感情。"（E. H. 贡布里希：《敬献集》，第80页）这或许也可以称作是"创造性连接"。当然，笔者也反对台湾式译名——把外国人的名字译得像中国人的名字一样。相比这种过分刻意的做法，笔者的上述"刻意"，应该是可以理解，也是可以接受的。

第二，小说中的布尔金讲完故事后，伊凡想讲而没有讲的故事，被契诃夫写进了另一篇小说《醋栗》中。如果说在《装在套子里的人》最后，伊凡的话只是个引子，那么，它的"正文"则在《醋栗》中。那才是对"套中人"进行深度反思的小说。这个问题，我们留在下一篇文章中去讨论。

宋宁刚

　　1983年生于周原故里。哲学博士。现为西安财经大学文学院副教授，兼西安财经大学文学创作与文体研究中心副主任。出版有诗集《你的光：2001—2016》（上海，2017）、诗论集《沙与世界：二十首现代诗的细读》（北京，2017）、批评随笔集《语言与思想之间》（西安，2014）等多部。

特稿

古典文学的生态回眸

◎汪树东

在中国古代思想与生活世界中，自然观与西方现代文明中的机械自然观大相径庭。蒙培元曾指出："'生'的问题是中国哲学的核心问题，体现了中国哲学的根本精神。"按照他的理解，"生"的哲学就是生成论哲学、生命哲学以及生态哲学。的确，《周易》中就有言，"天地之大德曰生"（《周易·系辞下》）。老子也说："道生一，一生二，二生三，三生万物。万物负阴而抱阳，冲气以为和。"（《老子·第四十二章》）在此，自然既不是像基督教所言的那样是被神创造的，也不是现代科学所说的那样是机械式的存在，而是不息孕育生命的有机整体，是大化流行的盎然生机。方东美曾概括说："对我们来说，自然是宇宙生命的流行，以其真机充满了万物之谓。在观念上，自然是无限的，不为任何事物所拘囿，也没有什么超自然，凌驾于自然之上，它本身是无穷无尽的生机。它的真机充满一切，但并不和上帝的神力冲突，因为在它之中正含有神秘的创造力。再说，人和自然也没有任何间隔，因为人的生命和宇宙的生命也是融为一体的。"在这种自然观中，

人与自然的关系不可能是像西方现代文明所说的那样支配与被支配、征服与被征服、利用与被利用的关系，而是从根本上生命共感、生机互契的生态关系。人之所以能与自然妙契无间，关键就在于自然乃是与人的生命处于同一层面上的有机生命，人也是以天人合一的态度来对待自然的，也就是通过对自然大化生命的深层节律的体验而与之谐振、与之共生。至于对中国人影响甚深的佛教更是具有浓郁的生态意识。魏德东在《佛教生态观》一文中曾指出："依据缘起的立场，整个世界处于重重关系网络当中，是一个不可分割的整体，整体论是佛教生态观的首要特征。它认为整个世界是相互联系的，不能分割。每一单位都是相互依赖的因子，是关系的而非独立的存在。人与自然，如同一束芦苇，相互依持，方可耸立。任意割裂事物间的关系，就不能对其本性有正确的理解。"由此衍生的佛教杀生等戒律都是生态行为。对于中国古代知识分子而言，"青青翠竹，总是法身，郁郁黄花，无非般若"，"春来草自青"等禅语机锋所向乃是生意盎然的大自然。这种生态自然观构成中国古典文学的生态意识的基本指向。

袁行霈曾说："把握住崇尚自然的思想与崇尚自然之美的文学观念，就可以比较深入地理解中国人和中国文学。"的确，《诗经》在比兴中对自然的吟咏且不去说，就说魏晋文学作为中国文学的自觉阶段，其中最主要的一个标志恐怕就是在老庄玄学影响下山水自然意识的兴盛，出现了谢灵运、陶渊明等大诗人。更不要说在中国诗坛中占据核心位置的山水田园诗歌了，其中所蕴含的天人合一式的生态意识比比皆是。

整体上看，中国古典文学的生态书写主要表现于三个相互依存的方面。一是深受儒道传统影响，中国古典文人往往向往自然，回归自然，视大自然为人生的归宿，从而表现出鲜明的天人合一倾向的生态书写。这种生态书写偏重于展示人和大自然和谐相处的一面，偏重于展示人融合于大自然后的愉悦体验，可以称为生态抒情。二是立足于华夏天人合一传统，对破坏自然生态的言行展开严厉的批判。这种生态批判偏重于展示人类违反生态意识的错误倾向，旨在唤醒人的生态意识，重建人和自然之间的和谐关系。三是基于儒家仁爱情怀、道家自由本性论、佛教戒杀惜生护生思想，中国古典文人往往具有较为鲜明的惜生护生的倾向，展示出文学艺术对自然生活的守护作用。生态抒情、生态批判和生态守护，三位一体，都建基于华夏天人合一文化传统之上，建构出了中国古典文学的生态书写极为绮丽的艺术景致。

一

当然，相对而言，前现代时期的华夏大地的自然生态较为良好，人和自然相处得较为融洽，尤其是对于古典文人而言，风清月朗、花红柳绿、百鸟和鸣、鸢飞鱼跃、清泉潺湲的大自然往往是他们生命的归宿，因此，无论是儒家的"知者乐水，仁者乐山"（《论语·雍也》），还是道家的"山林与，皋壤与，使我欣欣然而乐与"（《庄子·至乐》），表达的都是人融入大自然后获得愉悦的生态抒情。王羲之在《兰亭集序》中曾写道："永和九年，岁在癸丑，暮春之初，会于会稽山阴之兰亭，修禊事也。群贤毕至，少长咸集。此地有崇山峻岭，茂林修竹；又有清流激湍，映带左右，引以为流觞曲水，列坐其次。虽无丝竹管弦之盛，一觞一咏，亦足以畅叙幽情。是日也，天朗气清，惠风和畅，仰观宇宙之大，俯察品类之盛，所以游目骋怀，足以极视听之娱，信可乐也。"王羲之笔下的古典文人雅集，之所以令人神往，关键在于"天朗气清，惠风和畅，茂林修竹，清流激湍"式优美的自然环境，置身于此环境中的文人也是彻底超越了世俗名利纷争，超越了人性阴暗的纠结，在仰观俯察、游目骋怀中把自己融入大自然的真人；这种人和自然融合的境界就是美丽的生态境界。

　　唐诗中天人合一式的生态抒情更是最为典型的诗歌风范。王志清在《盛唐生态诗学》中曾说："我们在唐山水诗中所看到的就是这样一种天人交感、天人亲和的良性生态：诗人自放于自然，无可而无不可，或者啸歌行吟的超逸，或者倚风支颐的悠闲，或者临风解带的浪漫……人成为自然的人，自然成为人的自然，万物归怀，生命无论安顿于何处而无有不适意的。"的确，这对于唐朝山水诗是很准确的描述。俞宁在甄选唐诗中与生态书写相关的诗歌时也发现，"但是，当我重读唐代的四万余首诗作时，却发现在其纷繁复杂的各种题材里，诗人们对于自然环境的关心是无处不在的；他们仿佛直觉地感应到土地和自然环境是人类生存的最根本条件，过度的领土扩张和经济索取，最终将反映到自然环境之上；诗人的灵感大多来源于山川大地；同时，他们认为，作为一个有道德修养的人生活在世上就离不开一个适中的、可持续的人与土地的关系。帝国鼎盛时期的诗人也不例外。他们似乎意识到了，一个帝国的兴衰，也取决于这样一个人与土地、人与自然的关系"（见《绿窗唐韵》）。我们可以领略一下唐朝诗人的心灵和自然融合后体验到的生态之乐、生态之诗意：

　　　　"垂钓坐磐石，水清心亦闲。"（孟浩然《万山潭作》）

　　　　"松月生夜凉，风泉满清听。"（孟浩然《宿业师山房期丁大不至》）

　　　　"向夕开帘坐，庭阴落影微。鸟从烟树宿，萤傍水轩飞。"（孟浩然《闲园怀苏子》）

　　　　"闲门向山路，深柳读书堂。"（刘眘虚《阙题》）

　　　　"鸟嘀深林里，心闲落照前。"（裴迪《同王维过化感寺昙兴上人山院》）

　　　　"日落松风起，还家草露晞。云光侵履迹，山翠拂人衣。"

（裴迪《华子冈》）

"日暮长江里，相邀归渡头。荷花如有意，来去逐轻舟。"
（储光羲《江南曲》）

"筑室在人境，遂得真隐情。春尽草木变，雨来池馆清。"
（王昌龄《静法师东斋》）

"静坐山斋月，清溪闻远流。"（王昌龄《宿裴氏山庄》）

"清晨入古寺，初日照高林。曲径通幽处，禅房花木深。山光悦鸟性，潭影空人心。万籁此俱寂，但馀钟磬音。"（常建《题破山寺后禅院》）

"饥食松花渴饮泉，偶从山后到山前。阳坡软草厚如织，因与鹿麕相伴眠。"（卢纶《山中一绝》）

从唐诗的这些吉光片羽中，我们可以体验到古典诗人对大自然具有多么体贴入微的感悟，他们的生命与物婉转，因顺自然，能够从大自然中点化出无限的生机与诗意。

无独有偶，对于唐宋时期的佛教禅师而言，领悟佛理和生态抒情也高度融合，令人悠然神往。

"白云覆青嶂，蜂鸟步庭花。"（天柱崇慧禅师）
"青山元不动，浮云任去来。"（灵云志勤禅师）
"山花开似锦，涧水湛如蓝。"（大龙智洪禅师）
"碧落静无云，秋空明有月。"（慧林若冲禅师）
"夜静水寒鱼不食，满船空载月明归。"（船子德诚禅师）
"几般云色出峰顶，一样泉声落槛前。"（同安常察禅师）
"风送水声来枕畔，月移山影到床前。"（大龙智洪禅师）
"翠竹黄花非外境，白云明月露全真。"（隆兴府双岭化禅师）

对于这些禅师而言，人和自然在本质上是一致的，佛理统贯一切，佛性无处不在，佛性的显现也必然是符合生态规律的。

文学对自然生态的守护功能在中国古典文学中表现得同样充分。古典文人特别能突破狭隘的人类中心主义，善于以物观物，竭力护持自然生态的本真之美。庄子曾讲了鲁侯养鸟的寓言，就颇能说明问题。"昔者海鸟止于鲁郊，鲁侯御而觞之于庙，奏《九韶》以为乐，具太牢以为膳。鸟乃眩视忧悲，不敢食一脔，不敢饮一杯，三日而死。此以己养养鸟也，非以鸟养养鸟也。夫以鸟养养鸟者，宜栖之深林，游之坛陆，浮之江湖，食之鳅鲦，随行列而止，委蛇而处"（《庄子·至乐》）。以人养养鸟，就是把人的标准强加于自然，结果是自然的溃败；而以鸟养养鸟，就是以自然的方式对自然，自然才能生机盎然，人也才能亲领天机。

唐朝诗人白居易曾深受佛教护生思想的影响，写过饶有影响的护生诗《鸟》："谁道群生性命微，一般骨肉一般皮。劝君莫打枝头鸟，子在巢中望母归。"白居易希望激发人的怜悯心，对鸟等自然生命不要痛下杀手，惜生护生。针对人类大肆屠戮动物饫甘餍肥，陆游也曾写有《示小厮》一诗："血肉淋漓味足珍，一般痛苦怨难伸。设身处地扪心想，谁肯将刀割自身？"而针对人类笼养鸟儿，欧阳修的《画眉鸟》一诗更是催人反省："百啭千声随意移，山花红紫树高低。始知锁向金笼里，不及林间自在啼。"郑板桥也曾写道："平生最不喜笼中鸟，我图娱悦，彼在囚牢，何情何理，而必屈物之性以适吾性乎？至于发系蜻蜓，线缚螃蟹，为小儿玩具，不过一时片刻便折拉而死。夫天地万物，化育劬劳，一蚁一虫，皆本阴阳五行之气氤氲而出，上帝亦心心爱念。而万物之性人为贵，吾辈竟不能体天之心以为心，万物将何所托命乎？……所云不得笼中养鸟，而予又未尝不爱鸟，但养之有道耳。欲养鸟莫如多种树，使绕屋数百株，扶疏茂密，为鸟国鸟家，将旦时，睡梦初醒，尚辗转在被，听一片啁啾，如云门咸池之奏；及披衣而起，颒面漱口啜茗，见其扬翚振彩，倏往倏来，目不暇给，固非一笼一羽之乐而已。大率平生乐处，欲以天地为囿，江汉为池，各适其天，斯为大快，比之盆鱼笼鸟，其钜细仁忍何也。"（郑板桥《潍县署中与舍弟墨第二书》）这是真正对自然生态的守护，也是对人类种种畸趣的抗争。龚自珍在《病梅馆记》中就曾对人以自己的恶劣的美的标准强加于自然愤愤不平，主张人应该纵情自然，欣赏自然生态的本真之美。

应该说中国古典文人基本上都具有浓郁的生态意识。让我们从生态意识角度看看宋人叶绍翁的绝句《游园不值》："应怜屐齿印苍苔，小扣柴扉久不开。春色满园关不住，一枝红杏出墙来。"柴扉与墙均是人筑居之凭借；在浑然的宇宙中，人不得不凭借力量与理性取材，借助柴扉与墙等切割出一方空间，以供自己休养生息。但人又不可能仅满足于与自身打交道，停留于一己生命之上，他还必须尽可能地越过柴扉与墙等的锁闭，与生机盎然的宇宙万物打交道，否则，他的生命也只能慢慢枯萎。因此，人会在他的园子中种下各种植物，希望花开迎春，鸣禽穿梭，日月光辉挥洒。每一种自然生命在此都为人性提供了必不可少的丰富，因此，诗人对脚下低微的苍苔都是满怀爱意，看它被木屐踩出印痕都有些心疼。但是，自然生命也不愿被柴扉与墙等人理性的筹划所限隔，它们也得充分地融入更为广大的宇宙生命之流中。在生机盎然的春天，那一枝越墙而出的红杏从某种程度上说就是对人的理性限隔的不满，是对更为广大的自然宇宙的渴望。它的出现就是自然宇宙那丰沛的生机对人的理性筹划世界的突破，是生命姿色不可遏制的迎风招展，是对无限生机的敞开。泰戈尔曾说："当一个人认识不到他和世界密切关系时，可以说他是住在被墙壁隔绝的牢房里。当他认识了万物之中永恒的精神时，于是他就解脱了，因为他发现了赖以生存的这个世界的最完

美的意义，到那时人发现自身是在完全的真理中，并且与万物建立了和谐。"①绝大部分中国古典文人就是与万物建立了和谐的人，就是发现了生态真理的人。下面我们就以简略的笔墨对陶渊明、王维、李白、杜甫、苏轼等具有代表性的古典诗人的生态书写回眸一瞥。

二

陶渊明是中国古典诗人中生态意识极为自觉的诗人，鲁枢元在《陶渊明的幽灵》一书中就把陶渊明和梭罗、海德格尔等极具生态智慧的西方哲学家相提并论。在笔者看来，陶渊明最为可贵的一点在于他对生态意识的高度实践。他厌弃官场的迎来送往、虚伪下作的生存方式，返回乡村，返回大自然，过着食不果腹、朝不保夕的乡居生活，细致地体悟大自然，积极地融入大自然，终于获得生命的大解脱。在《与子俨等疏》中，陶渊明写道："少学琴书，偶爱闲静，开卷有得，便欣然忘食。见树木交荫，时鸟变声，亦复欢然有喜。常言：五六月中，北窗下卧，遇凉风暂至，自谓是羲皇上人。"陶渊明能够从自然界的勃勃生机中感受到生命的至乐，无疑值得肯定。陶渊明在《读山海经》中写道："孟夏草木长，绕屋树扶疏。众鸟欣有托，吾亦爱吾庐。既耕亦已种，时还读我书。穷巷隔深辙，颇回故人车。欢然酌春酒，摘我园中蔬。微雨从东来，好风与之俱。泛览周王传，流观山海图。俯仰终宇宙，不乐复何如？"在此，人的生命已经深深地契合了自然的节律，自然亦以自身隐秘的节律应和着人，在一种生命共感之中，人超越了个体的局限，充分地感受到了自然大化生命的永恒，进入一种无乐而至乐的生态境界。《饮酒·其五》更是把生态抒情发挥得淋漓尽致，"结庐在人境，而无车马喧。问君何能尔？心远地自偏。采菊东篱下，悠然见南山。山

---

① ［印度］泰戈尔：《人生的亲证》，宫静译，商务印书馆1996年版，第6页。

气日夕佳，飞鸟相与还。此中有真意，欲辩已忘言。"陶渊明提出了具有哲学意味的"心远"人生观，其实所谓的"心远"就是超越世俗功名的羁绊，超越主客两分的人生姿态，转而以天人合一的姿态悠游人世，与物为春。陶渊明从东篱菊花那里体悟到了宇宙生命的浩然生机，从山气弥漫、飞鸟还家中体验到万事万物内在的生态关联。陶渊明深知人生的归宿在于天人合一，因此，他在《桃花源记》中描绘的那个桃花源全是毫无机心，能够与优美的大自然融合为一的世外之民。陶渊明从人和自然的融合中找到了人生理想的生活方式，也找到了超越死亡焦虑的康庄大道，因此他吟咏道："木欣欣以向荣，泉涓涓而始流。善万物之得时，感吾生之行休。已矣乎！寓形宇内复几时！曷不委心任去留？胡为乎遑遑欲何之？富贵非吾愿，帝乡不可期。怀良辰以孤往，或植杖而耘籽。登东皋以舒啸，临清流而赋诗。聊乘化以归尽，乐天天命复奚疑！"（陶渊明《归去来兮辞》）"死去何所道，托体同山阿"（陶渊明《挽歌》）。好一个"死去何所道，托体同山阿"啊！想想陶渊明这样的生死达观态度，再看看像秦始皇那样穷奢极欲的生死执着，两者间差距何啻霄壤。"蜀山兀，阿房出"，更不要说上穷碧落下黄泉式地寻找长生不死药、驱使数十万奴隶修建死人的陵墓了，秦始皇式的生死对自然生态的破坏何其巨大；相对而言，陶渊明式的生死观多么符合自然生态。最终秦始皇除了留下万古骂名外别无所有，而陶渊明则始终留存在人类诗意记忆的核心，芳馨永驻。

"诗佛"王维同样深谙天人合一文化传统的精髓，对大自然具有一种潜藏于骨血中的欣赏和友爱，沧桑人世中也只能从大自然和佛教生活中获得身心的安妥。《旧唐书·王维传》曾记载道："维弟兄俱奉佛，居常蔬食，不茹荤血，晚年长斋，衣不文彩。得宋之问蓝田别墅，在辋口；辋水周于舍下，别涨竹洲花坞，与道友裴迪浮舟往来，弹琴赋诗，啸咏终日。尝聚其田园所为诗，号《辋川集》。在京师日饭十数名

僧，以玄谈为乐。斋中无所有，唯茶铛、药臼、经案、绳床而已。退朝之后，焚香独坐，以禅诵为事。妻亡不再娶，三十年孤居一室，屏绝尘累。"王维信奉佛教，并不倾向于彻底的避世枯坐，更倾向于在自然山水中领悟佛理，感悟鸢飞鱼跃的活泼生机。"我家南山下，动息自遗身。入鸟不相乱，见兽皆相亲。云霞成伴侣，虚白侍衣巾"（王维《戏赠张五弟諲》）。王维能够达到鸥鹭忘机的境界，和鸟兽相亲相爱，生态和谐之图景，令人过目难忘。"青青山上松，数里不见今更逢。不见君，心相忆，此心向君君应识。为君颜色高且闲，亭亭迥出浮云间"（王维《新秦郡松树歌》）。松树没有人言，和诗人也没有任何功利的交往，就那样碧绿着，挺立着，但是，就能够给予诗人一种信心、一种安慰，让诗人不见了就想念。王维的心灵和大自然贴得多么近啊！正如俞宁在《绿窗唐韵》中所言："王维在《孟城坳》里对人群给生态带来的破坏和损失发出哀叹，痛苦地诘问我们如何失去了郁郁葱葱的原始森林：'新家孟城口，古木余衰柳。来者复为谁？空悲昔人有。'"王维诗歌写得最动人之处，往往是他能够充分体悟到人与大自然之间的生态和谐，能够在自然生命的外在形态和人内在的情感状态、心灵状态之间寻找到款曲相通，由此发现诗意瞬间生成时。"秋空白明迥，况复远人间。畅以沙际鹤，兼之云外山。澄波淡将夕，清月皓方闲。此夜任孤棹，夷犹殊未还"（王维《泛前陂》）。"寂寥天地暮，心与广川闲"（王维《登河北城楼作》）。"落日鸟边下，秋原人外闲"（王维《登裴迪秀才小台作》）。"独坐幽篁里，弹琴复长啸。深林人不知，明月来相照"（王维《竹里馆》）。"轻阴阁小雨，深院昼慵开。坐看苍苔色，欲上人衣来"（王维《书事》）。"我心素以闲，清川淡如此"（王维《青溪》）。"兴阑啼鸟换，坐久落花多"（王维《从岐王过杨氏别业应教》）。"松风吹解带，山月照弹琴"（王维《酬张少府》）。"流水如有意，暮禽相与还"（王维《归嵩山作》）。在这些透明若水晶的诗句中，王维捕捉到了大自然和人之间的内在相通感，自然心灵化，心灵自然化，两者相知相契，共感绵绵，呈现出明晰的生态意识。此外，受佛道禅的影响，王维更倾向于发掘自然生命的自在本性，描绘未经人的世俗意识染指的万事万物的本来面貌。"青菰临水映，白鸟向山翻"（王维《辋川闲居》）。"嫩竹含新粉，红莲落故衣"（王维《山居即事》）。"空山新雨后，天气晚来秋。明月松间照，清泉石上流"（王维《山居秋暝》）。"深巷斜晖静，闲门高柳疏"（王维《济州过赵叟家宴》）。"荒城临古渡，落日满秋山"（王维《归嵩山作》）。"空谷归人少，青山背日寒"（王维《酬比部杨员外暮宿琴台朝跻书阁率尔见赠之作》）。"漠漠水田飞白鹭，阴阴夏木啭黄鹂"（王维《积雨辋川庄作》）。"人闲桂花落，夜静春山空。月出惊山鸟，时鸣春涧中"（王维《鸟鸣涧》）。"空山不见人，但闻人语响。返景入深林，复照青苔上"（王维《鹿柴》）。"木末芙蓉花，山中发红萼。涧户寂无人，纷纷开且落"（王维《辛夷坞》）。在王维笔下，摒弃了人的干预，万物自在呈现时，彼此间绝不是孤立的，而是被浩漫生气灌注，有机联系着，因此，借助寥寥几个意象，大自然的诗意就沛然而出，氤氲于读者的想象和心田。

"诗仙"李白的生态书写也卓尔不凡。他的生态意识更多来自道家传统的启示和大自然的朝夕熏陶，他对庄子"天地与我并生，万物与我为一"（《庄子·齐物》）的高远境界独有兴趣和体悟，诗作中对此多有描述。他的《日出入行》中写道："日出东方隈，似从地底来。历天又复入西海，六龙所舍安在哉？其始与终古不息，人非元气，安得与之久徘徊？草不谢荣于春风，木不怨落于秋天。谁挥鞭策驱四运？万物兴歇皆自然。羲和！羲和！汝奚汩没于荒淫之波？鲁阳何德，驻景挥戈？逆道违天，矫诬实多。吾将囊括大块，浩然与溟涬同科！"在李白看来，大自然不是人力所能够控制和征服的，大自然的根本特征就是自然

而然，无为而为，一切都是元气淋漓的运转，万物兴歇皆自然，春天百草自然变青，无须感谢春风；秋来木叶自然凋落，也无须怨恨秋天。面对这种大化流行、元气灌注的宇宙生命进程，人也最好顺从自然，融入其中，与物迁化，才能与天地同流合德。在《独坐敬亭山》一诗中，李白更是表现了融入自然后的天人合一感。"众鸟高飞尽，孤云独去闲。相看两不厌，只有敬亭山"。无论是众鸟还是孤云，相对于万古流传的敬亭山而言，都是宇宙生命大波上旋生旋灭的浮沤，因此，诗人李白不因众鸟高飞尽而心慌，也不因孤云独去闲而意乱，他能够和敬亭山静静地对视，最终"我"都仿佛彻底融入了敬亭山，融入了自然之中，只有敬亭山独对苍天，悠悠运化；只有大自然的浩荡元气氤氲弥漫。李白对官场上的倾轧、人世中的苟且也都极不适应，最向往的还是归隐自然，"问余何事栖碧山，笑而不答心自闲。桃花流水窅然去，别有天地非人间"（李白《山中问答》）。融入大自然，如登仙界，如列仙班，李白对大自然可谓情有独钟。

李白诗歌中还有一些诗歌具有非常可贵的惜生护生的生态意识。例如在《设辟邪伎鼓吹雉子班曲辞》中，李白写道："辟邪伎作鼓吹惊，雉子班之奏曲成，喔咿振迅欲飞鸣。扇锦翼，雄风生。双雌同饮啄，趬悍谁能争。乍向草中耿介死，不求黄金笼下生。天地至广大，何惜遂物情。善卷让天子，务光亦逃名。所贵旷士怀，朗然合太清。"在李白看来，野雉宁愿于草中死，不愿笼中生，自然生命追求的就是自由自在，自然随性；天地非常广大，人没有必要强求自己苟合世俗，也没有必要强求其他自然生命顺从自己，要像旷达之士一样，法天贵真，崇尚自然，与道同体。在《鸣雁行》中，李白对胡雁的悲惨遭遇表示了悲悯之意："胡雁鸣，辞燕山，昨发委羽朝度关。一一衔芦枝，南飞散落天地间，连行接翼往复还。客居烟波寄湘吴，凌霜触雪毛体枯。畏逢矰缴惊相呼，闻弦虚坠良可吁。君更弹射何为乎？"李白流放夜郎被赦还以后，以胡雁散落流离寄寓身世之悲慨，同时也对人漫无节制地施加给自然生命的摧残表达了生态批评之意。李白对尊重自然、顺随自然、保护自然的人和事，由衷地表示敬意和赞美。李白的堂侄李中孚在江宁高座寺出家，该寺很重视自然环境的护养，僧人们"冥居顺生理，草木不剪伐"，整个寺庙里，一草一木，都蓬蓬勃勃，自自然然，原生古朴，"烟窗引蔷薇，石壁老野蕨"。李白对此大加赞赏，"赋诗留岩屏，千载庶不灭"，挥毫写下《登梅岗望金陵，赠族侄高座寺僧中孚》一诗，以表彰和传扬高座寺僧的理念和做法。李白的另一堂侄李聿任清漳县令，在县域提倡种树，大搞绿化，"举邑树桃李，垂荫亦流芬。河堤绕渌水，桑柘连青云"。改善了生态，促进了生产，广受好评，"赵北美嘉政，燕南播高名"。李白特写诗《赠清漳明府侄聿》，历颂李聿美政，以资鼓励。李白在青少年时还曾专意"养高忘机"，和家乡的隐士东岩子一起，在岷山之阳"巢居数年，不迹城市。养奇禽千计，呼皆就掌中取食，了无警猜"（李白《上安州裴长史书》）。李白一生酷爱自由，对白鸥更是心有所属，"闲随白鸥去，沙上自为群"（李白《过崔八丈水亭》）。他还曾向白鸥倾诉，"吾亦洗心者，忘机从尔游"（李白《古风》之四十二）。"白鸥兮飞来，长与君兮相亲"（李白《鸣皋歌送岑征君》）。"明朝拂衣去，永与海鸥群"（李白《赠王判官，时余归隐居庐山屏风叠》）。即便他待诏翰林院，对海鸥仍念念不忘，"愿狎东海鸥"（李白《金门答苏秀才》）。李白那一腔赤子情怀，也唯有天上明月海上鸥鹭理解，"天清江月白，心静海鸥知"（李白《赠汉阳辅录事》之一）。在黄山时，李白还曾写诗向黄山胡公求一对白鹇，"请以双白璧，买君双白鹇。白鹇白如锦，白雪耻容颜。照影玉潭里，刷毛琪树间。夜栖寒月静，朝步落花闲。我愿得此鸟，玩之坐碧山。胡公能辍赠，笼寄野人还"（李白《赠黄山胡公求白鹇》）。李白欣赏白鸥、海鸥、白鹇，能够与物同情，具有相当动人的生态情怀。

三

"诗圣"杜甫的生态意识也极为鲜明，在生态书写方面堪称古典诗人中的翘楚。众所周知，杜甫生活于唐帝国由盛变衰的转折时期，国家命运的坎坷巨变和个人身世的颠沛流离叠加在他的命运之中，但是杜甫始终能够保持着温柔敦厚的博大心境，对天地万物持天人合一式的生态伦理立场。杜甫极擅长描绘人和大自然之间的生态关联，从而展开天人合一式的生态抒情。"鸬鹚鸡鹅莫漫喜，吾与汝曹俱眼明"（杜甫《春水生二绝》）。春水来到时，不但鸬鹚鸡鹅极为高兴，诗人也和它们一样感到心清目明；在杜甫看来，人和鸬鹚等自然生命之间存在着情感的共鸣，人和其他自然生命在大自然中也是平等的，都是宇宙生气所化。

"清江一曲抱村流，长夏江村事事幽。自去自来堂上燕，相亲相近水中鸥"（杜甫《江村》）。"短短桃花临水岸，轻轻柳絮点人衣"（杜甫《十二月一日三首》）。"岸花飞送客，樯燕语留人"（杜甫《发潭州》）。"青刍适马性，好鸟知人归"（杜甫《甘林》）。"坦腹江亭暖，长吟野望时。水流心不竞，云在意俱迟。寂寂春将晚，欣欣物自私"（杜甫《江亭》）。这些美妙的诗句无不展示出杜甫所体验到的人和大自然之间的友好情谊。杜甫也像李白等诗人一样，时常对自然生命的自由自在投以羡慕的目光，希望摆脱人间纷争，融入其中，"荆扉对麋鹿，应共尔为群"（杜甫《晓望》）。"仰羡黄昏鸟，投林羽翮轻"（杜甫《独坐》）。杜甫对动物素来亲近，也许即使有动物对人存有戒心，若与杜甫接触后，也会放下戒心，"门外鸬鹚去不来，沙头忽见眼相猜。自今以后知人意，一日须来一百回"（杜甫《绝句》）。杜甫似乎能够让动物对人重建生态信心。杜甫曾说："用拙存吾道，幽居近物情"（杜甫《屏迹》）。正是因为人太过精于巧智，对动物坑蒙拐骗、敲诈凌略，动物才对人信心俱失，远离人间；而杜甫反其道而行之，以拙合道，远离巧智，才能与动物重新亲近，重建人和自然的亲密关系。

和王维一样，"诗圣"杜甫诗歌中也有大量的诗歌精于描绘自然生命的自然本性，让大自然如其本然地呈现出来，从而收获鸢飞鱼跃的丰沛诗意。"黄四娘家花满蹊，千朵万朵压枝低。留连戏蝶时时舞，自在娇莺恰恰啼"（杜甫《江畔独步寻花》）。"风含翠篠娟娟净，雨裛红蕖冉冉香"（杜甫《狂夫》）。"霁潭鳣发发，春草鹿呦呦"（杜甫《题张氏隐居》二首其二）。"两个黄鹂鸣翠柳，一行白鹭上青天"（杜甫《绝句四首》）。"野畦连蛱蝶，江槛俯鸳鸯"（《杜甫陪王使君晦日泛江就黄家亭子》）。"鱼吹细浪摇歌扇，燕蹴飞花落舞筵"（杜甫《城西陂泛舟》）。"桃花细逐梨花落，黄鸟时兼白鸟飞"（杜甫《曲江对酒》）。"落花游丝白日静，鸣鸠乳燕青春深"（杜甫《题省中院壁》）。"迟日江山丽，春风花草香。泥融飞燕子，沙暖睡鸳鸯"（杜甫《绝句》）。"糁径杨花铺白毡，点溪荷叶叠青钱。笋根稚子无人见，沙上凫雏傍母眠"（杜甫《绝句漫兴其七》）。"白鸥没浩荡，万里谁能驯"（杜甫《奉赠韦左丞丈》）。杜甫笔下的自然物象具有何等畅达的自然生机，真是天地间莫非生意，万物莫不适性，似乎他能够从眼前的每个生命那里拧开宇宙生机的开关，任由其一泻而下，沛然莫之能御。此外，杜甫具有深厚的悲悯情怀，博施于自然界中的各种动植物身上，对它们的生命痛苦深表同情，对符合生态伦理的人类行为提出严厉的批评。杜甫在《后苦寒行二首·其一》中写道："南纪坐庐瘴不绝，太古以来无尺雪。蛮夷长老怨苦寒，昆仑天关冻应折。玄猿口噤不能啸，白鹄翅垂眼流血。安得春泥补地裂。"杜甫对大雪苦寒给猿猴、白鹄造成的痛苦就颇同情，甚至提出"安得春泥补地裂"的生态壮举，与"安得广厦千万间，大庇天下寒士俱欢颜"的人道理想同样令人敬仰。在《秋雨叹·其一》中，杜甫还写道："雨中百草秋烂死，阶下决明颜色鲜。著叶满枝翠羽盖，开花无数黄金钱。凉风萧萧吹汝急，恐

汝后时难独立。堂上书生空白头，临风三嗅馨香泣。"对秋来百草被雨浸死，杜甫也表示出深重的关切，他的仁爱情怀何其广阔细腻。此外，还有《病柏》《病橘》《病马》《枯棕》《枯楠》《孤雁》《楠树为风雨所拔叹》《废畦》《缚鸡行》等诗篇，杜甫对遭遇不幸的每一种动植物都深表同情，肯定它们生命的内在价值。而对人对自然生命予取予求的反生态行为，杜甫表达了婉转而严厉的生态批判。例如他在《白小》中批评人大肆捕捉一种名叫"白小"的鱼，"生成犹拾卵，尽取义何如"。杀鸡取卵、竭泽而渔都是反生态的行为，古人多有时禁的传统，但民间往往没有落实好，从而出现可怕的生态破坏。在《观打鱼歌》和《又观打鱼》中，杜甫对渔民过度捕捞提出了批评，"吾徒胡为纵此乐，暴殄天物圣所哀"。暴殄天物，在杜甫看来等于犯罪。而杜甫的《朱凤行》写道："君不见潇湘之山衡山高，山巅朱凤声嗷嗷。侧身长顾求其群，翅垂口噤心甚劳。下愍百鸟在罗网，黄雀最小犹难逃。愿分竹实及蝼蚁，尽使鸱枭相怒号。"四处高张的罗网对于白鸟而言就是一种灾祸，杜甫对滥捕鸟类也提出了批评。

苏轼秉承天地之灵气，聚集日月之精华，吸取华夏文化传统的精髓，创造了蔚然大观的文学艺术世界，对于华夏文化的发扬居功至伟。审视他的人生历程和文学世界，我们可知天人合一始终是他人生的终极追求，也是他的生态书写的精神底色。苏轼年轻时就在《和子由渑池怀旧》一诗中写道："人生到处知何似，应似飞鸿踏雪泥。泥上偶然留指爪，鸿飞哪复计东西。"苏轼并不像常人一样热衷于尽可能地占有外物，满足欲望，他深切地知道人只能轻轻地走过世界，不必执着，不必贪求。这种超然物外的人生态度支撑着他的一生，也是他能够经受官场坎坷与人生沧桑的精神指引。这种人生态度让他能够从容自在地游历华夏大地，处处与大自然亲切交流，完美融合，体验天人合一的生态胜境。苏轼的《前赤壁赋》就是一篇辞彩华赡、立意高远、格调雅洁的生态文学经典作品。文章开篇描绘苏轼和宾客泛舟游于赤壁之下："清风徐来，水波不兴。举酒属客，诵明月之诗，歌窈窕之章。少焉，月出于东山之上，徘徊于斗牛之间。白露横江，水光接天。纵一苇之所如，凌万顷之茫然。浩浩乎如冯虚御风，而不知其所止；飘飘乎如遗世独立，羽化而登仙。"这就是超越了功利算计的人和大自然完美融合的体现，大自然具有神秘的力量，能够超度人到永恒的境界。但是同游的宾客对此并没有像苏轼一样的自觉体验，他倒是对人世功业的短暂、现实人生的倏忽即逝和大自然的永恒常驻的鲜明对照感到莫名的哀伤。这说明了宾客还是无法达到天人合一的高远境界，他更是被人类的价值体系所羁绊。于是苏轼劝说他："客亦知夫水与月乎？逝者如斯，而未尝往也；盈虚者如彼，而卒莫消长也。盖将自其变者而观之，而天地曾不能一瞬；自其不变者而观之，则物与我皆无尽也，而又何羡乎！且夫天地之间，物各有主，苟非吾之所有，虽一毫而莫取。惟江上之清风，与山间之明月，耳得之而为声，目遇之而成色，取之无禁，用之不竭，是造物者之无尽藏也，而吾与子之所共适。"苏轼彻底跳脱出了狭隘的人类价值视野，从宇宙大化的超越视角来审视一切，看到物我本为一体，当人彻底地向大自然敞开心扉时，大自然便会回馈给他无尽的宝藏。

苏轼曾经屡次在他的文章表达了自己对大自然无条件的倾心和融入。例如，他被贬黄州后，曾写过一篇小品文《书临皋亭》："东坡居士酒醉饭饱，倚于几上，白云左绕，清江右洄，重门洞开，林峦坌入。当是时，若有思而无所思，以受万物之备，惭愧！惭愧！"苏轼能够置遭贬的悲惨经历于度外，转而从大自然那里获得超然的解脱之趣，实在令人敬佩。该小品文寥寥数语，就把苏轼豁达乐观、幽默可人而境界高远的形象点染烘托而出。苏轼融入自然，万物皆备于我，得悟人生妙道。苏轼在《满庭芳·蜗角虚名》中曾吟咏道："蜗角虚名，蝇头微利，算来著甚干忙。事皆前定，谁弱又谁强。且趁闲身未老，尽

放我、些子疏狂。百年里，浑教是醉，三万六千场。思量。能几许，忧愁风雨，一半相妨，又何须，抵死说短论长。幸对清风皓月，苔茵展、云幕高张。江南好，千钟美酒，一曲满庭芳。"在苏轼看来，人世间的功名利禄终究是没有意义的忙乱，唯有清风皓月的大自然才是人生的安顿之处。"来往一虚舟，聊随物外游"（苏轼《菩萨蛮》）。"君过春来纤组绶，我应归去耽泉石"（苏轼《满江红·正月十三日送文安国还朝》）。"长恨此身非我有，何时忘却营营。夜阑风静縠纹平。小舟从此逝，江海寄余生"（苏轼《临江仙》）。"几时归去，作个闲人。对一张琴，一壶酒，一溪云"（苏轼《行香子·述怀》）。对于苏轼而言，归隐田园，回归自然，终究是人生的康庄大道，而世人奔竞的名利之途则是邪僻小径。

对人和大自然之间友好情谊的诗意描绘是苏轼创作中的生态意识的表现之一。"东风知我欲山行，吹断檐间积雨声。岭上晴云披絮帽，树头初日挂铜钲。野桃含笑竹篱短，溪柳自摇沙水清"（苏轼的《新城道中·其一》）。"黄菊篱边无怅望，白云乡里有温柔"（苏轼《浣溪沙·即事》）。"谁怜破屋眠无处，坐觉村饥语不器。惟有暮鸦知客意，惊飞千片落寒条"（苏轼《十二月十四日夜微雪明日早往南溪小酌至晚》）。在苏轼笔下，大自然和人之间似乎存在着昭昭然的一体同感。苏轼还非常善于描绘大自然的诗意胜景，如《西江月·顷在黄州》：

顷在黄州，春夜行蕲水中，过酒家饮。酒醉，乘月至一溪桥上，解鞍曲肱，醉卧少休。及觉已晓，乱山攒拥，流水锵然，疑非尘世也。书此语桥柱上。

照野弥弥浅浪，横空暧暧微霄。障泥未解玉骢骄。我欲醉眠芳草。

可惜一溪明月，莫教踏破琼瑶。解鞍欹枕绿杨桥。杜宇一声春晓。

苏轼似乎真正体验到了大自然的圣洁之全美，当他融入大自然的神秘节律中时，他的生命也被大自然的滔滔生机裹挟而去，彻底超越了个体化的孤独处境，萌生了一种终极性的归家之感。当然，苏轼也非常善于展示大自然的自由自在、本性俱足的一面，承接着陶渊明、王维、李白、杜甫等古圣先贤的精神衣钵。"幽花香涧谷，寒藻舞沦漪"（苏轼《临江仙·风水洞作》）。"水清出石鱼可数，林深无人鸟相呼"（苏轼《腊日游孤山访惠勤惠思二僧》）。"鸟散余花纷似雨，汀洲苹老香风度"（苏轼《渔家傲·七夕》）。"翻空白鸟时时见，照水红蕖细细香"（苏轼《鹧鸪天》）。这些诗词名句无不具有沁人心脾的生态之美。此外，苏轼还受到佛教的戒杀护生思想的影响，写过若干惜生护生的表现生态伦理的诗歌。如"我哀篮中蛤，闭口护残汁；又哀网中鱼，开口吐微湿。刳肠彼交病，过分我何得；相逢未寒温，相劝此最急。不见卢怀慎，蒸壶似蒸鸭；坐客皆忍笑，髡然发其幂。不见王武子，每食刀几赤；琉璃载蒸豚，中有人乳白。卢公信寒陋，衰发得满帻；武子虽豪华，未死神已泣。先生万金璧，护此一蚁缺；一年如一梦，百岁真过客。君无废此篇，严诗编杜集"（苏轼《我哀篮中蛤》）。"口腹贪饕岂有穷，咽喉一过总成空，何如惜福留余地，养得清虚乐在中"（苏轼《戒贪饕》）。"秋来霜露满东园，芦菔生儿芥有孙，我与何曾同一饱，不知何苦食鸡豚"（苏轼《撷菜》）？苏轼虽然到老没有彻底戒除肉食，但他终究认识到为肉食而杀牛是有违生态伦理的，因此倡导戒杀护生。

四

从以上简要的回顾中，我们可知中国古典文学中的生态意识具有一定的普遍性和整体性，对于世界各国文学而言都具有珍贵的启示价值。当然，中国古典文学中的生态意识来源于传统的农业文明，是人依赖大自然的表现，具有一定的被动性和自发性，因而具有明显的局限性。首先，这种生态意识仅关注人与大自然相契合的一面，而忽略了人与大自然相乖违的一面，正因如此，这种生态意识就有可能会阻挡人类进一步发展现代科技，进一步发展人的主动性和自主性。而当大自然肆意毁灭生命的时候，人就难以立足了，这种生态意识自身的局限性也就暴露无遗了。其次，正因为这种生态意识具有被动性和自发性的特点，没有上升到系统的理性反思高度，它就很难在社会发展中占据主导地位，从而影响力也就有限。其实，在古代中国，自然环境的大破坏比比皆是，这自然与人民大众的文化水平低下、封建专制制度的不合理以及那种长期以来多子多孙的封建文化训导息息相关，但也与中国古代文化中的生态意识缺乏对政治制度的设计、文化的设计等深入的反思和质询有关。此外，这种生态意识往往也很难抵敌儒家伦理中心主义中的人类中心主义倾向。

汪树东

1974年出生，江西上饶人，现为武汉大学文学院教授，博士生导师，主要从事中外文学、生态文学研究。已经出版学术专著《生态意识与中国当代文学》《超越的追寻：中国现代文学的价值分析》《中国现代文学中的自然精神研究》《黑土文学的人性风姿》《中国现代文学中的反现代性研究》。

光明

巴渝别韵（组章）

◎陈永强

启程

我喜欢独自旅行，踏上心中的路。对很多人来说这或许是一场未知的冒险，但却能让我那颗被学习与工作束缚的心灵得到最深刻的释放。那个最真实最野性的我，随处而栖。久而久之，这种带上最轻薄的行李，带着满心憧憬的旅行，成为我生命中的某种特定式。

2017年7月，带上最简便的背包，从家出发，再次踏上了独自旅行的道路。

飞机上，选的座位是靠窗的。窗口往下看，星星点点的光斑，和地面上的一条条光带交织在一起。即使在晚上，也可以感觉到满世界的繁华。越上高空，视野越小。直到穿过云层，一切都变得依稀朦胧，云层覆盖了视图，遮盖了一切。

凌晨三点左右，到达了重庆江北机场。夜已深，许多人会选择在机场过夜，或许是为了节省开支。再者，此时离天亮并不远，于是乎，我决定在休息区度过这一夜。

航站楼的另一侧，在过道休息的人并不少。我也便在此，枕着那最简便的行李睡下了。深夜的机场并不平静。渐渐地，在人声中，于流浪式的休息室里进入梦乡。

满心的欢喜与憧憬，还有那最美好的自己。我的第一站——重庆。旅途中未知的一切，皆须独自面对。不过，直面未知便是独自旅行的意义所在。以梦为引，随处可栖。

磁器口

这一觉睡得并不好。凌晨五点醒来，这个季节的重庆，天已蒙蒙亮，到盥洗室洗漱。思量许久，遂决定往磁器口古镇去，也便在此感受一下巴渝文化的魅力。

重庆城轨在早晨六点半开班，离开机场后，天逐渐变得大亮。这个季节的重庆，白天特别长。出行前，朋友告诫我，重庆一带近来有恶劣天气，随时可能有大风大雨。我今看那天空倒是一片晴朗。眼见天气之晴，让我再一次怀疑天气预报的可靠性。

随遇而安便是我旅行的心境。其实早前已做好最坏的打算。即使落雨，雨中的重庆不定会有别番韵味呢，可遇而不可求。我曾经到过江南水乡乌镇，那日在雨中，便看到了许多人看不到的乌镇。江南雨给了它独特的魅力，淡妆浓抹的朦胧美，令人观之别有一番心境。

早晨的重庆机场地铁站内，人潮涌动，人山人海。大概是昨夜在机场留宿的旅客吧。地铁上，迷迷糊糊地睡下。醒来时，已快到终点，幸亏没有过站。我所住的公寓在重庆亚太商谷一带。放下行李，换好衣服稍做整理。不愿休息，便直往公寓外跑去。

常人一整晚只休息两小时定会无比疲乏。此时我却无比精神，往会展中心公交站跑去。车窗外，我见那不少房屋皆依山而建，窄窄小小的村路便是上山的步道。果然不负"山城"之名号。历经一个多小时的车程，九点多便到了磁器口古镇。

曾游访过很多的古镇，但凡旅游的热点城市，几乎都有古镇。磁器口可谓是重庆的标志性古镇了。老巴渝的文化印记便镌刻于此。有人说这里是一个水陆交汇的古码头，承载了老重庆的老水陆生活模式。我倒认为不仅如此，磁器口更多的，却是承载了老重庆的传统文化和生活民俗。其将各种巴渝传统要素融于一身，是巴渝文化的典型。

古镇位于嘉陵江边，因其靠山近水的独特地理基础，造就了其独特的文化环境。古镇口的牌坊上有一副对联："白日里千人拱手，入夜来万盏明灯。"便是总结了此处的繁华。

磁器口古镇给游人展示了一幅穿越千年、自宋代至今繁盛兴衰的历史长图。

火锅世界

初入磁器口，与许多古镇无异，商业化气息还是扑面而来，但却胜在其有巴渝别韵。

古镇内街巷成天，两旁是一些文艺类商铺，售卖的特产亦不在少数。有人说磁器口是吃货的天堂，到此来你方会认同此话，深信不疑。仍记出行时曾与三两知己讨论要带何种手信回去："既然来到重庆，总不可能将重庆火锅给端回去吧？"但来到此地，我才知道的确是可以将火锅带走，而且极其简便。

在磁器口大大小小的特产店里，随处可见"火锅店"。可别误会，这火锅店并不是涮东西吃的餐馆，而是卖火锅的。那么，他们的火锅怎么卖的呢？

原来，这些火锅店门口都有一口大锅，当场以牛油做底料，辅以各种香料进行熬煮。霎时间香飘四溢，古镇的一江二溪三山四巷处处都被这种独特的味道笼罩着，无论到了古镇的哪个角落里，都让人不觉身处

在了重庆火锅文化的影子里。

经过熬煮，店家把这些火锅汤料倒入模具。因其有牛油做凝固剂，待其冷却成形后，便可切成一块块规格大小相同的火锅底料砖。上面密密麻麻地遍布了辣椒，真空包装后便成了一包包的手工牛油重庆老火锅。在磁器口，这绝对是很多人买礼物的首选。不过对于不爱吃辣的南方人就要慎重考虑了。

茶馆时刻

想起到云南的时候，无论是大理或是丽江，好几处的古城古镇内几乎都会有一条酒吧街，磁器口会不会也走这么一个固有模式呢？

走了走，发现还真有，不过不是酒吧，而是茶馆。缘因茶馆文化是重庆文化的一个典型。闲暇，走到茶馆坐下，品上一杯茗茶，聊聊过去，谈谈人生，好不惬意。若是碰巧遇到个地道的重庆"掏耳郎"，还可以叫他清清耳道，顿觉飘飘欲仙，实乃人生的一大享受。

磁器口的茶馆主要集中在磁器口横街一带，横街给人的感觉少了几分吃吃喝喝的玩乐感，也少了几分嘈杂，多了一重清新的文艺感。七彩的花团锦簇，给这条横街增添了不少活力。茶馆很多。当然，也有酒馆。年轻艺人拿着吉他，随弹随唱，在酒馆内献唱招揽客人。不过我更喜欢茶馆给人的那种舒适感，平淡，却最真实。

茶馆云集的横街有个并不起眼的地方，一尊雕像在此，名为《少妇尿童》。实为一位母亲抱其孩儿小便，但却将母亲的慈爱展现得淋漓尽致。此雕像据说是与当地的"护龙水"的传说有非常密切的关系。当地人对于这一个雕像也甚是喜爱，尊其为民间保护神。

一家茶馆的门外，一只黑白相间的猫咪正蜷着身子，悠然自得地晒着暖阳。莫非是这个慢节奏的古镇，连猫儿也如此惬意吧？伸伸手去摸这只可爱的小猫，意外的是它并没有被吓得跑开，而是伸起了它的两只爪儿，抱着我的指尖，用头蹭蹭我的手，像是在对外来的客人表示它的友好。一种温馨感充斥着我的心间。

与猫儿玩耍一阵后，我决定继续前行。一旁墙面的砖块，几行醒目的大字引起了我的注意："有梦为马，随处可栖。愿你我可以带着最轻薄的行李，和最丰盛的自己，在世间流浪。"独自旅行，流年可期。这话所说的，不正是我所向往的境界吗？

横街处处都是文艺、清新的感觉。走了不久，我便被一块大招牌吸引住了，上书"一个摄影师的店"几个大字。料想这茶馆的老板定也是钟爱摄影的。可惜的是，这个茶馆并没有开门。这个季节的重庆还是很热的，走不远，可试试老人们手工做的冰棍。一口冰棍化在嘴中，不仅消去了闷热，还消去大部分疲惫。

巴适重庆

磁器口有一文物保护点，曰"宝轮寺"。这是一座佛教寺庙，又称作龙隐寺。据说当年修建寺庙时未动用过一粒钉子。建筑颇有气势。常言道："入屋叫人，入庙祀神。"自然是添了点香油。寺中游人不多，大多都是来上香的，当中也并不乏年轻人。

出了寺庙，在附近走走。脚踩青石路面，颇有点厚重感。古镇处处都是拍照的绝佳之地，随意地坐下，用手机的延时拍照，无须求助，我为自己留下了在这个古镇的第一张照片。

重庆很热，不久便大汗淋漓。看来重庆不仅没有下雨，还异常闷热。我往回走，看看手表，原来已过午时，遂决定开始寻觅当地小食。磁器口正街，实乃美食大观园，我对正街的所有美食都进行了搜罗。各样的吃喝玩乐之所，令人眼花缭乱。走进一家重庆麻辣烫的老字号店，倒是平常饮食，实在清淡，但这一顿午饭可把我给辣坏了，一时间，疲倦全无，能量爆满。

途经一块石碑，上书三字："小重庆"。原来磁器口还有一别称，名为小重庆。这是因其为重庆文化的缩影，所以称为小重庆一点都不为过。途中经过一道桥，桥上悬有艾草、菖蒲，相信当地端午节也有悬艾辟邪的习俗。

沿着磁器口正街往南还有不少小玩意儿，在这里我找到了传统的重庆布鞋。

街上，我看到了一种五颜六色的冰激凌球，不知为何会冒出大量白色的烟雾来。或许原理跟那些冒气饮料一样吧。购来一碗，置于手上，质量非常轻。拿起一颗放入嘴里，异常冰凉，其间嘴中吐出白气，颇有种道家仙尊噗云吐雾的感觉。

向三皇堂方向走去，仍是重庆火锅的味道。街道并不宽，越往前走反而越窄。有的地方成为热点，被众位摄影爱好者堵得水泄不通。美好的古镇处处都是摄影的宝地，在阳光和多彩植物的映衬下，传统的古镇却又流露出了其朝气蓬勃的一面。

不觉间走到了三皇堂，由于前方正在修路，只得顺着人流从金蓉门走出磁器口古镇。巧的是，金蓉门外不远处便有到歌乐山白公馆的直达车，十元来回，尤其方便。十几分钟的车程，便来到了白公馆的大门外。

当时日当正午，但是作为一个重要的革命遗址，白公馆里游人还是非常多。香山别墅原是白驹的别墅，后来被买下作为监狱，与渣滓洞一同作为迫害革命者的两口活棺材。小萝卜头还有很多革命者的被害处便在此。那本《红岩》，便是最好的教材。

歌乐山上，太阳猛烈，人潮涌涌。三两分钟就大汗淋漓，全身湿透。有些头晕眼花，料想是昨晚没有休息好，加之日头暴晒，身体不适之故。离开白公馆，坐上了回程的巴士，冷气袭来，异常凉爽，闷热消散。

回到旅馆，望了望手表，已是下午。第一件事便是沐浴，洗去路上的劳累，洗去一夜的疲倦，洗涤身心，洗涤仆仆风尘。沐浴完毕，扑腾跃上软绵绵的大床，很快便睡去了。

山城夜景

醒来发现窗外已日落，看看手机，竟才晚上八点而已。重庆夏季的日照时间非常长，若是在广东，此时应已星月交辉了。久闻洪崖洞夜景的大名，据传，重庆的游客在晚上基本都集中于洪崖洞民俗文化区一带，遂决定到这个闻名遐迩的重庆地标见识见识。

以地铁的方式到达小什字，步行没多远便是洪崖洞风貌区。

洪崖洞的最大特色是巴渝吊脚楼。尤其是在夜晚，洪崖洞有金色灯光之照射，犹似座座金殿坐落于崖上。光影倒映于嘉陵江中，虽是晚上，竟也能泛起粼粼波光，真可谓长街灯火耀江天。江岸这头则五光十色，花天锦地，好不热闹。

洪崖洞的吊脚楼是依崖势而建，足能彰显前人的智慧。作为具有重庆味道的巴渝老建筑，于两千多年后的今天，依旧充分发挥了其集人文、休闲于一体的作用。

洪崖洞，我体会到了最纯正的巴渝味道，观赏到了绝佳的重庆夜景。

洪崖洞民俗风貌区依嘉陵江而建。一旁便是千厮门嘉陵江大桥。其连接了渝中和江北两区。夜幕降临，从洪崖洞一侧望向隔江对岸，星光熠熠，流光溢彩。江水恰似一面镜子，将彩光倒映于江面，夜色撩人。而这座千厮门大桥，配上霓虹灯，于嘉陵江上，恰似一条飞驰的巨龙，向另一侧涌去。桥上车来车往、川流不息，车灯映射，灿若繁星。

大桥下，观光游轮不时穿过。游轮经过灯光的修饰，显得颇有动感，时而绿时而红，倒显得有几分绚丽多彩。整座山城灯火通明，人声

鼎沸，尤为热闹。

洪崖洞

洪崖洞分十几层。其是自下而上分布。根据功能，将美食、娱乐、酒店等分布在各层。十一层的城市阳台可通向外面的道路，底层则可通去滨江路。除了洪崖洞里的住宿场所外，游客偏爱的应数那几处汇聚美食和小玩意儿的楼层了。

十一层下的异国美食街集中的多是一些酒吧，还有比较大型的餐馆。倒是古色古香的飞檐丹楹、雕花斗拱，经过灯光的修饰，金碧辉煌。走在这些亭台楼阁中，若不是眼见有穿着现代服饰的人穿梭于这些飞阁流丹，恍若自己穿越千年。

洪崖洞的小吃美食和创意集市主要集中在底层。三、四层是巴渝民俗美食街和天成街巷。此处主题与磁器口相仿，仍然是随处可见的重庆老火锅，仍然是一排排码放得整整齐齐的重庆麻辣串，"串串"商家临街而设，游人可买上两串，边走边品尝。

走到尽头往左看去，一个崖洞出现于眼前，岩石上书"洪崖滴翠"四字。据说每到雨后，崖上流水就会倾泻而下，如同瀑布。而这个崖洞，可以通到顶层马路的城市阳台，实乃山城的典型景观。崖洞边上，一位老人正在此捏着五颜六色的泥人和动物，个个栩栩如生。

一层是洪崖洞精品古玩城的所在地。在此可见很多稀奇古怪的玩意儿。在古玩街牌坊外，一位街头艺人正展示其歌喉与舞技。游人驻足观看，歌声响彻夜空，又为洪崖洞增添了几分热闹。一些卖纪念品的小摊门外，挂着一团团的辣椒包，好不可爱。

仔细一看，这些辣椒六七根成群地被装在一个个用麻绳编织成的小袋子里。麻袋上写着不同的文字。"洪崖洞""重庆""要得"诸如此类的重庆方言，皆可写在上面，跟这一簇簇辣椒搭配在一起，感觉真就是热辣重庆的影子。一同出售的，还有重庆布鞋等手工艺品。

磁器口也被称作是重庆山城文化的缩影。与磁器口的"小重庆"碑相若的是，此处附近有一块刻于墙上的巨大文幅，为"重庆"二字，若是细心，定能找到。

夜市

出了洪崖洞吊脚楼，穿过马路，便是滨江路人行道，亦是观看洪崖洞全貌的最佳之地。尤其是夜晚，经过灯光的映衬，更使洪崖洞的错落有致显现出来。五彩斑斓的灯光，把整个洪崖洞景区照射得银花火树，灯火辉煌。两边游人横穿马路，一度造成交通拥堵。

滨江一侧有些特色酒吧，可观嘉陵江夜景，亦可赏洪崖洞全貌。这些街边酒吧有大量客人，相信与此独特地段有关。滨江路的沿江步道有很多卖麻辣串串和抄手的，价格要比洪崖洞便宜。一对母女推着小车卖着凉粉，让人甚感温馨。我买了碗凉粉，便继续前去了。

吃着重庆小吃，观着洪崖夜景。长街灯火耀江天，吊脚楼让人饶有兴味。拍了几张照片，看看手表，已甚晚。原路返回，待明晚来早些，有更多时间体会洪崖洞夜景。

洪崖洞上是沧白路，此时，公共交通已经停运，因用车需求量大，也很难叫到"滴滴车"。无奈之下，只能选择"黑车"横过长江回到旅馆。不过，在车上，司机倒是讲了一些游玩重庆的攻略，解答了我的一些疑惑，确实对行程有一些帮助。

走进了一家火锅面店，叫了一碗清汤海鲜鱼丸面，当这碗火锅面端到我的面前，其大小可谓出乎我的意料。价格不贵，但这碗面却像脸盆一样大，料也特别足，有六颗包心鱼丸，芽菜、金针菇铺底，吸取了海鲜汤料的浓汁，很是鲜美。可以说，这碗火锅面很"重庆"。

回到住所，沐浴洗漱，一切完毕，躺在床上，回想过往的一天，历

历在目。独自上路，真是精彩又刺激。次日美好的旅程，正在向我招手。

解放碑

早晨，缓缓睁开眼。暖暖的阳光透过落地窗射进屋内，照射得空气中的粉尘都清晰可见。不觉间在这巴渝已度过一日，磁器口和洪崖洞皆已如计划中一一游览，今日将前往解放碑。

重庆这座魅力之城，其白天最为热闹的要数渝中区解放碑商圈一带。解放碑，是重庆的重要地标建筑，其所在位置处于城市中心，四通八达，交通便利。据相关记载，重庆解放碑有几个阶段的红色历史。而碑上书"人民解放纪念碑"七个大字，承载了重庆的红色历史文化，后来，人们将其简称为"解放碑"。

解放碑除作为重庆标志性建筑外，以其命名的商圈可谓是高楼林立，繁华非常。一栋栋直耸云天的玻璃建筑，此处绝对是重庆现代建筑密集地。附近的八一路美食街，无论你好哪一口，在这里总能找到你想吃的，辣与不辣，荤素齐全，任君选择。

八一路上，行人或左手拿茶，或右手握串。一口肉一口茶，不知他们是否是本地人，但是却散发着一种巴渝人特有的豪气，或许是潜移默化的影响吧。边走边吃，走上吃货之街。不觉间，我也被写进了这八一路小吃街的美图里。

"这串串有不辣的吗？""没有哦，最起码也是微辣的。"说罢，店家一脸茫然地看着我。其实也是，来到重庆，不吃辣还能吃些什么？

吃饱喝足，向解放碑中心广场进发，中途道路甚宽，避免了游人熙熙攘攘之麻烦。解放碑四面八方皆是形色各异的商城和广场。此处是重庆人喜爱的购物天堂。走进这些商场转了几圈，但实际上，很多人是为了消暑才跑进来吹空调的。

解放碑离洪崖洞很近，遂决定步行试试看要多久。途经重庆美术馆，建筑犹如一根根红筷子黑筷子有序地拼搭在一起，很有格调。毕竟不是学艺术出身，不敢班门弄斧赏析。但是又觉得其与上海中华艺术宫有几分相似，不知是否有异曲同工之妙？

天成巷

沿着昨日的道路来到洪崖洞，不过这次多了几分熟悉感。因是白天，看得更远，对岸更清楚。城市阳台的地标图腾吸引了不少游客，上面刻满了与洪崖洞相关的历史浮雕。

远看洪崖洞旁的千厮门大桥，角度依旧。如果说晚上是一条会发光的巨龙，白天倒可以看清其构造设计的巧妙。上面是汽车通行的大马路，下层竟是重庆地铁6号线的通行之地。桥上设有人行道，可供两边的游客随时步行过岸。

走进洪崖洞天成巷，一路上还是一家又一家的火锅店，一块块的火锅底料整整齐齐码放在托盘上。据说，有些第一次见的人，竟会把其当成一种食品，类似于笔者家乡的松糕、萝卜糕之类。不过单就外形而言，确实是有几分相似的，也就怪不得别人误会了。

天成巷内，还能看到卖花椒和各种辣椒的店铺，符合重庆人爱吃辣的特质。有的店面陈列着一盆盆的辣酱，也有不少的游客在选购，装进一罐罐的包装筒里。同样，也有不少的店面出售重庆火锅砖，只是真空包装的比较多。

一盆一盆的辣酱，或鲜红，或深沉，味道根据不同人的喜好做出改良。芝麻浮红油之上，酱香飘十里之外。若不是不能吃辣，真该带些回家。

同样出售的还有鬼城鸡块，还有很多茴香之类的香料。旁还有刚做出来的一块块未上包装的火锅砖，草果、香叶样样有，根根红椒在里头。爱吃辣的人来到此处必有口福，重庆火锅之辣之香，在这一块块的火锅砖中得到了最好的诠释。

天成巷还是民间非物质文化遗产手工艺品的聚集地，一些巴渝特色的小手工，如重庆刺绣品、重庆老布鞋，还有各种小玩具和纪念品应有尽有。

巷尾有一家以熊猫为主题的纪念品店，布偶慵懒地趴在陈列架上，等待前来认领的主人。还有印有熊猫外套和书包。即使未到熊猫之乡成都，就已经被可爱的熊猫萌到了。

天成巷之下，有一民俗古玩街。此处以珠宝玉器店铺居多，一家店铺正在出售一块块石头，这并非普通石头，是玉石的原石。人们常说的"赌玉"就是赌的这些石头。一刀下去，成色很好的有可能暴富，也有可能血本无归，完全是靠运气吃饭。

酸辣粉

看看手表，肚子有些饿意。原来已是晚间八点，嘴巴是不会撒谎的。思量，这次还是吃重庆串串吧。上到四层，开启搜寻模式。在美食街的内巷，我进了一家串串店。

串串有两盆，一盆清汤，一盆红油，较照顾不能吃辣的广府人。红色那盆让人望而却步。串串荤素皆有，丰俭宜人。随手选了几串，外加一碗酸辣粉。不过重庆凉糕倒感觉一般，比想象中要硬。对其并没有太大好感，或许是我吃不惯这种重庆特色美食吧。

一碗酸辣粉，几串美食。饭毕，天色渐黑，原来已是八点多。遂决定一补昨晚看夜景走马观花的遗憾。今夜我要走过千厮门大桥，横跨嘉陵江，到对岸看全景。

华灯初上，众人穿行于华光璀璨、灯火辉煌之中。不时眼观四方，时而驻足观望，或是手持小吃，满是喜悦和期待。川流不息的人群或许是晚上的洪崖洞最大的特色。不过，继续寻找新奇的小玩意儿才是我此行的最大目的。

洪崖洞这一路上，手工酸辣粉店随处可见，现做现卖。虽为酸辣粉，可是个人偏偏觉得其与广东之濑粉有异曲同工之处，粉浆入一漏勺中，拍打使之落入一锅煮沸的水里，以便成形，属典型民间手工艺。酸辣粉成形烹熟后，配上佐料，淋上香油，撒上葱花，放上两片芫荽点缀，一碗无数重庆人骄傲的酸辣粉便制作完成。

除酸辣粉外，此处还有一种脍炙人口的食物，就是随街可见的凉粉凉糕。这种凉粉凉糕与广式凉粉大相径庭，广式凉粉以简单为主，加糖浆即成。而重庆凉粉则添加了很多其他的"佐料"，例如水果、葡萄干、花生，甚至连儿时吃的五颜六色的软糖，都可以拿来佐。如此一来，前来挑选购买的人还不少。我并不饿，便未尝试。

一侧街口，在众美食的包围下，一位老伯显得尤为特别。那是一位捏泥人的老人，全凭手工现捏。可以捏的有很多，人像、动物、玩具、木头人……或是栩栩如生的小青蛇，或是白净可爱的小兔，鹦鹉后面还插着一根真的羽毛。就连西行取经的大圣师徒四人也有。捏泥人应属非物质文化遗产范畴了，又见一门珍贵的民间手工艺。

千厮门大桥

夜晚九点时分，回到城市阳台，准备横跨嘉陵江。此时，千厮门大桥上游人络绎不绝，人行道一旁则车马游龙，川流不息。

于桥上，情侣游人倚栏杆而赏夜景。桥下的六号线地铁不时穿行而过，桥面颇有震感。江上游船，霓虹灯色彩不时变换，夜色下的嘉陵江增添了不少撩人的动感。两岸灯火阑珊的建筑倒映于夜江之中，五彩缤纷，霓虹闪烁。

循向望去，整个洪崖洞建筑群在金色的灯光包装下，灯火通明，显得珠光宝气、雍容华贵。层层叠叠的金屋似是玩物，码放得鳞次栉比。似是金屋藏金玉，实则金光熠灿灿。如此奇观，实乃重庆一绝也。

　　站于桥上，选择一个好的角度，还可以拍到洪崖洞与众高楼建筑层叠搭配在一起的美图，依山就势，错落有致。传统与现代的结合，却有几分独特感。灯光如昼，不夜之城。谓其灯之海洋，实乃名副其实。

　　靠近朝天门码头一侧，可以看到两江交汇处。据说水大时，能看到两江交汇的奇观，嘉陵江水碧绿，长江水则棕黄，江水便于朝天门广场前汇合。不过此时正值夜晚，也看不清交汇处到底有什么奇景。

　　沿千厮门大桥横过嘉陵江，到达对岸的江北区，相较之下，此处沿江道则少了洪崖洞一岸的灯红酒绿、歌舞升平。游人稀少，显得有几分冷清。一旁则是重庆大剧院，只剩地铁不时从此处呼啸而过的声音。

　　于洪崖洞一侧的正对岸，在众高楼大厦的映衬之下，洪崖洞建筑群显得更精致了。

　　我在寥若晨星的一岸，独自走着，心中不免多了几分孤寂。不过如此也好，少了洪崖洞那头的热闹，倒是多了几分清静。次日，我便去往成都了。高铁上，望向窗外的一山一水，回想短短三日的重庆之行。其实旅行真不是一种奢侈，而是一种理想追求。我正是在这种追求中，逐渐找回迷失的自己。旅行还是一种信仰，我们都各自走在朝圣的路上。

陈永强

　　1997年生，深圳公明人。学生，自由旅行爱好者。非物质文化遗产保护利用、民俗学研究方向。曾获全国"东方公益"历史记录大赛一等奖。在校期间发表过《浅谈儒道互补》《深圳市非物质文化遗产保护现状分析建议》《公明水贝陈氏家族史》等九篇论文，在《文化天地》期刊中发表过多篇游记。

树　下

◎黄秀萍

最忆年少懵懂时，不觉已到不惑年。门前溪水尚能西，人生不可再少年。

少年是伴着家乡的树木一起成长的，它们扎根在我的记忆深处，偶尔还会出现在梦里，枝繁叶茂，花落花开……

每年四月，栀子花绽满枝头，一朵，两朵……洁白无瑕，清香四溢。摘几朵沾满露珠的栀子花，扎上高高的马尾，自觉神清气爽。再摘几朵含苞待放的花骨朵，放进一碗清水，整个屋子都布满了栀子花的清香。上学的时候，带几朵去学校，偷偷放在讲台……儿时是伴着栀子花香长大的。

每到桑枣成熟时，我们一帮孩子身手像猴子般灵活。爬上树干饱饱吃一顿。不用洗，不用擦，那个酸甜酸甜的味道啊！没有防腐剂，没有增色剂，纯天然，无污染。我们吃到舌头变紫了，嘴唇变紫了，手也变紫了，衣服也变紫了……

已忘记槐树是什么时候开花了，那些被雨露沾湿的串串花瓣是否依

旧在风中起舞！在每个夜深人静的夜晚，槐花的香味还是那样沁人心脾吧！采花人还会走村串巷，采花酿蜜吗？孩子们是否还会拾起槐花，像我们当年那样把它当蜜一样吮吸……

还有家门口的苦楝树，每到开花的季节，紫白相间，花成一片，像天女散花，又似繁星点点。

在众多的树木中，印象最深刻的当数我家那两棵大枣树了。因枣子个头大，大家都称其为"秤砣枣"。这种枣子成熟时，青色带点微红，脆口而又甘甜。

每年五六月，一个个小青枣雨后春笋般冒出来，挂在枝头，几日不留意，它便像变魔术一般，个头增大不少。

随着枣子增多、变大，枣树枝头沉甸甸的，每遇刮风下雨，总担心树枝会折断，枣子会落下。其实，这些担心都是多余的。这时候落下的枣子都是不成气候的，它们的落下也为其他生命力更顽强的枣子让出了更多的空间和养分。

到了七八月份，枣子渐渐成熟。趁大人不在家，拿一根竹竿，猛敲枝头，"哗啦啦……"枣叶、枣子像下雨一样。有时候也爬上枝头，但够得着的枣子不多，因为枣子一般挂在树梢。最怕树上的"洋辣子"，一种青色的毛毛虫，一旦挨着皮肤，奇痒无比。

最盼刮风下雨，这时我们就可以拿着瓢盆在树下"守株待兔"。全村的孩子都出来了，大家不惧狂风，守望在树下。一颗枣子落下来，大家欢呼雀跃，蜂拥而上。下雨了，就回家避雨去。风雨过后，没有集合令，孩子们忽然又聚集在枣树下。小碗，瓷缸，衣兜，装得满满都是。如今想来，那是一段多么快乐自由、无忧无虑的日子啊！

枣子完全成熟的季节，母亲会请人上树"下枣"。"下枣人"要把自己裹得严严实实，以免遇到马蜂窝，或被"洋辣子"蜇住。那真是一个热闹的日子，左邻右舍，老老少少，大家围在树下，等着下"枣雨"。"哗啦啦……哗啦啦……"枣子像下雨一样，从枝梢跳落入地，有的滚落池塘，有的直接落入盆中……

多少年后，捡枣、下枣、晒枣那些美好的画面一直深深印刻在脑海中，成为想念家乡时最温馨的慰藉。

家乡的大枣树，也是乘凉纳阴的好地方。搬一把椅子到枣树底下听蝉鸣，听蛙叫。在月明风清的夏夜，缠着爷爷讲鬼故事，和小伙伴捉迷藏，抓萤火虫，数星星……

家乡的大枣树，承载着儿时太多太多美好的记忆，它给予我们果实，也给予我们诚实做人的品质。

只是，树木荣枯有时，生命皆有定数。人树百年，不过眨眼一瞬。那些陪伴我成长的树木，随着岁月的变迁和房子的改建，或自然枯萎，或因故被砍。那些种树的前辈也先后逝去或老去，生命里没有永生的事物，只有不变的记忆。

后来，家门口又陆续栽种了两棵枣树、一棵桑树、一棵栀子花树、一棵无花果树。现都已枝繁叶茂，开花结果。

生命是一个过程、一段旅行、一份责任。树木亦如此。曾经那些树木负责在我幼年的心灵种下美好的记忆。如今这些树木，它们的枝叶会荫庇家乡的孩子，它们的花朵和果实，也会成为家乡孩子最美的童年记忆。

人生树下必有情，树下人生须有意！于今在南方，看到的已不是昨日那些树，它们虽然高大，也很美丽，但却无法和记忆中的树木相比较。有一天，当我们老去或搬离现居住地，它们也会像记忆中的枣树、桑树、槐树和栀子花树一样，被深深地忆起，被深深地怀恋……

时光荏苒，岁月如梭！生命离过去越来越远，记忆却离过去越来越近。那些陪伴我成长的树木啊！它们是儿时的天堂，是心中的大伞，是脚下的方向！它们是生命的根基，是心灵的栖息地，是精神的家园！它们将永远植根在我的内心深处，为我遮风挡雨，让人魂牵梦绕……

黄秀萍

　　深圳市马田小学语文教师。热爱文学、旅行、摄影。崇尚自然，善于发现生活中的真善美。

落日与村庄（组诗）

◎黄荣东

落日与村庄

我承认自己
是一个多愁善感的人
秉承父母基因
热爱村庄上空飘荡的炊烟
热爱田野里用汗水浇灌的庄稼

——而我也无数次地
在落日时分凝望着远方
不可预知的未来
在晚归踩碎月光筛下的星光
做着遥不可及的梦

在风吹过的尘世

哪怕是开在野外的无名小花
或是迷失在夜空哀鸣的飞鸟
都让我的内心顿生怜悯

我知道大地万物
每一个生命都是一个世界
即使村里的一位老人
他如蝼蚁苟且地活着
最后凄然地离去
连一座墓茔都没留有……

当我看到落日与村庄
在晚霞映照下
无数次地紧紧拥抱
在暮色四合时
无数次地告别

——我知道
那位离世老人的名字
或许已经被人们所遗忘
或许认识他的人也从未悲戚过
但人生一世
草木都有情怀
正如落日与村庄
在岁月的长河
看似它们彼此漠视

其实默默地关注……

长满荒草的水田越来越多

一开始　只是一小块　一小块荒着
在春风吹过的田野
远远看去，就像大地上
一个　一个　灰色的补丁

后来，灰色的补丁
就像随意丢弃的抹布
在秋风吹过的田野
淡出了人们的视线——

其实这些水田的主人
有的举家到城市打工去了
有的在城里做生意置了房，买了车
一年　两年　三年　或者更长时间
只有春节回来看看
这些丢弃的水田是否还在——

水田还在　江山依旧
只是荒草挤走了金黄色的稻子
春天来临的时候　曾经繁忙的春耕场景
业已被荒凉与寂寥代替——

有人从城里回来说

一年耕种的田　没有打工一个月的收入划算
于是，越来越多的人外出
于是，长满荒草的水田越来越多……

天边的大火

一个太阳落山的傍晚

天边突然燃起熊熊大火

还传来阵阵噼啪声

引起我惊悚的目光

一种被绷紧的心绪

迫使我朝着火光的方向

奋力奔去——

近了……

近了……

我看到一个高大的身影

他手持铁叉

像电视剧里的二郎神

守护着那片大火

直到火焰越来越小

变为黑夜一样颜色的灰烬——

那是收获后的甘蔗园

当所有的甘蔗被搬运走以后

它遗留下来的干枯的叶子

化为泥土的一部分

——那是父亲留给我的童年
最清晰的影像
那场漫天的大火
就像一部家族的史诗
多年以后
就成为我对乡村
厚重的回忆……

老渔人

我看到他摇着橹
在日升的时候
披着一身霞光
把小船摇进了大海的深处
然后在黄昏的时候
又看到他挑着鱼
走村串巷地叫卖
然后到集市上
换回了米油盐酱醋——

他是一个独身的老头
每当看到他矮壮的背影
以及他的船儿
与大海融为一休
便有一首低缓的旋律
迷醉成岸边的风景
（那时我只是一个半大的小孩

他对大海的那份执着与勇敢
就成为我崇拜的偶像——）

如今猛然回头
那片湛蓝色的水
已经成为经典的诗篇
只要我轻轻想起
泪水就淡化了想象中的意境
失去踏浪时的那份豪爽

海还是原来的海
沙滩还是原来的沙滩
港湾涌出的机船
轰轰烈烈地驶向远方
而他的小船
到底摇到了哪里呢

还是那片大海
还是那一片蔚蓝……

黄荣东

　　广东省徐闻县人。深圳市作家
协会会员、光明作家协会会员。已
在《诗林》《诗潮》《佛山文艺》
《牡丹》《青春潮》《黄金时代》
《阳光》等全国100多家报刊发表
作品550多首（篇）。有作品入选多家选本，并获奖。

文本与绎读

从一棵草开始的寂静（组诗）

◎葛筱强

一些鸟鸣

在树下走得久了
总会有一些鸟鸣落下来
落在我肩头的，还会飞
还会调皮地打个滚儿
大笑着，说出野花和青草
在黑夜中的秘密
落在地上的，直接生了根
长出一丛丛荒芜的晨光
在我的脚掌上晃来晃去
让我觉得，自己的身体也是
由一些鸟鸣构成的，在
微风的轻拂下，也拥有了
生长和飞翔的欢乐

月凉如水

如果你爱我，就应该

和我一样，用身体中

最重的那根骨头，热爱

这乡下的夜晚。在我身后

草原上的尘埃落尽

沿着河流的声音

萤火虫低语着近处的家

今夜有露，但它不想打湿

屋瓦下麻雀的睡眠，今夜

也有一弯月牙儿，凉如水

刚好挂在我心头那棵

被风吹动的树梢上

幸福

幸福只是午后阳光中

最不起眼儿的那些颗粒

我忽然想和你说说这些

是因为一场小雨刚刚下过

风吹木叶，鸟鸣也是湿漉漉的

你走过的那条山路，现在

多了些松软的尘泥。在路的

左边，野百合淑女一样开着

且把淡香偷偷地传送到

路的右边。这时你完全可以

想到，幸福就在我目光中的
两个夹角间，正被一条风的
射线抛出去，一直甩到了
我们看不见的远方

一棵杨树

一棵杨树安静地
站在风里。清晨五点
我从它的身边走过
它脚下的露水正被晨光
照得有些妩媚
但它安静依旧，甚至
比我路过之前更加安静
比露水有些妩媚之后更加
安静。这样的安静
只有这棵杨树才有
这样的安静，我称之为
月落无言，鸟声扑面

村庄

我一定是在黎明时分睡着的
睡着了，我就不想再次醒来
如果必须醒来，我只想
最后一次紧紧地抱着你
在走累了柏油马路之后
在久违了青草的香味

和星星般散落的野花之后

我只想最后一次蹚过

你身边三道水洼里的春天

在东山梁上的那棵老杨下

醒来，亲切而安静地望着你

杨枝上的鸟鸣很美，但美不过

鸟鸣之上的一轮月色

杨枝上的鸟鸣也低，但低不过

鸟鸣之下的一捧黄沙

一只麻雀

天空忽然暗了下来

和暗下来的天空相比

一只老麻雀的嘴太短了

甚至衔不住风里的几枚

雨滴和自己的叫声

我在起风的午后

遇见它，并不稀奇

彼时，我刚好人到中年

彼时，我亦两手空空

晨雾时分

我只想写三尺之内的事物

你知道，这个清晨有雾

也有别的东西在暗处发光

三尺之内，燕声湿润，青草

虚弱，夹竹桃默如羔羊
但女贞比我更加好奇，它们
探出头来，像一群集体丢失
故乡的旅人，把吹出体内的
香气，奋力向更远的地方推送
我站在三尺之内，身体一轻再轻
却轻不过晨雾慢慢透明的呼吸

白云飘过来了

白云飘过来了，我还没有
彻底地从午睡中醒来
房檐下的麻雀就开始了
欢乐的叫声。白云飘过来
就是去年的落叶，重新
回到树枝上，一群穿着
白花棉袄的亲人们踩着
青草尖，一寸一寸逼近
自己的故乡。"兰牙依客土"，
"云生失半山"，还没等我
远远地打声招呼，他们就落卜泪来
仿佛有许许多多漫长交叠的时光
压在胸口太久。现在，他们终于
可以不必衡量河水的消长，终于
可以将自己骨缝里的疼痛
全部交付给更为辽远的天空

草地上的羊群

天快黑了，草地上的羊群

在黄昏的照料下，仍不肯

回家。不想回家的，还有

我，坐在草地的另一侧

用单薄的身子，凝望

不远处的村庄渐渐暗下去

而它怀中的灯光，一盏一盏

亮起来，其中随风晃动的

那盏，需要我用整个童年

或一生的光阴才能搬动

它既是羊群暂时离开

草地的理由，也让一个

在黄昏与夜晚之间

剔净幻想与骨头的人儿

生硬而沉默地，忍住了

不想尖叫的泪水

和白杨林一起打坐

和白杨林一起打坐，我想自己

要爱上清风，爱上蚂蚁搬运过的

鹊巢，黄昏中收拢薄翼的雨

再和它们一起用哗哗作响的衣襟

目送闪电之后的雷声和惊起的燕子

如果它需要，我还要用深情目送成片的

玉米，在第一场霜寒中齐刷刷倒下
紧跟着来到怀中的暴雪，我也要爱上
它最后一个与我喝下月光，也喝下不久
之后走来的死，却不向我说，这就是永别

春风过

在残雪斜陌的另一翼
我歌唱过埋进河水的星星
现在，我要取下春风尖叫的
锐角。草色若有若无
长笛吹动柳枝烟笼的酒意
我想坐下来谈谈渐渐肥胖的
野火，打湿嘴角的云团
或者富于弹性的命运
可它表情平静，一言不发
它安静地分开宿雨的冷峻
和晨燕的轻啼，分开我
发梢上的黄昏与黑夜
春风过，那些我们曾经
无力怀念的事物
将一一获得重生的自由

秋风来信

它请我翻到《汉书》的第四十一页
从不再安静的
鸟笼开始，旧梦有些潦草

新墨泪痕未干。

它还请我慢慢计算昏睡的时间

正被远眺的纸窗拉长，像

往返振荡的空气，也

像低音区盲目而浑浊的呼吸

比怀抱的月亮更加羞涩

但等秋风来信，我且

甩一甩绣满灯笼的袖口

"汉王出荥阳"，此事与我无干。

鸟群叙事

我和一群鸟在阅读中

因为梅花是否暗自放浪

开始不断地争吵

但我始终记不住它们

飞流直下的一瞬

那数不清的时间箭头

把群山凹陷的梦想紧紧覆盖

在我愤怒的眼皮之下

它们又像纷纷扬扬的大雪

伸向我的双手又突然收回

给喜鹊

有时命运就是一种折光

在黎明的树枝上，有一种寂静

属于翅膀，有一种聆听

属于渐渐隆起的炊烟

（有什么应该属于苍老之后的记忆？）

我们还没来得及告别

那一阵阵象征主义的叽喳声

就落了一地，它们点燃了

早起的霜花，点燃了我们体内

耗尽半生的泪涌——

我知道，那不是别的

而是冬天难解的症候，让我们

备感惊讶

白羊

白羊云集的山冈，群鸟带走的

白昼回来了。布满北风的山冈

也布满了雪

多么辽阔和壮美

大雪覆盖的土地云集了白羊

为灾难而生，也为灾难而死

白羊，北方的血液北方的雪

北方的灯笼布满了牧羊人

忧伤的眼神

这一年冬天的大雪普降，日日

寒风如刀

在家乡的山冈

神布下的棋局一派茫茫

与蟋蟀一夕谈

夜晚的露水深如月光

和你不同，我观察夜色的方式

是用反复于床榻的失眠

但我们一起跳跃

闪烁其间的草籽

如白马，在半空中起起伏伏

让掩藏于身体中的黑

不断地变换音调

就像你带着歌声的翅膀

越来越低，我来自时针的

想象，正慢慢地

被埋入光阴的掌心

当夜晚合拢，我们仍站在

传统的秩序上，飞去飞回

写给父亲的信

父亲，面对远山我总想说点什么

窗外大雪漫天

你是否像平常一样

为了明年有限的收成

依旧执着地背起柳条筐

在我遮住双眼的一瞬

走向村中的窄窄土路

五十九岁，像黄昏时分
突然降临的雪花
刹那间染白你风中的鬓发

父亲，雪停了
月亮升起来了
而我忧伤的目光总是不能
穿透重重夜幕
看不见你梦一样的烟灰里
我的童年在你有力的掌心跳舞
当我含泪说出这些
父亲，你就像一只斑头老雁
躲在灯光的角落里
落满尘埃的身影
仿佛就是无法言说的孤独

袖口上的水花

记得那是秋天，北风初起
一只芦花鸡在院门前，扑棱棱
扇动翅膀觅食，把它眼皮底下的
天空搅得更加湛蓝

而它头顶慢慢移动的一片白云
就是一个沉默而慈祥的老人
俯视着院中那个用尽全力
压水井的女人，眼神饱含

温暖而潮湿的忧郁

那时我七岁，以压水井的姿势
度过大半生的女人，就是我的母亲
一晃三十五年过去，每逢秋天
我就站在窗下，望一片又一片白云
被北风刮过来，又刮过去
仿佛那就是母亲用破旧的袖口
甩出的水花，和芦花鸡的尖叫声

墓志铭

他终于安静下来，这个
老派的浪漫主义者，用尽一生
写诗，做梦，漫游，热爱
崇高的肉体和灵魂。他出身
寒微，但从未屈服于命运。
当你路过此地，请送给他
微笑，温柔，简单的注目
如黑夜之灯光。他一生的善意
永如春风吹拂

缓慢

一个热爱缓慢的人
不会让自己的目光
跑得太远，在乡下的清晨
雨滴比鸡鸣更懂得

抚摸心脏的力量。如果

你的脸上仍有时间

赋予的伤口，只需五分钟

忽然到来的简单生活

就赠你以反证：那么多的

大事件也完全可以终止

比如一只鸟，刚刚从头顶

飞过一段弧形的虚无旅程

有雾

一夜小雨过后，会有雾

降落在村庄上空，我不知道

它是何时开始蔓延的，但我

喜欢在这个时候迎着风拍打

一截树干，"啪，啪"的声音

会传得很远，然后再被大雾推回来

仿佛在看不见的远处，有另一个

像我一样热爱生活的人

正执拗地想为安静的一天

留下自己劳动的果实

寂静的田野

从一棵草开始的寂静

在另一棵草的腰上结束

犹如聆听，从黄昏的星开始

在晨起的薄雾的额头结束

你躺在初春的草地上自由地
呼吸，自由地把自己的倒影
埋进黑土里，仿佛把自己的
半个庭院埋进了风中

人间

旷野上的火总是没有
任何征兆地烧起来，这是
桃花刚刚盛开的春天
我一个人走在村庄的篮子里
把不远处的畜群和耳郭里的
雀噪，小心地搂在目光里，它们
中间有的跑得快，已经抵达了
地平线，一定会碰见日出
有的跑得慢些，刚好
与我写下的这首诗相遇

春雨

我应该叫它什么？
一只从夜半起飞来到
黎明窗口的紫蝴蝶
它在我的注视下
正朝着灯光的受害者
扇动拯救的翅膀
  "今日，泥牛不入海
万物与上帝皆是旧简中

秘密的情人。"

团结湖之忆

湖面起风了。向左一点儿
是低飞的云和寻找鱼口的沙鸥
向右一点儿，是去年的芦苇
和今年的笑声。这些时光的插页
不动声色地夹在甘洌的空气中
有些是透明的，比如波浪
翻涌，击打着白色的桥墩
有些则是荒芜的，比如岸边
挺立的一丛丛灌木，那是
我们少年时最感惊奇的一种
如今只折叠于内心的黑暗之角
你说，我们还是离开吧
趁着落日还没有落下，黄昏
尚未到来，这片天光下的湖水
因为添加了风的重量
与它相遇，便互为陌路
与它告别，即永为知音

劈空

后半夜的乌云吵醒了
清晨，因为忘不掉太阳
我一个人拎着斧子进山
鸟声如雨，亦如时而加速

时而放缓的光阴，我站在

一棵树下，挥动斧子劈向空中

一下，又一下，为看见

和看不见的空气划出

一些伤口，但它们总能

在瞬间愈合，仿佛那些涌出的

鲜血，都因记忆流进了

一首诗的缝隙中

黄昏又回来了

黄昏又回来了，它一回来

就躺在开满鸟声的树下

硌得我的脚掌，有些

微微地疼，但我不在乎

我本就不想搂着黄昏颤抖

也不想用尖锐的眼神

在它的身上划下一道道

伤口，更不想用自己的咳嗽

吹断越来越大的西风

和越来越急的暴雨。我不是

那个习惯在黄昏时分

落泪的人，只要黄昏能够回来

我从不在乎渐渐隆起的夜色

是燕翅下谁家铁打的江山

牧羊人从不祈祷

不止一次了，我路过平原时
黄昏都像一座不设防的教堂
但牧羊人从不坐在那里祈祷
即使光线逐渐变暗
稀薄的灯光，把黑暗挑在空中
牧羊人仍专心致志地用鞭子
将湖泊与羊群一起抽打
有时，连自己斜长的影子
也不放过。如果你刚好从他身边走过
如果你再细心一些，就会发现
身在远方的天堂，可能也是这幅图景
平原辽阔，黄昏巨大
在羊群和湖泊后面，一个牧羊人
把光阴走得如此波澜不惊

倾诉

终于可以向你这样诉说
我经常背对着日落走向黄昏
也经常背对着日出走向黎明
现在，迎春花就要开了
那些最小的花骨朵
就是我散落在平原上的童年
一阵风吹过来，经常会吹走
我头发上的草屑，也会吹来
我眼眶里的不安。每当此时

我就会背对着自己落泪

或背对着黑夜沉默地低下头

就像今天，我背对着春日白云

仰望着天空的蔚蓝，它可能在瞬间

变成一场不期而遇的大雨

让我背对着远树迎接南风

为一头驴子驻足

看到它时，秋天也长着四只

雪白的蹄子，在草垛好看的阴影里

奔跑。风也有些柔软，像午后的阳光

也像它沾着草屑的睫毛，扑闪着

古老的谣曲。在它左右甩动的

尾巴下，小蚂蚁的秘密是不能猜测

和说出的。我只知道，设若太阳西斜

那落在地上的，带露水的苇叶

既是小蚂蚁的屋顶，也是小毛驴的口粮

葛筱强

原名葛晓强，1973年生于吉林通榆。中国作协会员，吉林省作协诗歌委员会委员。主要文学作品数百首（篇）发于《诗刊》《文艺报》《光明日报》《十月》《作家》《星星》《诗林》《绿风》《北方文学》《诗歌月刊》、台湾《秋水》等报刊。著有诗集《向海湖，或星象之书》《植物颂》《读书记》，随笔集《梦柳斋集》《雪地书窗》《在黑暗中转身》。曾获吉林省第十一届长白山文艺奖，首届杨牧诗歌奖金奖。

既是浩瀚之锁，也是辽阔之钥
——读《从一棵草开始的寂静》

◎凌之鹤

那青青的山

那青青的山，那河

那苗条的白杨铜铸般笔直的枝干，

还有山上杏树那一片白花花。

啊，雪花开了，树上落满蝴蝶了！

挟着豌豆花的芳香，风

奔驰在原野的孤寂中！

——代题记［西班牙］安东尼奥·马查多（1875—1939）

【一】

看到"寂静"这个词的时候，我的耳畔正回荡着推土机和挖掘机破碎墙体那激烈而沉闷的巨大噪声。（我想说的是，在我们周遭，各种刺

耳的噪声似乎随时可闻。）通常，"寂静"作为一种空灵无声的神秘之境，当然不是能够"看到或想到"的——它应该是我们"感觉或意识"到的一种自然状态，然而，如今真想轻易切实地感觉到"寂静"这回事，端的就像希望能感觉到源自内心的"幸福与快乐"一样渺茫了。

我现在供职的部门位于本地老年大学一幢独立的楼房内，此楼正前方是老年大学的教学楼，楼后边是一个门球场。上班期间，每天基本上从早到晚，前方教学楼里要么歌声嘹亮，要么舞乐不绝，总是一片歌舞升平的盛世气象；整个早上，后面门球场上老同志们高亢的呐喊声、激昂的欢呼声、愤怒的抱怨声此起彼伏，仿佛他们在举办一场永不落幕的门球世界杯。在这里上班不到两年，我这个音乐盲居然几乎"听会"了数十首唱彻全国的红歌；另一个意外的收获是，素不关注体育运动的我，从老人们一次次兴奋的争吵中知晓了门球赛事的规则。党政机关办公区固然需要"肃静"，但我却不能贸然冲上去阻止或干扰老同志们的雅兴。置身如此欢娱、喧闹的环境做事，我只能努力训练"两耳不闻窗外事"的敛神内功，同时警醒自己：原来老人们是喜欢热闹的，他们并非如我想象的那样"渴望安静"；换句话说，他们可以聊发少年狂，也可以随时任意"打扰世界"，给本该平静的晚年生活弄出些引人侧目的响动，但年轻人不能为了享受静谧时光而无礼地去批评或置疑那过于喧哗的生活。这似乎是两个世界或两个频道的事，也可以说风马牛不相及。虽然我不反对适当的纵情狂欢，也不拒绝正常的热闹场景，但无论老年人还是年轻人，更多时候，我们确实需要安静的环境，哪怕只是片刻的宁静，也能让我们安心宁神恢复元气。在忍受罢过于喧嚣的人间日常之后，当夜幕降临，人应当学会并习惯与万物归于"寂静"的状态或境界。

我在开篇引用安东尼奥·马查多的诗歌作为题记，一则说明我丝毫不想掩饰我对"喜悦的孤寂"这类古老的诗歌主题的偏爱；二则因为我即将评论的《从一棵草开始的寂静》这组诗，就其主题和诗学追求而言，它们总体上在"原野的孤寂中"也吹拂着《青青的山》里那样清新、芬芳而自由的风。倘说寂静乃自然之属性，那么，"安静"无疑是人类自我克制的一种能力，作为一种基于自我保护策略的处世哲学，它有时甚至是修养和风度的体现。尽管诗人王小妮早就提醒人们：现在安静比什么都重要。遗憾的是，在这个众声喧哗、人人口若悬河、个个面前都有麦克风的浮躁时代，树欲静而风不止，我们很难像一棵水莲一样安静下来。现在，诗人葛筱强希望"从一棵草开始的寂静"，以优雅的诗学向我们展现了"寂静"生活之诸多面相，并心平气和地再次引导人们面向自然，回归简单生活，倾听寂静之妙、感受寂静之美、领悟寂静之趣。

始终希望"试着以安静的方式写作"的阿摩司·奥兹在其名著《一样的海》中说过："在这样的时代，安静是这个国家最紧缺的商品。请不要误会，我是在说安静，绝不是说沉默。"奥兹所说当然有弦外之音。但我在此只想讨论和强调"安静"这能力，并无言外之意。这很难吗？只要我们放慢追逐的步伐，一点也不难。且看葛筱强教我们如何训练"缓慢"，怎样从缓慢的节奏中获得"寂静"的体验：

缓慢

一个热爱缓慢的人

不会让自己的目光

跑得太远，在乡下的早晨

雨滴比鸡鸣更懂得

抚摸心脏的力量。如果

你的脸上仍有时间

赋予的伤口，只需五分钟

> 忽然到来的简单生活
>
> 就赠你以反证：那么多的
>
> 大事件也完全可以终止
>
> 比如一只鸟，刚刚从头顶
>
> 飞过一段弧形的虚无旅程

快哉！如此简单，只需短短五分钟，只要我们从奔跑或繁忙中慢下来，偶尔停一下，调整呼唤，然后安静地聆听心脏跳动一如雨滴打在水面上的声音，想象一只鸟从头顶无声飞过；当我们彻底放松之后，我们突然发现：天下太平，人间无事。诚然，正如诗人在《秋风来信》中潇洒地一甩水袖："'汉王出荥阳'，此事与我无干。"天下本无事，庸人自扰之，在一个过于激进跟风而理性稀薄的时代，此非消极之论。我们不妨回顾一天的工作："两眼一睁，忙到熄灯"，从清晨操劳到深夜，忙得天昏地暗日月无光，忙到茶饭不思，可这种繁忙有多少实际效果和成绩值得炫耀呢？一日如此，一年亦然。嗟乎！如你所知，在某种情势下，我们很多时候都在一本正经地做无用功，我们的智慧、精力和时间都耗费在各种华美的形式表演和太多劳民伤财的壮观排场上去了。人在江湖，身不由己；位卑言微，只能执行。终日奔波劳顿或案牍劳形，一辈子碌碌无为，我们许多优秀人才的一生就这样在一事无成中虚掷了。我曾为此扼腕长叹：满城但见失败的英雄，遍野都是失意的才子，真可惜呀！但精明的商人和睿智的农民不会这样，否则，他们如何经营人生呢？你看，在乡下，即使在夜雨过后起雾的清晨，诗人也喜欢迎风拍打一截树干，在"啪，啪"的声音回响中想象，大雾之外：

> 仿佛在看不见的远处，有另一个
>
> 像我一样热爱生活的人

　　正执拗地想为安静的一天

　　留下自己劳动的果实

【二】

　　之所以激动地说了以上那些难免意气而有失矜持的话，是因为有感于《从一棵草开始的寂静》这组诗带给我的强烈刺激。坦率地说，这组诗的形式、境界和格局，因为貌似缺失鲜明的时代感和取悦某种诗学权威的意思，在当代某些所谓的大诗人眼里，颇难称得上"高大"，甚至其主题（母题），也不可能获得当今主流诗坛的首肯。但这又有什么关系呢？评论一首（组）诗的优劣，我们还是相信"一千个读者就有一千个哈姆雷特"。目中无人的大诗人尽可以致命地自负，读者亦不妨高调忘情地自我做主。以葛筱强的这组诗作而论，在我看来，《从一棵草开始的寂静》无疑是一组读之令人安静而愉悦的"可爱"之作，就诗艺而言，亦允称优秀；他用干净简洁的诗语，心无旁骛地为我们呈现了一个纯粹而动人的寂静世界，并借助这世界的和谐呼吸喻示了浩瀚辽阔的寂静之美。要而言之，由三十首短诗构成的这组诗歌，以卡夫卡式遒劲有力的铁钩银笔——简明扼要地勾画了北方一个恍如世外的小村庄的四季轮回，在无数个昼夜不动声色交替的静默中，诗人——与其说是这寂静疆域之王，毋宁说是这宁静村庄的赤子，他以温和沉静之姿态，以行走和沉思的方式，在寂静中聆听悦耳的鸟鸣、温馨的燕子呢喃、清澈河流的欢歌、萤火虫的低语、微风拂过树梢的轻响、扣人心弦的雨滴和亲人纵情的歌声……从这些在寂静的心灵之鼓上持续激荡、不断回响，偶尔欢腾、时而低沉的曼妙玄音里，领悟了人生、生活、生命、命运与世间万物的隐秘关系，最终获得了心灵的慰藉和精神的解放。如果用更简洁的话来概括，这组诗是一个中年男人轻声吟唱的唯美感人的田园牧歌——他低沉淳朴的清唱，温柔地唤起了我们久违的乡思之情；而他动

情吟唱和耐心倾诉的村庄，他反复经行的平原，他从容行走的现世人间，就是那个从不祈祷的牧羊人身边极为壮丽的黄昏图景：

> 如果你再细心一些，就会发现
> 身在远方的天堂，可能也是这幅图景
> 平原辽阔，黄昏巨大

在城市文学或"城市诗歌"方兴未艾和颇为讨好的今天，完全彻底去城市化，以乡土为背景、刻意拒绝现代气息的《从一棵草开始的寂静》，似乎是一组不合时宜的乡土诗。而诗人书写的这个北方村庄，他用诗歌和文字执意激情构建的这片土地，俨然是一个伊甸园式的所在，当然，它并非世外桃源。诗人悠然平静地漫步其间，他轻声吟唱，他的歌声里有欣赏、喜悦与赞美之意，但其音调和旋律亦不时飘逸出淡淡的苦涩与诗意的忧伤。

阿奇博尔德·麦克利什在《诗的艺术》中反复说过，"一首诗应该可以抚摸而沉默/像一只浑圆的果实"；"一首诗应该默默无言/有如群鸟飞翔"；"一首诗应该在时间中凝然不动/像月亮攀登天空"；"一首诗应该忠于现实/却不必完全真实"。他最后强调："一首诗不应该说明什么/而应该本身就是什么。"我对这种要求"沉默""缄默""静默"的玄奥诗学庶几认同。因此，我并不想对葛筱强这组诗做伪乡愁式的考察，——在此时此刻谈及乡愁，我深感既矫情亦可耻，因为我们当中的大多数人早已背叛了故乡（在传统乡土文明沦落殆尽的今天，目睹一座座历史悠久的村庄被瞬间拆除，安居繁华都市的诗人固然有过忧伤而短暂的反抗，但最终都在无意识的妥协中集体失语了）；我只想将这些诗当作能够承载"依恋与爱的记忆"的诗歌来审美，且愿意相信并接受它谦逊而诚实的诗学。这组诗歌对于一个远离乡村多年的都市读者来说，无疑是一个遥远的记忆、梦境和幻觉；在城市化浪潮中永失故乡的人，读着这组乡土背景的诗歌，则会引起深沉的思考和持久的感动。对于如我一样有过乡村生活经历的读者而言，我们能够从这些诗行中回望故乡，打捞记忆中沉睡的乡间人事，借助想象来还原那些遗忘已久的乡土人生经历和经验。这些乡居经验在今日喧嚣繁杂的城市生活中已变得如此空洞可疑，像寂静本身一样难得而倍显奢侈。鸟鸣，在城市公园中或花鸟市场固然可以听到，但这些城中之鸟的鸣唱，已无法打动我们日益坚硬的心灵：我们的内心世界要么一直沸腾着，要么早已荒芜。

我们注意到，在这组只关注眼前事物的纯情的直觉型诗歌中，诗人似乎在强烈地抵制某种虚妄华丽的现实，为此，他不惜弱化甚至放弃了奥斯卡·米沃什强调的诗歌应该承担的"可怕的责任"。我阅读这组诗歌时，不禁想到切斯瓦夫·米沃什关于诗歌命运（意义）的思考。他在《诗的见证·诗人与人类大家庭》中不无担忧地写道：

> "诗歌是否还有可能，如果它自绝于对奥斯卡·米沃什来说如此重要的'运动'？换个方式说，这个问题是，非末世论的诗歌是否可能？那将是一种对过去未来轴心的存在和对'最后之事'——拯救与下地狱、审判、天国，以及历史的目标——漠不关心的诗歌，换句话说，亦即对把分配给某个人类生命的时间与全人类的时间联系起来的一切事物漠不关心的诗歌。"

米沃什偏激地认为，"中国古诗似乎就是这样的"。我大约能够理解米沃什的困惑与猜测，他对中国古诗漠不关心"最后之事"的主观判断并没有大错。想必他应该也知道，中国传统的古典诗歌固然极其看重"眼前"，偏好"当下"，但它并不放弃"希望"，也不拒绝"未

来"；尽管它渴望永恒的生命，但无情的理性与死亡的经验却提醒它，那不过是虚妄之冀，它最应该关心的无疑是当下人生，亦即诗人与诗歌共生和一起对酒吟唱的那个时代，说句让有些道学先生颇不悦的大实话——它的确与我们天性中固有的那种"及时行乐"的人生趣味和"及时消费"的价值取向颇为匹配。毫无疑问，《从一棵草开始的寂静》确实唤起了我对中国古典诗歌的趣味与价值观的浓厚兴趣，它让我想起了那些流传至今并将永远流芳后世的古代诗人和杰作，那些前辈诗人和诗歌虽然对身后之事漠不关心，但一代又一代的读者将继续诵读那些诗歌并真诚地缅怀它的作者。为表达对中国古典诗歌的崇高价值观的认可和对古代伟大诗人的敬意，同时为进一步有效地解析葛筱强这组诗歌中可能承载的传统诗学，此处，我们不妨高吟陶渊明的《饮酒·其五》：

> 结庐在人境，而无车马喧。
>
> 问君何能尔？心远地自偏。
>
> 采菊东篱下，悠然见南山。
>
> 山气日夕佳，飞鸟相与还。
>
> 此中有真意，欲辨已忘言。

在葛筱强的诗歌中，端然具有"结庐在人境，而无车马喧"的宁静气象。我们惊讶地发现，在这组诗繁多的意象中，除去"柏油马路"这个稍具现代气息的粗俗意象，几乎皆为我们熟悉且习见的自然乡土气味浓郁的（古老）事物，比如飞鸟、野花、青草、月亮、杨树、麻雀、白云、羊群、蚂蚁、炊烟、大雪、驴子、露水、苇叶（而其中隆重出现的父亲和母亲的形象，大约也可视为中国人文传统里所有人的父辈的原型）……在这个绝对纯自然主义的中国传统村庄里，我们也许会深感奇怪：这里没有手机、汽车、喇叭、电视的骚扰，也没有物联网、云计

算、虚拟现实、网络社区和时尚先锋的影子，甚至丝毫也感受不到城镇
化、工业化与现代化造成的任何影响；这里只有那些浪漫的时代精英嘲
笑的"眼前的苟且"，只有平静从容而自由自足的田园生活。在这里，
你偶然从林中树下走过，便可以听到甚至"看到"不一样的鸟鸣：

一些鸟鸣

> 在树下走得久了
> 总会有一些鸟鸣落下来
> 落在我肩头的，还会飞
> 还会调皮地打个滚儿
> 大笑着，说出野花和青草
> 在黑夜中的秘密
> 落在地上的，直接生了根
> 长出一丛丛荒芜的晨光
> 在我脚掌上晃来晃去

就是这神奇非凡而极富生命力和感染力的鸟鸣：

> 让我觉得，自己的身体也是
> 由一些鸟鸣构成的，在
> 微风的轻拂下，也拥有了
> 生长和飞翔的快乐

如此欢欣而令人兴奋的鸟鸣，是不是很容易让我们想起孟浩然《春
眠》诗里那些叽叽喳喳歌唱春天的鸟儿？尤为让人艳羡的是，在这里，
诗人居然可与"鸟群叙事"，在与群鸟的争吵辩论中看梅花落满山坳；

还可"与蟋蟀一夕谈",以失眠的方式观察夜色,想象和感受光阴飞逝。在这个我们似曾相识的村庄里,从酣睡中醒来的诗人以哲学家的口吻告诉我们:

> 杨枝上的鸟鸣很美,但美不过
> 鸟鸣之上的一轮月色
> 杨枝上的鸟鸣也低,但低不过
> 鸟鸣之下的一捧黄沙

在这个寂静安详的自由国度,诗人在不同的时段,从容自在地巡行于村庄周边。俨然村庄之守护神的诗人,以《春雨》《春风过》《月凉如水》《秋风来信》《为一头驴子驻足》《白羊》等诗篇,心平气和地书写了季节变化带给自己内心的微妙感受与别样的生命体验,让我们也体会到了杨炼在《我还是幸运》的一首短诗中所感叹的"幸运":

> 还是幸运活在一个四季分明的时代
> 还是习惯跟着温度变化调整自己的生活

阅读这组诗时,我眼前再三浮现爱德华·霍珀的绘画杰作。与霍珀绘画的常见构图风格和意境惊人地相似,葛筱强的诗中出现的人物不过一二,除了极少的细节刻画,风景描绘大多呈模糊形象。如果说霍珀的画卷让我们感受到了马克·斯特兰德所称赞的"寂静的深度",那么,葛筱强的这组诗却让我们感受到了"寂静的辽阔"——尽管这寂静始于一棵草。而这组诗歌里循环反复的时间秩序,既强化了诗歌本身的运动感,也彰显了时光的秘密影像:清晨、上午、午后、黄昏、夜晚——这些时间嘀嗒的声音,一直在我们寂静的心灵上清晰回响。

【三】

　　草儿是中国传统诗歌中最常见的抒情对象，无论是惹起离愁别恨的萋萋芳草，还是象征着希望与强健生命力的野草，都是诗人钟爱的意象。在历史与现实语境中，草儿既是卑微、弱小的别名，也是寻常百姓的喻象（"草民"）。但"野火烧不尽，春风吹又生"的小草的生命力、繁殖力又异常强大而旺盛。也许因为过于谦卑，草儿极为敏感。风起于青蘋之末，无论多么细微的事件，似乎都可以从"风吹草动"感知其征兆与趋向；草儿也蕴藏着惊人的力量与能量，草尖虽细若柔芒，但却能托起能够映照出太阳光辉的露珠。如果诗人不介意，我想为这组诗作之名增加一个"尖"字：《从一棵草尖开始的寂静》。你看，这细小的草尖，连接着天空与大地，草根扎入无垠的地下，草尖指向浩瀚的太空，仿佛某种能够收发神秘信号的绿色天线。基于如是想象，我试图对这"寂静之草"蕴含的意义做适当引申。这始于一棵草的寂静，显然就是起于"草民"个人的寂静——寂静，由此成为人类心灵感应的精神事件，成为一切诗歌之隐秘源头及其必然归宿。让我们和诗人一起神游旷野：

寂静的田野

从一棵草开始的寂静

在另一棵草的腰上结束

犹如聆听，从黄昏的星开始

在晨起的薄雾的额头结束

你躺在初春的草地上自由地

呼吸，自由地把自己的倒影

埋进黑土里，仿佛把自己的

半个庭院埋进了风中

"从一棵草开始的寂静/在另一棵草的腰上结束",——我乍读到这两行诗句时,刹那间感觉心空划过一道闪电,心灵轻微颤动了一下,是的,就像微风温柔地拂过草尖,我隐约看见两棵小草相互调皮地抚摸了一下。

寂静乃大自然固有之禀性。尘埃落定,万籁俱寂,仿佛一场大雪覆盖了世间的一切。但寂静之色不止于洁白一种。寂静有着无限的可能。诗人成小二在一首题为《顿悟寺》的短诗中写过"飞鸟入林,寂静是把浩瀚的锁"——如此佳句,这般颖悟,甚获吾心!我想说的是,《从一棵草开始的寂静》这组诗,也让我们产生了至为奇妙的感觉,形象地说,这组诗的精神指向,既是浩瀚之锁,亦是辽阔之钥。它们不仅是天地宇宙和世间万物幽深而神秘莫测的寂静,也是令人愉悦而安静的心灵神曲。回荡于这组诗中的"寂静世界的精神天籁",让我坚定地接受了希尼关于诗学的一个论断,即他在《无地名的天堂:从另一个角度看瓦格纳》中所说:"我现在已懂得了高度珍视这种内在自由之诗。它是自我征服的榜样,一种被发现来表达这位诗人对普遍的平凡性的独特反应的风格,一种重建个人经验真实性和作为可信的生命活下来的方式。"

王家新在《帕斯捷尔纳克》一诗中曾如是感叹:

> 终于能按照自己的内心写作了
> 却不能按一个人的内心生活
> 这是我们共同的悲剧

在诗中固执而决绝地表示"我只想写三尺之内的事物"的葛筱强似乎超越了这种悲剧,因为他凭借始于一棵草的"寂静之锁",将整个北方的村庄安稳地锁在了他构建的理想国中；与此同时，他还使用始于这棵草的"寂静之钥"，成功地开启了他向往的生活之门。生而为诗人，他是幸运的：他不仅能按照自己的内心写作，"我手写我心"，而且能遵从自己的内心意愿来生活，想怎么生活就怎么生活。泰然站在三尺之内，喜欢"和白杨林一起打坐"的诗人知道，"身体一轻再轻/却轻不过晨雾慢慢透明的呼吸"；他深谙"幸福只是午后阳光中/最不起眼儿的那些颗粒"，而这些源于感觉的幸福随时都可能像路边野百合素雅的淡香一样随风飘逝；漂泊如白云似的游子，他懂得在故乡"可以将自己骨缝里的疼痛/全部交给更为辽阔的天空"；他深沉而从容地看待死亡，"它最后一个与我喝下月光，也喝下不久/之后走来的死，却不向我说，这就是永别"。

仔细阅读《从一棵草开始的寂静》，确有春风扑面、细雨入怀的清新快感；而这组诗的妙处，亦可用诗人在《一棵杨树》的结句来表达：月落无声，鸟声扑面。

据费尔南多·佩索阿所说，一种情感状态就是一处风景。葛筱强这组以乡土为背景的田园诗歌，既是我们熟悉的乡村印象的写意画卷，也是我们对原乡之恋与农村生活记忆的情感和精神投射，因此，这组诗俨然自然与精神融合的"故乡风景"——而这种印象派的风景，只能在寂静中，通过想象和聆听，才能获得相对清晰的辨识：

> 有时命运就是一种折光
> 在黎明的树枝上，有一种寂静
> 属于翅膀，有一种聆听
> 属于渐渐隆起的炊烟

葛筱强也颇善于在寂静的诗歌中弄出些许让人惊艳的响动，他娴

熟地使用拟人、通感和比喻（暗喻、隐喻）等多种修辞技艺，总能在短短的诗作中用一两行诗句来强化一首诗的力量和美感，同时让读者感觉心灵震撼并为之眼前一亮。这些奇妙的诗句有如一个妩媚多情的眼神，它总能透露出点内心的信息；有的诗句虽非精致的警句格言，但其妙处则如人群中那个说出皇帝没穿新衣的孩子，有一种让人震惊且敬畏的真诚。比如《春风过》的开头三行："在残雪斜陌的另一翼/我歌唱过埋进河水的星星/现在，我要取下春风尖叫的/锐角"；《白羊》的最后两行："北方的灯笼布满了牧羊人/忧伤的眼神"；《黄昏又回来了》开篇两句："黄昏又回来了，它一回来/就躺在开满鸟声的树下"；《草地上的羊群》的结尾："剔尽幻想与骨头的人儿/生硬而沉默地，忍住了/不想尖叫的眼泪"；《牧羊人从不祈祷》中如刀光闪烁的一句："稀薄的灯光，把黑暗挑在空中"；《为一头驴子驻足》中有如神赐的开头："看到它时，秋天也长着四只/雪白的蹄子，在草垛好看的阴影里/奔跑。"

【四】
生与死

我和谁都不争，和谁争我都不屑；

我爱大自然，其次就是艺术；

我双手烤着生命之火取暖；

火萎了，我也准备走了。

阅读《从一棵草开始的寂静》这组与世无争的诗歌时，我想到了兰德晚年写下的《生与死》这首迷人的小诗。所谓生喧死寂——"生与死"当然不是这里要讨论的问题。尽管我心难免生疑，如此静谧，恍如世外的地方真的还存在吗？但诗人如是平静的心态却让我惊讶，叹服。

这组诗感觉上确实流淌着兰德那"和谁都不争"的卓越思想，但它们绝对与人间和人生密切相关，那些平静温和的诗语如草尖触及了生存之痛、生活之艰，也安抚了逆来顺受的命运。诗中出现的父亲、母亲和牧羊人的剪影与表现，是对农民总体命运的关切。你看：在《写给父亲的信》中，诗人想到五十九岁的父亲，为了来年有限的收成，依然执着地顶风冒雪背起柳条筐，沿着村中狭窄的土路走向村外的田野，长年累月的辛劳，已让他早生华发；想起当年风华正茂、爱心洋溢的父亲，诗人不禁眼含热泪，在心底为乃父"无法言说的孤独"凄然长叹：

> 父亲，你就像一只斑头老雁
> 躲在灯光的角落里
> 落满尘埃的身影
> 仿佛就是无法言说的孤独

在《袖口上的水花》一诗中，诗人以"温暖而潮湿的忧郁"眼神回望儿时记忆中的母亲："那个以压水井的姿势/度过大半生的女人/就是我的母亲"。这记忆如此深刻，如此辛酸，以至三十五年之后，每逢秋天，当诗人看到被秋风刮过来又刮过去时，总会情不自禁想起母亲袖口"甩出的水花，和芦花鸡的尖叫声"。

在诗中先后出现了两次的牧羊人，第一次是以冰天雪地中高悬的红灯笼这样一个唯美动人的画面——以一个特写镜头，呈现了在凛冽寒风中守护白羊的牧羊人生活的艰辛与内心的忧虑，"北方的灯笼布满了牧羊人/忧伤的眼神"。那风雪中鲜艳夺目的灯笼，既是牧羊人被寒风吹红的眼睛，也是他心灵温暖的外在表现；第二次完全以主角身份如神一样在黄昏时分登场的牧羊人，他"从不坐在那里祈祷"，他仍专心致志地用鞭子抽打他的生活；就是这样一个勤勉而安于本分的人，他就是他

自己的神：

> 如果你刚好从他身边走过
> 如果你再细心一些，就会发现
> 身在远方的天堂，可能就是这样一幅图景
> 平原辽阔，黄昏巨大
> 在羊群和湖泊后面，一个牧羊人
> 把光阴走得如此波澜不惊

　　这真是一幅让人销魂的壮美图景！如果用冯小宁或陆川导演的电影镜头来表现——广角镜头由远而近，最后特写定格：夕阳西坠，"平原辽阔，黄昏巨大"，从容归家的牧羊人的形象在此获得与神灵相似的地位；他并不渺小，他仿佛牧神，他行走和安身的大地便是伊甸园。

　　满怀爱心独自徜徉在"村庄的篮子里的"诗人，在诗意世界里自然感受和发现人间之美。而所谓人间，全在于我们所见所闻所感，目光所及之处，万物声息可闻，人间之大不过如是，人间之小亦无非如斯。这个悠然自在超然物外的诗人不习惯在黄昏时分伤感落泪，也"从不在乎渐渐隆起的夜色/是燕翅下谁家铁打的江山"。但这个习惯于借助"劈空"而愈合记忆伤痕的浪漫的砍伐者，却从一只因为嘴太短，"衔不住风里的几枚/雨滴和自己的叫声"的老麻雀的身影上看到了自己的人生现状：

> 我在起风的午后
> 遇见它，并不稀奇
> 彼时，我刚好人到中年
> 彼时，我亦两手空空

这种邂逅固然不稀奇，稀奇的是如此巧合之下潜在的隐喻或暗示：一个人的命运并不比一只鸟的命运强多少。基于如是心态，诗人平静地写下了《墓志铭》：

> 他终于安静下来，这个
> 老派的浪漫主义者，用尽一生
> 写诗，做梦，漫游，热爱
> 崇高的肉体和灵魂。他出身
> 寒微，但从未屈服于命运。
> 当你路过此地，请送给他
> 微笑，温柔，简单的注目
> 如黑夜之灯光。他一生的善意
> 永如春风吹拂

这首功德圆满的《墓志铭》彰显出非凡的自信与得意，它似乎是诗人在酒足饭饱之后微笑着从容写就的；它确实是"黑夜之灯光"，亦将"永如春风吹拂"。在我看来，它更像月光下寂静而甜蜜的回响。这是一个生活与内心真正安静甚至接近寂静的人才能写出的"最后的结论"：它是短暂现世人生的结束（死），也是灵魂永恒的起点（生）。心静自然凉。此境非禅家独有。尽管"从一棵草开始的寂静/在另一棵草的腰上结束"，但只要我们内心安宁而镇定，泰山崩于前而色不稍改，我们就能发现并把握住那尘粒般的幸福。

按照正统诗论——诗歌应当"见证我们"或"见证时代"的基本要求，这组诗歌见证的是乡土人生（人间）"寂静的表象"。就阅读的浅表印象和感受来说，这种辽阔而深邃的寂静气象，确实会在我们心灵上

形成令人不安的忧郁氛围；从更深层次的思考和体验来看，这种忧郁氛围同样可以促使我们更直接更有效地回到安静的内心深处。唯一的障碍是，这诗化的乡土因为过于朦胧，我们只能从意念的层面，借助经验和想象来观瞻。某种程度上，这些诗歌是空寂与宁静梦幻般的自然融合，这使得叙述者亦即诗人看起来更像个清醒的梦游者。可以说，诗人在此间的身份并不确定，他固然曾是这个村庄里的孩子（七岁以前）；他如今频繁出现在昔日的村庄里（称为故乡更贴切），仿佛过客，又如归人，但他事实上只是一个游子——而他的父亲母亲，才是这里的主人。我据此猜测，诗人甚至不如那个反复迁徙游移不定的牧羊人，他既拥有眼前的村庄，亦可以自由地走遍辽阔的北方大地。诗人一次次回到他的生养之地（或许他从来就未曾远离），不仅仅出于思乡或寻根的夙愿，显然还有回避他在诗中刻意隐藏的另一个世界之意。那个世界——如果我没有说错——就是威廉·库柏1785年在其诗歌《任务·冬日的夜晚》中哀叹过的那高楼林立、车水马龙的喧嚣都市：

> 人们被囚禁于都市中，但仍然保留着
> 对田园风景的渴望，那种与生俱来，
> 无法扑灭的渴望；他们以定时的迁徙
> 为调节，尽力弥补自己失去的一切。

哀哉！独上城中高楼，眺望不断减少或早已变形的烟云之外的乡村故园，我们不得不忧伤地承认：传统意义上的乡土文明和原始的自然风情几乎荡然无存矣，就连我们最为珍贵的神秘情思和诗意想象也日渐枯竭了。从这个意义上说，葛筱强最终选择以"诗歌回乡"的方式来弥补他失去的一切：他从开篇的《一些鸟鸣》中，"在微风的轻拂下，也拥有了/生长和飞翔的欢乐"，在曲终之际，当他深情而安静地《为一头驴子驻足》时，竟悲悯如先知般脱口说出了一个让人动容的奇迹般的事实："我只知道，设若太阳西斜/那落在地上的，带露水的苇叶/既是小蚂蚁的屋顶，也是小毛驴的口粮。"归根结底，诗人希望《从一棵草开始的寂静》这组诗歌中，借浩荡春风恢复记忆并获得新生：

春风过，那些我们曾经
无力怀念的事物
将一一获得重生的自由

（2019年元月1日于滇中嵩明·栖鹤斋）

凌之鹤

诗人，非主流独立评论家，自由撰稿人。云南省作协会员，昆明市作协会员、昆明市作协理事。纯文学民刊《滇中文学》主编。本名张凌，回族，号黄龙山人、小城隐士。公务员。16岁发表处女作。常用笔名有荆棘鸟、安兰、凌之鹤、小李伊人、西门吹酒。作品散见于《滇池》《云南日报》《休斯敦诗苑》《小说林》《诗歌月刊》《散文诗》《星河》《山西青年》《文艺评论》《大家》《边疆文学》《江西散文诗》《译林书评》《湖南文学》《当代中国生态文学读本》等刊物。著有《醉千年：与古人对饮》《独鹤与飞》。曾获首届滇云网络文学大赛提名奖、第二届滇云网络文学最佳评论奖、第四届滇云网络文学大赛佳作奖、2017年《滇池》文学年会奖。